Wilhelm Genazino
Mittelmäßiges Heimweh

Roman

Carl Hanser Verlag

2 3 4 5 11 10 09 08 07

ISBN 978-3-446-20818-6
Alle Rechte vorbehalten
© Carl Hanser Verlag München 2007
Satz: Satz für Satz. Barbara Reischmann, Leutkirch
Druck und Bindung: Ebner & Spiegel, Ulm
Printed in Germany

Mittelmäßiges Heimweh

I

ES IST FRÜHABEND und immer noch hell. Die Stadt ist fast leer. Die meisten Leute sind in Urlaub oder sitzen in Gartenlokalen. Die Hitze drückt auf die Dächer. Ich könnte in mein Apartment gehen, aber dort ist es genauso warm wie draußen. Gestern abend bin ich so lange in der Stadt umhergelaufen, bis ich durch die Müdigkeit ganz leicht geworden war. Schließlich habe ich mich auf eine Bank gesetzt und bin dort sogar eingeschlafen. Grölende Jugendliche haben mich zwanzig Minuten später geweckt, das war unangenehm. Es ist nicht einfach, ein einzelner zu sein. Ein Halbschuh liegt auf der Straße, die Sohle nach oben. Aus einer Seitenstraße kommt das Geräusch eines Autos, das über eine Plastikflasche fährt. Es überholt mich ein Angestellter mit einem über der Schulter hängenden Koffer. Der Koffer zieht so stark nach unten, daß der Trageriemen den Rückenteil des Anzugs nach unten zieht und den Mann wie ein gehendes Unglück aussehen läßt. Ich ekle mich ein bißchen über die tief nach unten hängenden Unterlippen einiger vorüberkeuchender Jogger. Die Türen vieler Lokale sind weit offen. In manches Lokal trete ich kurz ein und kehre rasch wieder um. In Kürze werde ich dazu keine Lust mehr haben und mich einfach irgendwo auf einen Stuhl setzen und ein Glas Bier bestellen. Ich biege in die Wormser Straße ein und sehe in einiger Entfernung das Sportlereck. In diesem Lokal bin ich in der vorigen Woche zweimal gewesen. Der Wirt hob schon beim zweiten Mal wohlwollend die Hand, als er mich wiedererkannte. Die Tür und die Fenster des Pils-Stübchens sind ebenfalls weit geöffnet, der Lärm der Besucher dringt auf die Straße und vermischt sich mit dem Lärm anderer Wirtschaften. Seit etwa einer Woche werden im Fernsehen die Spiele der Fußball-Europameisterschaft übertragen. In den meisten Lokalen sind die Fernsehapparate eingeschaltet. Meine Schritte führen mich halbautomatisch in die offene Tür des Sportlerecks hinein, obwohl ich mich nicht für Fußball interessiere. Ich suche sogar den Blick des Wirts, damit er in mir wieder den halbwegs bekannter werdenden Fremden erkennt. Im Sportlereck ist an der rechten Stirnseite eine Großbildleinwand aufgebaut, und an der vorderen Stirnseite, fast über der Theke, hängt ein zweiter, normaler Fernsehapparat. Besonders stark ist das Geschrei, wenn zwei verschiedene Spiele gleichzeitig übertragen werden. An diesem Abend spielt auf der Großbildleinwand Deutschland gegen Tschechien. Das Lokal ist voll, obwohl das Spiel noch nicht begonnen hat. Ich finde noch einen Sitzplatz ganz vorne, dicht vor der Wand. Männer in Unterhemden treten ein und drängeln sich zwischen Garderobe und Theke nach vorne und lassen sich auf einer Holzbank nieder. Ein übergewichtiger Mischling betritt die Kneipe, einige Leute rufen: Hansi kriegt sofort ein Bier. Ich bestelle ein Glas Weißwein und ein Mineralwasser. Einige Frauen massieren ihren Männern den Rücken. Die Frauen sind es, die am lautesten schreien. Das Spiel wird angepfiffen, der Wirt stellt vor dem Mann namens Hansi ein riesiges Bier ab. Die meisten Gäste sind mit den deutschen Spielern sofort unzufrieden. Kauf dir eine Blindenbrille, ruft ein Mann einem Spieler nach. So gehts nicht, sagt der Mann neben mir. Nach einer halben Stunde sagt der Reporter: Deutschland macht zuwenig. Ein ältliches Fräulein sagt am Nebentisch: Manchmal lauert die Gefahr dort, wo man sie nicht wittert. Männer gehen zwischendurch nach draußen, laufen eine Weile umher, wenn sie zu erregt sind. Ich sitze jetzt mitten im allgemeinen Gebrüll. Der Wirt bringt neue Biere und sagt: Wenn die Deutschen jetzt kein Tor machen, kriegen sie in der achtzigsten Minute eines rein, und dann ist Feierabend. Das Zittern nimmt zu, sagt der Reporter.

In der Halbzeit überlege ich kurz, ob ich nicht doch nach Hause gehen soll. Das Fußballspiel unterhält mich nur schwach. Ich betrachte die Zuschauer, nicht das Spiel. Besonders die schreienden Frauen haben mich in der ersten Halbzeit beeindruckt. Viele von ihnen stehen auf, wenn sie erregt sind und die Spieler ausschimpfen. Zu Beginn der zweiten Halbzeit ertönen Pfiffe im Stadion. Ein bißchen bange ich auch darum, daß die deutsche Mannschaft das Spiel verlieren könnte. Dabei kenne ich keinen einzigen Spieler mit Namen. Nur als Kind wußte ich ein bißchen Bescheid, aber auch nur, weil ich vor den anderen Kindern nicht ahnungslos sein wollte. Wieder schießt ein deutscher Spieler knapp neben das Tor, der Lärm und die Empörung im Lokal sind drastisch. Ein Mann beugt sich über meinen Tisch und sagt: Das sieht aus wie 74, jetzt kommt ein Konter, dann fällt ein Tor, und dann ist es aus, Sparwasser damals! Ich nicke, als wüßte ich, wovon er redet. Das Zittern nimmt zu, sagt der Reporter. Ein Mann bietet mir fünf Euro für meinen Platz vor der Wand, ich lehne ab. Das ältliche Fräulein verschwindet auf der Toilette und lächelt mich bei der Rückkehr an. Die Uhr tickt gnadenlos, sagt der Reporter, es wird eng für Deutschland. Die Stimmung im Lokal schwankt stark. Bislang war die Mehrheit der Zuschauer auf der Seite der Deutschen, aber mehr und mehr Zuschauer sind jetzt Anhänger der Tschechen. Plötzlich ein schreckliches Schreien und Kreischen. Die Tschechen haben ein Tor geschossen. Die Deutschen, diese Schnarchsäcke, schreit ein Mann und haut auf den Tisch. Ein Meer von tschechischen Fahnen ist zu sehen. Viele Zuschauer zahlen und verlassen das Lokal. Plötzlich sehe ich unter einem der vorderen Tische ein Ohr von mir liegen. Es muß mir im Gebrüll unbemerkt abgefallen sein. Offenbar hat es niemand bemerkt. Ich will nicht mit unüberlegten Handlungen auffallen, ich gehe auf die Toilette und schaue in den Spiegel. Es ist wahr, mein linkes Ohr ist weg. Offenbar habe ich es im Schrecken über das Gekreisch verloren. Ich sehe mein Ohr am Boden liegen wie ein kleines helles Gebäck, das einem Kind in den Schmutz gefallen ist. Ich überlege kurz, ob ich das Ohr aufheben und mitnehmen soll. Aber ich kann gar nicht überlegen, ich bin erstarrt. Mir wird ein bißchen schlecht, ich kann keine Entscheidungen fällen. Ich lege mein Haar notdürftig über die Stelle, wo früher das Ohr war. Ich verlasse die Toilette und gebe mir Mühe, mein zurückbleibendes Ohr nicht noch einmal anzuschauen. Tatsächlich besteht zwischen dem Ohr und mir jetzt schon eine riesige Distanz. Ich drängle mich durch das Lokal und zahle an der Theke. Mühsam mache ich mir klar, daß ich seit ein paar Minuten in einer Tragödie lebe. Während der letzten Jahre habe ich immer mal wieder in Tragödien gelebt. Insofern ist das tragische Lebensgefühl für mich nichts Neues. Aber diesmal scheint es sich um eine bösartige Tragödie zu handeln. Sehen die anderen mein Entsetzen? Zum Glück sind nur wenige Menschen unterwegs. Eines meiner innerlichsten Probleme ist, daß ich nicht mehr mit der Kompliziertheit des Lebens in Berührung kommen will. Erst vor ein paar Tagen habe ich mir vorgenommen, meinen Alltag so einzurichten, daß ich nur noch einfache Verhältnisse mit einfachen Personen darin vorfinde. Lächerlich! Ich sage mir vor, was gerade geschehen ist: Du hast im überstarken Lärm eines Lokals ein Ohr verloren. Nach Art der Menschen beginne ich bereits, mein Unglück zu relativieren. Es gibt viele

Menschen, denen ein Bein, ein Arm, eine Hand oder ein Finger fehlt, warum sollte es nicht jemanden geben, dem ein Ohr fehlt? Die innere Unstimmigkeit meiner Relativierung liegt darin, daß ich schon viele beinlose, armlose, handlose Menschen gesehen habe, aber einen einohrigen Menschen noch nie. Aber wie man sich an die anderen gewöhnt hat, so wird man sich auch an einen Einohrigen gewöhnen. Am besten wäre, wenn es demnächst mehr Einohrige geben würde. Dann würde ich nicht mehr so stark auffallen wie in diesen Augenblicken vor mir selber. Künftig werde ich mich nur noch in leisen Umgebungen aufhalten dürfen. Das bedeutet, daß mein Alltag kompliziert werden wird. Wieder und wieder fällt mir das Bild meines im Bodenschmutz eines elenden Lokals liegenden Ohres ein. Ein paar Schluchzer ringen sich mir durch die Kehle. Ich beobachte eine Weile den Eingang des Hauses, in dessen fünften Stock ich ein Ein-Zimmer-Apartment mit Bad und Küche bewohne. Nichts regt sich. Ein blauer Plastikhandschuh liegt zwischen zwei geparkten Autos. Einmal kommt eine junge Frau vorüber. In der linken Hand trägt sie einen Tierkäfig, in dem sich eine schreiende Katze befindet. Ich stehe an einer Ecke und habe blöde Gedanken. Zum Beispiel finde ich es jetzt schon angemessen, daß *ein*ohrige Menschen in *Ein*-Zimmer-Wohnungen leben. Dabei habe ich es nicht gern, wenn ich abschätzig auf mein eigenes Leben herabschaue. Die Leute sitzen vor ihren Fernsehgeräten, der Lärm der Zuschauer dringt aus den offenen Fenstern nach draußen. Ich warte noch zwei Minuten, dann schließe ich die Haustür auf und betrete den Fahrstuhl.

Es gelingt mir, ungesehen die Tür meines Apartments zu erreichen. Eine kleine Spinne ist durch das offene Fenster in meine Wohnung eingedrungen und läuft an der Decke entlang. Ich setze mich auf das Bett und schalte kein Zimmerlicht an. Langsam kommt Bewegung in die Wohnungen und

Treppenhäuser ringsum. Viele Bewohner gehen nach dem Fernsehen noch einmal auf die Straße. Das laute Reden von alkoholisierten Menschen macht mir schlechte Laune. Ich trete an mein Fenster und nehme die Tomate in die Hand, die dort seit ein paar Tagen liegt. Immer mal wieder spiele ich mit dem Gedanken, die Tomate auf die Leute zu werfen, die laut und polternd auf der Straße reden. Aber ich finde den Mut nicht. Ich lege die Tomate auf das Fensterbrett zurück und setze mich erneut auf das Bett. In der langsam zunehmenden Stille höre ich jetzt nur noch das gelegentliche Stöhnen des Fahrstuhls. Mir wird deutlich, daß ich so allein bin wie wahrscheinlich nie zuvor in meinem Leben. Dabei will ich von meiner Einsamkeit kein Aufhebens machen. Ich bin vergleichsweise gebildet und weiß seit langer Zeit, daß Einsamkeit unausweichlich ist. Ein wesentlicher Grund für die Einsamkeit der Menschen ist, daß viele Einsame ... ach nein, ich will dieses alte Zeug nicht denken. Im Radio läuft Figaros Hochzeit, eine Übertragung aus irgendeinem Festspielort. Aus der Wohnung über mir dringen Beischlafgeräusche zu mir herunter. Zuerst höre ich eine Weile das Knatschen eines Bettgestells, dann das Stöhnen der Frau. Ich schalte das Radio aus, weil ich das Stöhnen deutlicher hören möchte. Erst vor kurzem habe ich eine Frau kennenlernen wollen. Sie sitzt dann und wann mit mir morgens in der Straßenbahn und schaut mich empfänglich an. Aber wie spricht man eine fremde Frau an? Vielleicht habe ich es verlernt. Als ich mir endlich ein paar Sätze zurechtgelegt hatte, fuhr die Frau nicht mehr mit der Straßenbahn. Sie radelte elegant draußen an der Bahn vorbei. Jetzt muß ich warten, bis es Winter wird und die Frau wieder mit der Straßenbahn fährt. Die Vergeblichkeit macht einen starken Eindruck auf mich. Aber jetzt, mit einem fehlenden Ohr, werde ich vielleicht keine Chance mehr haben. Das Stöhnen der Frau in der Wohnung über mir und das Stöhnen des Fahrstuhls vermischen sich. Ich muß ein bißchen lachen, allerdings nicht lange und nicht laut. Nach einer Weile hört das Stöhnen des Fahrstuhls auf, das Stöhnen der Frau geht weiter. Das Quietschen des Bettgestells und das Stöhnen der Frau haben sich rhythmisch aufeinander eingestellt. Das Stöhnen der Frau geht jetzt in ein eigenartiges Rufen über. Wenn ich der Mann der Frau wäre, würde ich mich fragen, was das Rufen bedeutet. Ich bin nicht der Mann der Frau und frage mich trotzdem, was das Rufen bedeutet. Nach einiger Zeit ertönt ein starker, ochsenartiger Laut, der vermutlich von dem Mann stammt. Danach ist der Beischlaf offenbar vorüber, alle Geräusche enden. Das heißt, ich ahme in meinem Mundinnenraum das Stöhnen der Frau nach, natürlich nur leise, weil ich nicht möchte, daß das Paar über mir denkt, jetzt geht es hier unten weiter. Es ist ganz seltsam, aus meinem Mund das Stöhnen der Frau zu hören. Es verstärkt sich dadurch das Gefühl der Verlassenheit. Um es zu mildern, nehme ich ein Bad. Auf dem kleinen Schränkchen im Badezimmer steht eine Taschenlampe. Die Vormieterin des Apartments hat sie vergessen mitzunehmen. Obwohl ich schon länger als ein Jahr in dieser Wohnung lebe, habe ich die Taschenlampe bis jetzt nicht angefaßt. Als ich das Wasser in der Wanne steigen sehe, fühle ich, das Bad wird das Verlassenheitsgefühl verstärken. Ich drehe den Hahn zu und lasse das Wasser wieder ablaufen. Im Spiegel betrachte ich meine linke Gesichtshälfte und hebe ein wenig das Haar über dem fehlenden Ohr. Dort, wo früher mein Ohr war, hat sich ein bißchen Feuchtigkeit gebildet, kein Blut ist zu sehen. Kurz überlege ich, ob ich doch noch einmal in das Lokal zurückgehen und nach meinem Ohr suchen soll. Lächerlich! Jemand wird das Ohr mit Besen und Schaufel aufgekehrt haben, danach wird es in einem Ascheimer verschwunden sein. Bei der Vorstellung meines zukünftigen Unglücks drückt sich mir wie von selbst die Brust zusammen. In einem Fenster im Haus gegenüber flammt Licht auf. Es wird ein Mann sichtbar, der einen Teller und ein Glas durch einen Raum trägt. Auch ich erlaube, daß gegenüber wohnende Personen in mein Zimmer schauen können, und mache das Licht an. Während der Opernpause im Radio wird der Regisseur interviewt. Er wendet sich leidenschaftlich gegen dieses und jenes. Ein Fenster, das hinter einem Baum hell wird, sieht aus, als sei das dazugehörige Haus ganz weit entfernt. Die Leidenschaft, mit der der Opernregisseur gegen Kunstprobleme wettert, ist albern und komisch. Aber ich höre ihm gern zu, weil ich dadurch meine Schluchzer nicht so ernst nehmen muß.

Am nächsten Morgen beschließe ich, vorerst nicht zum Arzt zu gehen. Ich habe keine Schmerzen. An der Stelle, wo früher mein linkes Ohr war, ist wieder ein wenig hellrosa Flüssigkeit ausgetreten, das ist alles. Mein erster Gang führt mich in die Apotheke am Richard-Wagner-Platz. Ich kaufe eine Ohrenklappe und eine Schachtel mit Mullbinden. Danach gehe ich noch einmal nach Hause und binde mir die Ohrenklappe mit einer dünnen Schicht Mull um den Kopf. Wenn mich im Büro jemand fragen sollte, werde ich antworten, daß ich an einer Ohrenentzündung erkrankt bin. Die Ohrenklappe steht mir überraschend gut. Die Mullbinde schaut ein wenig unter der schwarzen Klappe hervor. Die Klappe gibt mir etwas Piratenhaftes und Verwegenes. Man kann nicht sehen, daß das (eigentlich) darunterliegende Ohr verschwunden ist. Ich gewöhne mich rasch an die Ohrenklappe und auch wieder nicht. Mehrmals fasse ich an die Ohrenklappe und zittere ein bißchen. Die Krähen kreisen an diesem Morgen dichter als sonst über den Dächern. Sie verfinstern den Himmel und füllen den Luftraum mit einem entsetzlichen Krächzen. Wenn ich abergläubisch wäre, müßte ich jetzt an meine Beerdigung denken, aber ich bin nicht abergläubisch. Ich schaue den Leuten von weitem in die Gesichter und frage mich, ob mich jemand auf die Ohrenklappe ansprechen wird. Die Ankunft im Büro ist unproblematisch. Zweimal sage ich meinen vorbereiteten Spruch von der Ohrenentzündung. Frau Kirchhoff sagt, Sie haben ja noch ein zweites Ohr, dann ist Ruhe. Ich arbeite als Controller in einer Arzneimittelfabrik und bin in diesen Tagen, wie an jedem Monatsende, mit dem Erlöscontrolling und der Kostenträgerrechnung für die Hauptprodukte beschäftigt. Das ist eine unaufwendige Erstellung von Verkaufs- und Kostendaten, die notwendig ist, um die Einzelbudgets nicht aus dem Auge zu verlieren. Die Arbeit ist mir so geläufig, daß ich mir eine Aufspaltung meines Bewußtseins erlauben kann. Im Vordergrund, etwa mit einem Drittel meiner Aufmerksamkeit, stelle ich die Zahlenreihen zusammen. Im Hintergrund, mit etwa zwei Dritteln meines Bewußtseins, bin ich mit meiner neuen Lage beschäftigt. Ich habe noch nie gehört oder gelesen, daß Menschen einzelne Körperteile verlieren und ob es sich dabei um eine alte oder eine neue Krankheit handelt. Weil ich mich nicht verraten will, möchte ich niemanden fragen, jedenfalls vorerst nicht. Frau Bohnenkamp, eine Researcherin, trägt wie fast immer eine ärmellose Seidenbluse und keinen BH. Ihre kleinen Brüste hüpfen bei jedem Schritt. Ich kann diese Reizungen heute viel besser ins Leere laufen lassen als noch vor einem Jahr. Frau Bohnenkamp erzählt von ihrer Freundin Sabine, die ihrem Freund seit mehr als drei Jahren die Treue hält, obwohl der Freund nicht mit ihr, sondern mit anderen Frauen schläft. Trotzdem liebt er sie, sagt Frau Bohnenkamp, aber er hat Angst, sich zu binden. Er schläft sogar mit seiner Sekretärin, einer ziemlich dümmlichen Person, sagt Frau Bohnenkamp, aber meine Freundin verzeiht ihm auch diese Fehltritte, weil sie hofft, er werde durch diese Ausschweifungen seine Angst verlieren. Frau Bredemeyer wirft ein, die Leute heiraten sowieso nicht aus Liebe, sondern aus Langeweile. Frau Bohnenkamp geht darauf nicht ein und liest statt dessen, obwohl es nicht einmal zehn Uhr ist, den Menü-Plan der umliegenden Fast-food-Lokale vor, in denen einige Kollegen gewöhnlich ihre Mittagspause verbringen.

Im Frühjahr, als Frau Bredemeyer ebenfalls eine ärmellose Bluse trug, habe ich mich zu einem Annäherungsversuch hinreißen lassen, den ich kurz darauf bereut habe. Ich wollte mich mit Frau Bredemeyer verabreden, aber sie sagte kühl, daß es für mich doch wohl besser sei, wenn ich meine Aufmerksamkeit meiner Frau und meinem Kind widme. Ich war über diese Abfuhr so verblüfft, daß ich mich entschuldigte und sofort an meinen Schreibtisch zurückkehrte. Ja, ich bin (noch) verheiratet, und ich habe leider den Fehler begangen, daß ich zwei- oder dreimal im Büro über meine Ehe gesprochen habe. Ich redete darüber, daß meine Ehe nur noch formal eine Ehe sei, und dies vermutlich nicht mehr lange. Ich gebe zu, daß diese Mitteilung auch eine Botschaft an die zahlreichen allein lebenden Frauen in unserem Büro war, denen ich mich auf dieses ungezwungene Weise als (wie soll ich sagen) Beziehungskandidat empfehlen wollte. Schon während des Redens merkte ich, wie mich das Reden peinlich machte. Das Bedrückende ist, daß ich nicht die geringste Ahnung habe, wie lange sich die Agonie der Ehe noch hinziehen wird. Ich kann inzwischen sogar die Zurückweisung von Frau Bredemeyer verstehen. Eine bloße Trennungsabsicht kann, wenn sie sich hinzieht und nicht umsetzt, noch strangulierender sein als eine Ehe. Meine Frau ist im südlichen Schwarzwald geboren und dort auch aufgewachsen. Ihre hervorstechendste Eigenschaft ist, daß sie sich ein Leben außerhalb des Schwarzwalds nicht vorstellen kann. Ich war einmal von ihrem Lob des einfachen Lebens im Schwarzwald so hingerissen, daß ich ihr in den Schwarzwald folgte. Edith hat nie woanders gewohnt und wird auch in Zukunft nirgendwoanders leben wollen und können. Ich gebe zu, sie hat diese Bedingung von Anfang an klar ausgesprochen. Es war mir nicht deutlich, was es bedeutet, sich einem Menschen mit einer so heftigen Heimatvorstellung auszuliefern. Vor etwa zehn Jahren, zum Zeitpunkt der Eheschließung, war ich noch vergleichsweise jung und bildete mir ein, *überall* leben zu können. Außerdem gefiel mir, Edith zu zeigen, daß ich liebeswillfährig war. Es lag eine unaussprechliche Süße darin, sich dem Liebesdruck eines anderen Menschen zu beugen. Von all diesen Verhexungen ist nichts mehr übrig. Im Gegenteil, wir streiten uns über Probleme, von denen wir vor einigen Jahren noch nichts wußten. Vor drei Wochen, bei meinem letzten Wochenendbesuch im Schwarzwald, entstand eine Auseinandersetzung über die Frage, wann man am besten duschen soll. Edith duscht morgens, ich dusche abends. Wer morgens duscht, sagte ich, läßt sich den Tag über einschmutzen und hat am Abend nichts mehr von seiner Sauberkeit. Wer hingegen abends duscht, verliert den ganzen Tagesschmutz und ist reinlich für die Nacht. Sogar jetzt, im Büro, reizt mich die Heftigkeit, mit der Edith verlangt, daß ich auch in den Details genauso leben soll wie sie. Leider bin ich den ganzen Nachmittag über nicht aus diesen Ehegrübeleien herausgekommen. Am Abend, nach Büroschluß, bin ich deswegen ein wenig mißmutig und übellaunig. Das Scheitern der Ehe ist vermutlich der Grund dafür, daß mein Interesse an den Erscheinungen des Lebens kleiner wird. Meine Gleichgültigkeit gegenüber dem normalen Alltag, vermischt mit dem Schreck über den Verlust meines Ohrs, wird zuweilen so stark, daß ich fast zu weinen anfange. Ich trete dann rasch in eine Hofeinfahrt oder hinter einen geparkten Lastwagen und beruhige mich. Immerhin habe ich jetzt, beim Umhergehen in den Straßen, wenigstens meinen Eheschmerz vergessen, jedenfalls vorübergehend. Ich betrachte einen Mann mit Aktentasche, der ein Haus verläßt und im Weggehen einer Frau winkt, die im Fenster einer Erdgeschoßwohnung zurückbleibt, ein kleines Kind auf dem Arm. Das Kind steckt im Schlafanzug und schläft schon halb. Es ist noch zu klein fürs Winken, deswegen hebt die Mutter sein rechtes Ärmchen und bewegt es winkend hin und her. Das Kind ist verwundert über die Vorgänge und schaut ratlos und überrumpelt auf die Mutter. Ja, genau in dieser wortlosen Verdutztheit wird das Leben weitergegeben! Beide lachen über das Kind, der Vater aus der Ferne, die Mutter aus der Nähe. Ich wundere mich wieder über Passanten, die mit prallgefüllten Rucksäcken umhergehen. Was tragen sie nur immerzu mit sich herum? Noch rätselhafter sind Menschen mit leeren Rucksäcken auf dem Rücken. Ich habe noch nie jemanden gesehen, der seinen Rucksack vom Rükken genommen und dies oder jenes hineingesteckt oder herausgesucht hätte. Immerhin bringen mich die Rucksäcke auf den Einfall, daß ich dies und das einkaufen muß. Mein Kühlschrank ist so gut wie leer. Ich beschließe, in den Supermarkt in der Kurfürstenstraße zu gehen, der in der Nähe meines Apartments liegt. Ich bewundere die schönen alten Häuser mit ihren großen Balkonen, die von den Bewohnern nicht mehr betreten werden, weil der Lärm und der Staub auf den Straßen zu stark ist. Eine einzelne verirrte Möwe fliegt über einen Platz und läßt sich auf einer Bogenlampe nieder. Ein Bus kommt vorbei, stoppt an einer Haltestelle, drei Personen steigen aus, zwei steigen zu. Der Bus fährt weiter, die Möwe schaut dem Bus nach. Hat das schon mal jemand gesehen, wie eine Möwe einem Bus nachschaut und dabei ein schmerzlich schönes Möwengesicht kriegt? Eine solche Möwe möchte ich eine Minute lang sein. Dann würde ich viel besser mit einer älteren Frau zurechtkommen, die einen Dackel auf ihrem linken Arm trägt und vor mir in den Supermarkt geht. Die Frau läßt sich von dem Dackel ablecken. Es sieht eklig aus, aber zwei Kinder finden die Hundeküsse lustig.

Im Supermarkt fährt ein Rollstuhlfahrer hinter mir her. Von dem Rollstuhl springt eine Bedeutung auf mich über, die ich nicht annehmen möchte. Dabei weiß ich, daß ich seit kurzem, seit mir ein Ohr fehlt, selber zu den Menschen mit einem Seltsamkeitszeichen gehöre, das von anderen nur versteckt angeschaut wird. Allein die Kinder beobachten offen und direkt. Die beiden, die Vergnügen an den Hundeküssen hatten, starren jetzt auf meine Ohrenklappe und kichern unverhohlen. Ich bleibe schutzsuchend vor einem riesigen Brotregal stehen, neben mir ein stark stöhnender Mann. Als er sich mir kurz zuwendet, sehe ich, daß sein oberster Hemdknopf in zwei Hälften auseinandergebrochen ist. Sogar ein Hemdknopf kann zerbrechen, das habe ich nicht gewußt. Die beiden Knopfhälften hängen zärtlich nebeneinander herunter und machen einen starken Eindruck auf mich. Wieder weiß ich nicht, welches Brot ich kaufen soll. Wahllos greife ich nach einem Vollkornbrot und lese auf der Packung versehentlich das Wort Volkszornbrot. Ja, wenn es für alles, was in zwei Hälften auseinandergebrochen ist, das passende Volkszornbrot gäbe! An der Wurst- und Käsetheke sehe ich eine junge Mutter, die ihr Kinn im weichen Kopfflaum ihres Kindes reibt. Die Mutter kauft ein Viertel rohen Schinken, ein Viertel Paprikawurst und ein Paar Frankfurter Würstchen. Die Verkäuferin sagt zur Mutter, sie soll zu Hause die Plastikumhüllungen um die Wurst herum entfernen, dann schwitzt die Wurst nicht.

Zum ersten Mal höre ich, daß auch Wurst schwitzt, ich kann es kaum glauben. Die Mutter dankt für den Tip, offenbar gibt es schwitzende Wurst tatsächlich. Weil ich nicht weiß, welche Wurst ich kaufen soll, verlange ich ebenfalls Paprikawurst, sage aber aus Versehen Panikawurst. Ich lache ein bißchen, natürlich künstlich, die Verkäuferin lächelt verstehend. Außerdem bitte ich um ein Viertel Salami und um ein Viertel Champignonwurst. Ich warte, daß die Verkäuferin auch mir einen ungewöhnlichen Tip verrät, aber zu mir sagt sie kein Wort. Ich kaufe noch ein Glas Gurken, ein halbes Pfund Butter, einen halben Liter Milch, eine Flasche Rotwein, eine Tube Senf, zwei Flaschen Mineralwasser, dann gehe ich in Richtung Ausgang nach links. In den Augenblikken, als ich in den Kassengang einbiege, wird eine der beiden Kassen geschlossen. Dadurch verlängert sich die Kundenschlange vor der übriggebliebenen Kasse und ich habe wieder viel zuviel Gelegenheit, mich in die Vorgänge um mich herum zu vertiefen. Ein Mann stemmt einen Kasten Bier auf das Band, dazu zwei Flaschen Korn. Obwohl mich der Mann abstößt, gefällt mir seine Brieftasche, die er soeben aus seinem Sakko zieht. Sie ist alt und an den Ecken so sehr abgestoßen beziehungsweise brüchig, daß sie von zwei über Kreuz gespannten Gummibändern zusammengehalten werden muß. Sonderbarerweise geht von der Brieftasche eine kleine Ermutigung für mich aus. Ich möchte dem Mann gerne sagen, er soll sich auf keinen Fall eine neue Brieftasche kaufen, denn in der kaputten Brieftasche steckt der Ausdruck der Erhabenheit seines Lebens. Außerdem würde ich gerne hinzufügen, daß er ... nein, natürlich nicht, es ist alles lächerlich. Ich betrachte die peinlichen Bilder deswegen so unerbittlich, weil ich mich mit ihrer Hilfe auf die Sang- und Klanglosigkeit vorbereite, mit der ich demnächst wahrscheinlich sterben werde. Seit ich ein Ohr weniger habe, schließe ich immer mal wieder in meiner Phantasie mein Leben ab. Aber nach einiger Zeit merke ich, daß sich mein Leben nicht um meine inneren

Beschlüsse kümmert und einfach weitergeht. Das ist ein bißchen peinlich, merkt aber niemand. In der linken Augenbraue eines Kindes entdecke ich ein winziges Brotkrümel. Ein Brotkrümel in einer Kinderaugenbraue! Dieses Detail treibt mir eine verschwindend kleine Menge Tränenflüssigkeit in die Augen. Ich genieße diese Augenblicke, obwohl ich gerade neben einem Verkaufsstand für Babynahrung stehe und mich der Geruch der Babynahrung ein bißchen ekelt. Unter dem Eindruck des Ekels verstummt meine Innenwelt, was selten genug geschieht. Ich weiß seit langer Zeit, daß es eine Art von Glück ist, wenn man plötzlich nicht mehr weiß, was man sagen oder denken soll. In den Augenblicken, als ich meine Sachen auf das Band vor der Kasse stelle, fliegt eine große schmutzige Taube in den Supermarkt. Sie flattert die engen Warenkorridore entlang, sucht nach freien Simsen und Kanten, auf denen sie sich niederlassen könnte, und wirbelt dabei eine Menge Staub auf. Ich weiß nicht, warum es mir gefällt, daß die von der Taube aufgewirbelten Staubwölkchen langsam auf die Waren und die Kunden niederrieseln.

Bei mir zu Hause packe ich rasch die Lebensmittel aus und räume sie in die Schränke ein. Sorgfältig löse ich die Plastikumhüllungen von der Wurst. Zu den fein aufgeschnittenen Wurstscheiben sage ich halblaut: Habt ihr wieder so sehr schwitzen müssen, ihr Armen! Zufällig schaue ich aus dem Küchenfenster. Weil ich im fünften Stock wohne, kann ich einen Bussard sehen, der durch eine Windbö für ein paar Momente von seinem Kurs abkommt. Unaussprechlich schön ist die Naturbewegung, wenn ein nach vorn fliegender Vogel vom Wind zum seitlichen Wegschweben genötigt wird. Augenblicke später bin ich mit mir unzufrieden und nenne mich einen Bescheidenheitsangeber. Damit meine ich Leute, die sich mit ihrer eigenen Bedürfnislosigkeit imponieren, zum

Beispiel, im Büro, Frau Grünewald. Sie geht mit ihrem Kind am Wochenende in den Park und ist entzückt über das Fiepen der kleinen Meisen ringsum. Guter Gott, denke ich, jetzt ahmst du schon Frau Grünewald nach.

2

WIE IMMER TREFFE ICH SO frühzeitig im Hauptbahnhof ein, daß ich mich von meiner Nervosität wieder erholen kann. Ich habe bis gegen 18.30 Uhr gearbeitet, damit ich den Intercity um 19.15 Uhr bequem erreiche. Mit mir sind Hunderte von Wochenendpendlern unterwegs, die sich rasch auf die Züge verteilen. Ich warte noch ein wenig auf dem Bahnsteig, bis alle Plätze in meinem Zug besetzt sind und in den Gängen kaum noch ein Stehplatz zu haben sein wird. Ich sehe den Tauben zu, die wie die kleinsten und hilflosesten Reisenden umhertrippeln. Wenn sich die Tauben längere Zeit in geschlossenen Räumen aufhalten, gewöhnen sie sich allmählich das Fliegen ab. Die erste Stunde der Fahrt werde ich stehen. Es wird mir nichts ausmachen, still in einer Ecke einer Plattform auszuharren und aus dem schmalen Türfenster auf die vorüberhuschenden Landschaften zu sehen und, zum Beispiel, den Hasen bei der Flucht zuzuschauen. Ich erhole mich von der Scham, wenn ich in überfüllten Zügen beinahe unsichtbar werde und längere Zeit nicht sprechen muß. Hasen sind inzwischen meine Lieblingstiere geworden. Es ist ein bißchen rätselhaft, warum diese Tiere von so vielen Menschen geschätzt werden. Ich vermute, der Grund der Zuneigung liegt in der Disproportion ihres Körpers (zu langer Leib, zu großer Kopf, zu starkes Hinterteil), der gerade seiner Uneleganz wegen geliebt wird, was mit uneleganten Menschen nicht so leicht gelingt.

23

Ich betrachte Reisende, die sich an den neuen Ticket-Automaten versuchen und dabei scheitern. In meiner Jugend brauchten die Menschen noch ihr ganzes Leben, um sich alt vorzukommen. Heute genügt die Auswechslung einiger Logos und Automaten, und die Menschen, selbst die jungen, fühlen sich überrumpelt, ausgesondert oder gar kaltgestellt. Eine undeutliche Empörung gegen Übervorteilung und Überforderung treibt die unwillig gewordenen Automatenbenutzer umher, ein bißchen verdutzt, weil sie nicht wissen, ob ihnen das Ressentiment gegen die Automaten zusteht oder nicht. Kaum jemand schaut mich wegen meiner Ohrklappe an. Das beruhigt mich ein bißchen, empört mich aber auch. Ich besteige meinen Zug ungefähr in der Mitte, wo er besonders überfüllt scheint. Selbst die Plattformen sind mit Reisenden und Gepäck vollgestellt. Ich suche mir einen Stehplatz in der Nähe einer Toilettentür. Der Grund für mein Verhalten ist einfach: Ich fahre schwarz. Ich muß versuchen, soviel Geld wie möglich zu sparen. Solange der Zug überfüllt ist, hat der Schaffner kaum eine Chance, die Fahrkarten aller Reisenden zu kontrollieren. Ab Karlsruhe wird der Zug leerer, dann verschwinde ich, falls der Schaffner doch in meine Nähe vordringt, für ein paar Minuten in der Toilette. In den zwei Jahren, seit ich hier arbeite und an den Wochenenden in den Schwarzwald fahre, habe ich nur zweimal nachlösen müssen. Mein Gehalt als Controller reicht für unsere beiden Haushalte bei weitem nicht aus. Bis jetzt haben Edith und ich nicht ausreichend darüber gesprochen, wie wir uns das halbgetrennte Leben in zwei Wohnungen eigentlich vorstellen. Wir haben in den zurückliegenden acht Jahren überhaupt zuwenig miteinander gesprochen. Als wir uns kennenlernten, waren wir uns rasch einig in der Ablehnung unserer kleinbürgerlichen Eltern. Die gemeinsame Distanzierung von unserer Herkunft war, so glaube ich heute, der Hauptgrund

für das Zustandekommen der Ehe. Soviel wechselseitige Iden-
tifizierung mit einem anderen Menschen hatten wir beide bis
dahin nicht erlebt.

Ich mache Edith immer mal wieder darauf aufmerksam,
daß sie, womit auch immer, ein bißchen Geld hinzuverdienen
solle, bis jetzt ohne Erfolg. Die meiste Zeit des Tages verwen-
det Edith für sich selbst. Sie verbringt morgens etwa eine
Stunde im Badezimmer und anschließend eine weitere Stunde
vor ihrem geöffneten Kleiderschrank und ihrem Schuhregal.
Ich halte ihr stumm vor, daß sie ihre Zeit zu einseitig für sich
selbst aufbraucht, und merke gleichzeitig, daß ich ihr durch
solche Aufrechnungen mein inneres Wohlwollen entziehe,
was mir auch nicht recht ist. Edith betätigt sich im Eltern-
beirat der Schule und im Kulturausschuß des Gemeinderats.
Sie besucht immer häufiger Parteiveranstaltungen der SPD
(deren Mitglied sie ist) und hat vor kurzem das Amt einer Ju-
gendschöffin beim Landgericht angenommen. Alle diese Tätigkeiten sind zeitraubend und bringen nichts ein. Ich werde
mir morgen die Samstagsausgaben der großen Zeitungen
kaufen und erneut schauen und überlegen, ob *ich* mir eine
Zweitstelle zulegen soll oder muß. Denn von Edith ist eine
Entlastung unserer Etatprobleme auf Dauer nicht zu erwarten. Sie sind ihr, fürchte ich, nicht einmal richtig bewußt.

Ich rechne damit, daß Edith auch heute abend nicht zu
Hause sein wird. Seit ein paar Wochen habe ich das Gefühl,
daß sie mir ausweicht. Wir werden gemeinsam das Abendbrot einnehmen, dann wird Edith verschwinden, und ich
werde mit Sabine zwei Stunden lang spielen, ehe sie zu Bett
geht. Noch immer war der Schaffner nicht bei mir, vermutlich wird er auch nicht mehr kommen. Dennoch verlasse ich
nicht die Nähe der Toilettentür. Es wäre unerfreulich, so
kurz vor dem Ziel noch nachlösen zu müssen. Der Zug dros-
selt das Tempo, ich schaue aus dem Fenster hinaus. Es macht

mir Vergnügen, an den Bahnhofsuhren kleiner Ortschaften vorbeizufahren. Dann habe ich das Gefühl, die Zeit flieht und ich fliehe endlich einmal mit. Im Vorbeifahren lese ich die Namen kleiner Ortschaften, Achern, Oos, Appenweier. Es fallen mir andere Ortsnamen ein, Schlatt, Unzhurst, Müllen, oder Jestetten, Raderach, Rust. Wie oft bin ich im Auto schon durch diese Ortschaften gefahren, ohne eine Zugehörigkeit zu ihnen zu empfinden, obgleich mir die Namen gefallen. Der Zug fährt jetzt so langsam, daß ich in die Straßen der Ortschaften hineinsehen kann. In den Rinnsteinen haben sich kleine harte Äpfel angesammelt, die niemand aufliest. Sie sehen hübsch aus, wenn sie vom Regen dann und wann saubergespült werden, obwohl sie dabei langsam verfaulen. Der Ort, in dem wir wohnen, heißt Schull. Er hat ungefähr zweihundert Einwohner. Es handelt sich um eine offenbar planlos zusammengefügte Ansammlung kleiner Häuschen, die entweder an Weinberge oder Waldränder angrenzen. Es gibt zwei Straßen, die sich im Ort kreuzen. An der Kreuzung befinden sich ein Lebensmittelladen, eine Arztpraxis, ein Klempner, ein Bäcker, ein Friseur, eine kleine Lagerhalle der Raiffeisengenossenschaft. In einem der Häuschen haben wir eine Drei-Zimmer-Wohnung gemietet. Der Vermieter und seine Frau haben ein für die hiesige Gegend typisches Schicksal. Früher waren sie Bauern (Weinbau und Viehwirtschaft), aber die Erträge der Landwirtschaft reichen nicht mehr. Der Mann verdingt sich die Woche über als Lagerarbeiter in der nahen Bezirksstadt, die Frau putzt die Arztpraxis und den Kindergarten. Die beiden sind schüchtern, aber freundlich, auch zu mir, obwohl ich nicht von hier bin.

Edith wartet wie immer in unserem VW vor dem Bahnhof und öffnet mir die Tür. Sie sieht meine Ohrklappe und sagt: Oh!, erkundigt sich aber nicht weiter. Kurz nach der Begrüßung sagt sie mir, daß sie heute abend an der Sitzung des Kulturausschusses teilnehmen muß. Ich solle nicht auf ihre Rückkehr warten, es kann spät werden. Ich kommentiere diese Mitteilung nicht und schaue in die Landschaft. Am Schluß des Wochenendes, am Sonntagabend, wird mich Edith wieder zum Bahnhof bringen. Ich werde wieder unter Beklemmungen leiden, weil ich nicht für das Landleben geschaffen bin, was ich Edith gegenüber nicht eingestehen will. Vor unserer Ehe habe ich großspurig behauptet, daß ich überall leben könne. Ich bin jemand, der einmal gegebene Zusicherungen nicht gerne relativiert, auch vor mir selber nicht.

Am schon vorbereiteten Abendbrottisch sehe ich, daß Edith es eilig hat. Sabine freut sich und springt mir auf den rechten Arm. Sie umhalst mich und sagt mir, was sie mir heute abend alles zeigen wird. Sie führt mich in das Kinderzimmer und sagt mir, daß ich mich auf den Boden setzen und ihr zuschauen soll. Ich müßte, um Edith unmittelbar zu gefallen, noch vor dem Abendbrot duschen, frische Unterwäsche, ein anderes Hemd und eine andere Hose anziehen. Ich traue mich nicht, Edith zu sagen, daß ich mich fast eineinhalb Stunden lang im Dienst allgemeiner Kostenersparnis stehend in der Nähe einer Zugtoilette herumgetrieben habe und daß ich im Augenblick nur erschöpft und müde bin. Edith hat eine weiße Stirn, aber eine leicht angerötete Nase und ebensolche Wangen, womit sie nicht einverstanden ist. Sie möchte ein ganzheitlich weißes Gesicht haben. Edith ist vor kurzem in die Phase des Körperteilvergleichs eingetreten, die für mich nur schwer erträglich ist. Von Edith höre ich neuerdings immer mal wieder solche Sätze: Meine Augenpartie finde ich gut, aber meine Knie sind unannehmbar. Oder: Mein Haar ist schön, aber meine Waden sind gurkenförmig. Wenn sie frühmorgens die Betten macht, höre ich Edith manchmal weinen. Wenn ich mich ihr nähere, würgt sie das Weinen sofort ab. Aber sie seufzt so tief und so schluck-

27

artig, daß ich das dem Weinen nachfolgende Schluchzen noch heraushören kann. Mit diesem Weinen bezahlt sie für irgend etwas, was sie mir gegenüber nicht benennen kann. Aus dieser Einfühlung geht nach wie vor Liebe hervor, die ich immer seltener zeigen kann. Manchmal verlasse ich kurzfristig die Wohnung und gehe nach draußen in den Garten.

Edith ist hastig und verschwindet schnell. Beim Abschied küßt sie das Kind und sogar mich, allerdings sehr oberflächlich. Kaum bin ich mit Sabine allein, empfinde ich das Gefühl des Versagens gegenüber dem Kind. Ich bin erfüllt von dem Drang, Sabine etwas Besonderes bieten zu müssen. Aber wie beeindruckt man ein Kind? Ich nehme Sabine auf den Arm und gehe mit ihr hinaus in den Garten. Sabine betrachtet die Ohrklappe aus der Nähe, faßt sie sogar vorsichtig an, fragt aber nichts. Ich zeige ihr Einzelheiten aus dem Leben der Kleintiere, die wir in den Büschen und auf niedrigen Obstbäumen entdecken. Einmal sehen wir ein großflächiges Spinnennetz und am Rand des Netzes eine respektable Kreuzspinne. Das Kreuz auf dem Rücken der Spinne ist gut erkennbar, Sabine staunt. Ich erkläre, daß die Spinne wartet, bis ein Insekt in ihrem Netz hängenbleibt. Sabine ist verblüfft und mag mir nicht recht glauben. Auf dem Fenstersims sitzen massenhaft Fliegen, schon beim zweiten Versuch habe ich Glück. Ich nehme Sabine wieder auf den Arm und werfe die Fliege in meiner Faust aus kurzer Entfernung in das Netz. Schon schießt die Spinne vom Rand des Netzes in dessen Mitte. Rasend schnell umwickelt die Spinne den Leib der Fliege und macht aus ihm ein reiskorngroßes Päckchen, das sie am Rand des Netzes verwahrt. Sabine ist so sprachlos wie begeistert. Sie verlangt sofort eine Wiederholung. Sie will von meinem Arm herunter und zeigt mir, wo noch mehr Fliegen sitzen. Ich bin zu einer Wiederholung bereit, gebe aber zu bedenken, daß wir uns ein neues Netz suchen müssen.

Denn die eingepackte Fliege hat durch ihre anfängliche Gegenwehr das Netz zerdehnt und geringfügig zerstört. Sabine ist einsichtig und sucht nach einem neuen Netz. Auch der zweite Versuch gelingt. Ich merke, ich habe das Kind für mich eingenommen, das Schuldgefühl geht leicht zurück.

Am nächsten Morgen, am Samstag, fährt Edith frühzeitig zum Einkaufen los. Gegen Mittag werden wir ein Picknick machen, worauf ich mich jetzt schon freue. Das Kind spielt im Garten und plappert vor sich hin, ich sitze auf der Terrasse und lese Zeitungen. Das heißt, ich schaue mir flüchtig die Teilzeitangebote an und überlege, wo eine Erkundigung lohnen könnte. Zwischendurch betrachte ich die Frauen, wenn sie aus dem Haus treten und den Briefkasten öffnen. Sie betrachten ihren eigenen, mit fremder Handschrift geschriebenen Namen und gehen, den Brief mit dem Daumenfingernagel öffnend, zurück ins Haus. Für die Hühner, die über die Straße laufen, interessieren sich die Bauersfrauen nicht mehr. An den Hühnern gefällt mir, daß sie plötzlich stehenbleiben und irgendwohin starren, als hätten sie endlich etwas gefunden, wofür *sie* sich interessieren könnten. Aber kurz danach laufen sie genauso verwirrt und ratlos umher wie zuvor. Viele Frauen stauen Kissen und Bettdecken in die jetzt geöffneten Schlafzimmerfenster. Es sieht schön aus, wenn auf den weißen Kissenbergen nur die glattstreichenden Hände der Frauen sichtbar werden. Nur wenige Frauen drücken die Kissen nieder und schauen über sie hinweg auf die Straße hinunter. Aus den Einzelheiten geht Schlichtheit hervor, die mich ebenfalls beeindruckt. Ich möchte auch gerne schlicht sein, von Schlichtheit verspreche ich mir Glück. Das Angenehme an der Beobachtung des Landlebens ist, daß sich meine Sorgen hier vorübergehend aufzulösen scheinen, obwohl ich doch sicher bin, daß sie sich hier nur verschärfen. Am späten Vormittag kehrt Edith vom Einkaufen zurück. Ich frage, ob ich den Salat für das Picknick richten soll, Edith wehrt ab. Du kannst den Salat nicht richtig machen, sagt sie lachend. Danach leert sie die Waschmaschinentrommel und hängt die feuchte Wäsche auf der Terrasse auf. Erneut biete ich meine Hilfe an, ohne Erfolg. Vermutlich möchte Edith nicht, daß die Bauersfrauen ringsum denken, sie käme mit ihrer Arbeit nicht zurecht. Es soll nicht sichtbar werden, daß ein Mann Frauenarbeit macht. Wir reden nicht über derlei Dinge. Dieser Hochmut wird sich, fürchte ich, noch rächen.

Gegen halb zwölf fahren wir los. Unser Picknick findet immer auf demselben Platz statt. Es ist eine kleine, fast flache Stelle auf einer zu einem breiten Bach hinabfallenden Wiese. Die Wiese liegt am Ende eines Tals, das Edith seit ihrer Kindheit kennt und liebt. Die das Tal hochführende Straße ist schmal und unübersichtlich. Es kommt uns niemand entgegen. Das Tal ist nur unter Einheimischen bekannt. Es sind, wenn überhaupt, nur die wenigen Bauern unterwegs, die in den einsam verteilten Höfen leben und arbeiten. Kein einziges Touristenauto ist zu sehen, nicht einmal Wochenendwanderer. Sabine quietscht vor Freude. Sie weiß, der Picknicktag ist ein Kindertag. Das Wetter ist makellos, ein blauer Himmel spannt sich über die Berge. Unser Platz liegt so versteckt, daß er nicht einmal von der Straße aus einsehbar ist. Niemand soll auf die Idee kommen, seine Wolldecke neben der unsrigen auszubreiten. Auch ich freue mich auf das Picknick. Ich bin jetzt schon sicher, die Nachmittage im Tal mit Frau und Kind werden am Ende meines Lebens zu meinen schönsten Erinnerungen zählen. Zugleich finde ich es seltsam, daß ich jetzt schon solche bilanzierenden Betrachtungen anstelle. Ich habe mir bei früheren Ausflügen schon kleine verwaschene Steine aus dem Bach mitgenommen, was ich noch ein bißchen seltsamer finde. Es ist ein Zeichen von

Melancholie, wenn man von einem gerade ablaufenden Geschehen schon ein Andenken haben will. Das kann doch nur heißen: Die Gegenwart ist ein Leerbild, das mit einem Zeichen gerettet werden muß. Gleichzeitig (es wird wieder ziemlich kompliziert) beeindrucken mich meine eigenen Gedanken. Sie geben mir die Gewähr, daß hinter der Schlichtheit die Schwere von Lebensentscheidungen fühlbar wird, was ich noch weniger hinnehmen mag.

Edith parkt das Auto so geschickt an den Straßenrand, daß auch breitere landwirtschaftliche Fahrzeuge problemlos vorbeikommen. Ein Bauer mäht das hochgeschossene Gras. Er nickt uns zu, als wir an ihm vorbei die Wiese hinuntergehen. Eine Bäuerin sammelt das abgemähte Gras mit einer Handgabel ein. Die Sonne steht hoch und macht das Land still. Nicht einmal das Knattern eines Motorrads, das von ferne zu hören ist, wirkt störend. Edith stellt den Picknickkorb in den Schatten und breitet eine Wolldecke aus. Sabine springt in die Höhe, als sie das Sprudeln und Rauschen des Baches aus der Nähe hört. Winzige Ameisen rasen über Decke und Handtücher. Ich zeige Sabine ein paar Spinnweben, aber sie ist an Spinnen im Augenblick nicht interessiert. Sie legt schnell ihre Kleider ab und springt in den Bach. An einer niedrigen Stelle des Bachbetts bauen wir mit Steinen eine Art Stau und zwingen das Wasser kurzfristig zu einem anderen Abfluß. Eine Weile baut Edith mit, dann zieht sie sich auf die Wolldecke zurück und legt sich hin. Sie trägt das Unterteil eines Bikinis, ein luftiges T-Shirt, keinen BH. Edith ist nicht so wie viele Frauen dazu übergegangen, den Büstenhalter im Sommer abzulegen. Obgleich sie wenig Busen hat, verzichtet sie nicht auf herkömmliche Unterwäsche. Nur hier, wenn wir ganz unter uns sind (und nicht einmal der grasmähende Bauer uns sehen kann), läßt sie den BH zu Hause. Erst jetzt, mit einem fehlenden Ohr, merke ich, daß die Natur leise ist und wie angemessen das Leben in der leisen Natur für mich ist. Nach zwanzig Minuten verliert Sabine das Interesse an unserem Stau. Wir gehen etwa zwanzig Meter das Bachbett hoch und schleichen uns vorsichtig an das Bachufer heran. Dicht am Rand des Bachs, im Schutz einer leicht überhängenden Uferstelle, sehen wir zwei Stichlinge. Sie stehen im Wasser und wedeln mit dem hinteren Teil des Körpers hin und her. Sabine ist entzückt. Sie hat Fische bisher nur in Bilderbüchern und in Frischhaltebecken von Fischgeschäften gesehen. Die Stichlinge erschrecken und verschwinden. Wir gehen weitere zwanzig Meter das Bachbett hoch und warten auf neue Fische. Von ferne schaue ich auf die liegende Edith zurück, die im Augenblick wahrscheinlich schläft. Zuweilen denke ich den einen oder anderen höhnischen Satz. Zum Beispiel diesen hier: Inmitten der leuchtenden Natur liegt das Problempaket Frau und schläft. Der Satz ist keineswegs übertrieben. Beinahe jedes Wochenende klagt Edith darüber, daß wir hier keine interessanten Leute kennenlernen, obgleich wir doch auf ihren Wunsch hin hier leben. Tatsächlich wohnen hier nur uninteressante Leute (wie wir, füge ich höhnisch dazu), mit denen man nicht unbedingt einen Abend verbringen möchte. Außerdem bezweifle ich, daß es überhaupt interessante Leute gibt, aber das ist eine andere Geschichte. Beinahe jedes Wochenende redet Edith von ihrer nicht recht vorankommenden Emanzipation, aber wenn ich sie frage, wovon sie sich eigentlich emanzipieren will (von ihrer Heimat, von mir, von ihrem Frausein, von ihrem Kind oder wovon?), findet sie keine Antwort, sondern wird wütend. Sie lebt inmitten ihrer Ansprüche (Kleidung, Kind, Urlaub, Wohlstand), aber es wird ihr nicht problematisch, daß sie als berufslose Hausfrau zu hundert Prozent von einem nicht einmal sehr gut verdienenden Ehemann abhängig ist. Ich ahne, daß sie mit anderen Problemen noch mehr kämpft, über die wir nicht sprechen können. Seit der Geburt von Sabine sind Ediths äußere Schamlippen wulstartig nach außen getreten und haben sich nicht wieder zurückentwickelt. Mir ist die Veränderung nicht entgangen. In jungen Jahren hatte Edith, passend zu ihrer Figur, ein schmales, eher enges Geschlecht, anmutig versteckt von einer hübschen Schicht weichen Schamhaars. An derselben Stelle wölbt sich nun ein für Edith anstößiges Polster nach außen gestülpter Schamlippen. Ein einziges Mal habe ich Edith sagen wollen, daß sie diese Veränderung nicht zu ernst nehmen möge, da sie uns ja nicht behindere und so weiter. Edith verließ daraufhin gekränkt das Bett und schloß sich weinend in der Toilette ein.

Einen Meter von Sabine und mir entfernt läßt sich ein schwarz-weiß gefärbtes Vögelchen auf einem Stein nieder, dessen höchste Stelle nur knapp über den Wasserspiegel hinausreicht. Der Vogel wippt mit seinem langen Schwanz und schaut erregt auf das durchsichtige Wasser. Wenn ich mich recht erinnere, heißt der Vogel Bachstelze, aber ich bin mir nicht sicher. Der Vogel pickt in das niedrige Wasser hinein und zieht ein winziges, wurmartiges Tier hervor. Kurz darauf stützt sich Edith auf der Wolldecke auf und zieht die Picknicksachen zu sich heran. Sie fängt an, die Salate und die Teller und das Besteck auf der Wolldecke zu verteilen. Dann ruft und winkt sie uns herbei. Mein Gott, wie schön könnte alles sein! Sabine und ich sind hungrig. Wir stürzen mit einem kleinen Geheul auf die Decke.

Wir bleiben bis zum Frühabend im Tal. Gegen sieben tragen wir die Sachen zurück ins Auto und schauen während der Heimfahrt in die tiefstehende Sonne. Sabine bleibt eine Weile draußen und spielt mit den Hühnern. Edith ist von der Tageswärme geschwächt und legt sich ein wenig hin. Ich weiß nicht recht, was ich tun soll, und halte die Hände in die längst trockene und brettig steife Wäsche auf der Terrasse. In fast jedem Wäschestück sitzen zwei oder drei Ohrenklammern, die erschreckt auseinanderstieben. Einen halben Tag lang habe ich Ediths kleine Brüste entweder unter ihrem T-Shirt hüpfen oder liegen sehen. Jetzt schaue ich einem Hund dabei zu, wie er gegen eine niedrige Mauer pinkelt und Sabine ihn dabei beobachtet. Ein Bauer knattert auf einem Moped vorüber, zwei Schmetterlinge schaukeln über einen Hackklotz im Garten des Nachbarn. Die Hundepisse rinnt über die enge Straße. Laub vom Vorjahr, vermischt mit kleinen Abfällen, hat sich in einer Abflußrinne gesammelt. Eine Bäuerin verläßt mit einem Reisigbesen ein Haus und fegt die Straße. Sabine hat zwei Nachbarkinder getroffen und spielt mit ihnen Verstecken, was man hier »Schlupfles« nennt. Eigentlich möchte ich mein Gesicht gegen Ediths Busen legen. Ich traue mich nicht oder nicht sofort, zu Edith ins Schlafzimmer zu gehen. Ich hole mir in der Küche die örtliche Zeitung und setze mich mit ihr auf die Terrasse. Vom Dachvorsprung fällt ein kleiner Käfer auf den Sportteil der Zeitung. Der Käfer stellt sich tot, vermutlich weil ihm die Zeitung als Unterlage fremd ist. Der Käfer rührt kein Bein und keinen Fühler, ich überlege, warum ich trotzdem weiß, daß er nicht tot ist. Ich frage mich, ob aus dem simulierten ein wirklicher Tod werden kann, wenn er zu lange anhält. Aus Versehen stoße ich gegen die Zeitung und füge dem Käfer damit einen neuen Schreck zu. Jetzt steht er doch auf und läuft über die Überschrift VFL BOCHUM KAUM NOCH ZU RETTEN davon. Edith zuckt ein wenig zusammen, als ich mich neben sie lege. Sie läßt es zu, daß ich ihr das T-Shirt hochschiebe, aber mir entgeht nicht, daß sie dabei einen kleinen Widerstand überwindet oder nicht überwindet. Eine Weile liegen wir nebeneinander, ich ein bißchen tiefer als Edith, weil es schön ist, Ediths linke, seitlich abgerutschte Brust auf meinem geschlossenen Augenlid zu fühlen. Ich schiebe die Hand unter den Gummizug von Ediths Slip. Edith faßt nach meiner Hand, drückt sie zur Seite und dreht ihren Körper kommentarlos zur Wand. Ich stütze mich auf und betrachte Ediths Rücken. Es ist völlig klar, daß jetzt ich der Käfer bin, der auf einer fremden Zeitung liegt und sich fragt, wie lange er sich totstellen kann oder soll. Dabei habe ich darauf geachtet, daß ich Edith nicht meine Ohrklappe zuwende. Ich fühle mich momentweise so abstoßend, daß ich glaube, niemand wolle mehr etwas mit mir zu tun haben. Ich verlasse das Bett und das Zimmer, ziehe mich notdürftig an und gehe aus dem Haus.

Ich gehe den kleinen Weinberg hinauf, der hinter unserem Haus anhebt. Irgendeine Besänftigung müßte eintreten, aber wo soll sie herkommen? Zum ersten Mal habe ich nicht mehr abweisbare Angst, daß unsere Ehe zerbrechen könnte. Mit welcher Sorgfalt, Hoffnung und Zuversicht ich diese Frau ausgesucht habe! Alles mögliche in meinem Leben war mittelmäßig gewesen, aber die Ehe durfte auf keinen Fall ebenfalls mittelmäßig werden. Ich finde es beeindruckend, daß ich an einem frühen Samstagabend in einem leblosen Weinberg stehe und mir ein paar Tränen wegwische. Ich schiebe die Fingerspitzen unter die Brillengläser und reibe die geschlossenen Augen ein wenig hin und her. Leichter Bodennebel kriecht aus den Tälern in die Höhe. Zwei Fasane treten aus dem Dunst hervor und verschwinden wieder darin. Unterdessen ziehen sich am Himmel dunkelgraue Wolken zusammen. Es sieht nach Regen aus, vielleicht beendet ein Gewitter den Sommertag. Ich kann das Dach des Hauses sehen, in dem wir wohnen. Es ist rätselhaft, daß von dem Dach plötzlich ein Trost ausgeht. Ein erster Donner grollt über die niedrigen Hügel. Zwei staubige Karnickel springen an den Weinstöcken entlang. Ich kehre um und schlage den Nach-

35

hauseweg ein. Sabine verläßt das Nachbarkind und rennt ebenfalls nach Hause. Das nahende Gewitter löst wie üblich eine Panik bei ihr aus, die sie nur zu Hause erträgt. Ich erinnere mich an einen Frühabend vor zwei Jahren, als Sabines Katze von einem Auto überfahren wurde. Sabine heulte, Edith gab ihr Marzipan. Eine Woche später sagte Sabine zu dem Nachbarkind: Als meine Katze überfahren wurde, habe ich Marzipan bekommen. Das wichtige Mittelstück der Erzählung, das Heulen, hat sie unterschlagen. Man muß mit einem wichtigen Grund heulen, damit man etwas bekommt, denke ich, als wäre ich sechs Jahre alt. Das Donnern und Grollen verdichtet sich und wird lauter, ein leichtes Tröpfeln geht schon nieder. Es gehört zu meinen Aufgaben in unserer kleinen Familie, die weiblichen Mitglieder während eines Gewitters zu besänftigen. Die Besänftigung sieht so aus, daß wir uns zu dritt ins Bett legen, ich in die Mitte. Im linken Arm halte ich Sabine, im rechten Edith. Denn auch Edith fürchtet sich vor Blitz und Donner. Ich betrete rechtzeitig das Haus, ehe ein starker Blitz im Tal niedergeht und einen Platschregen nach sich zieht.

Komm schnell, ruft Sabine, als müßte sie bereits gerettet werden. Die beiden machen mir die Stelle in der Mitte frei, ich lege Hemd, Hose und Brille ab und schlüpfe ins Bett, Edith und Sabine drängen sich von links und rechts an mich und umfassen mich. Wie vordergründig unverständlich es ist, daß sich Edith, die sich vor einer halben Stunde von mir abgewandt hat, jetzt an mich preßt. Die kleinen Körper zukken im Rhythmus der Blitze. Es ist, als würden die Blitze immer nur knapp neben unserem Haus niedergehen. Ich denke an die Hühner. Aus früheren Beobachtungen weiß ich, daß Hühner keine Blitzangst haben. Sie stehen wie immer gelangweilt herum und starren in den Regen. Durch das enge Anschmiegen an mich hat sich Ediths T-Shirt leicht verzogen. Ich kann Ediths linke Brust sehen, und es schmerzt mich, daß mir die Brust so nahe ist und ich sie nicht zu berühren wage. Statt dessen wieder das Vordringen des Gefühls: Es spitzt sich etwas zu. Das Leben ist spiralförmig. Wenn ich mich nicht täusche, läßt das Gewitter bereits wieder nach. Nach etwa zehn Minuten merke ich, daß sich sowohl Edith als auch Sabine längst nicht mehr beängstigt fühlen, aber sie bleiben in meinen Armen liegen. Jetzt bin ich wieder erstaunt, daß ich überhaupt irgend etwas kriege. Gleichzeitig bin ich dem Regen dankbar, weil er mein Verlangen beschwichtigt. In die Stille hinein erzählt Edith eine kleine Geschichte. Als sie dieser Tage im Supermarkt einkaufen war, fand sie einen Fotoapparat. Sie gab ihn an der Kasse ab, aber die Kassiererin sagte, sie, Edith, solle den Fotoapparat behalten. Ich wollte davon nichts wissen, sagt Edith, und schlug vor, die Kassiererin solle den Apparat eine Weile aufheben, wahrscheinlich werde sich der Besitzer melden. Nach drei Tagen war ich wieder im Supermarkt und habe nach dem Fotoapparat gefragt. Er war immer noch da, und die Kassiererin wiederholte ihre Aufforderung, ich solle den Apparat behalten. Ich lehnte wieder ab, sagte Edith, daraufhin erklärte die Kassiererin den Apparat zu ihrem Eigentum. *Du* hättest den Fotoapparat behalten sollen, sagt Sabine, dann hätten wir jetzt zwei Fotoapparate. Edith lacht. Durch die kleine Geschichte lösen sich alle Bänglichkeiten auf. Ich verstehe die Bereinigung nicht recht und schaue wie ein Huhn in den Regen hinaus.

3

AUCH WÄHREND DER RÜCKFAHRT gelingt es mir, meine Fahrkarte vor dem Schaffner zu retten. Ich muß viel Zeit in Toiletten verbringen, aber ich habe die Samstagsausgaben von drei großen Zeitungen dabei und studiere den Stellenmarkt beziehungsweise die Kleinanzeigen. Frau Seidl aus der Entwicklungsabteilung reicht das Geld auch nicht. Sie macht nebenberuflich pharmazeutische Fachübersetzungen aus dem Französischen, aber auch damit verdient sie noch immer nicht genug. Eine andere Kollegin betätigt sich abends als Friseuse; sie besucht Frauen aus ihrem Bekanntenkreis und frisiert sie für die Hälfte der Friseursalonpreise. Sie ist zwei- bis dreimal in der Woche unterwegs, verdient recht gut und wird außerdem von ihren Kunden weiterempfohlen. Ich könnte mich in meiner Freizeit natürlich über Steuererklärungen und Lohnsteueranträge fremder Leute hermachen, aber weil ich mich schon tagsüber mit Finanzüberwachungen und Kostenrechnungen beschäftige, will ich mich nicht auch noch abends mit derlei herumschlagen. Es müßte eine vergleichsweise einfache Tätigkeit sein, die mich ein bißchen ablenkt und zerstreut. Zum Beispiel würde ich gern die Finanzkorrespondenz eines mittleren Unternehmens übernehmen, aber an solche Tätigkeiten ist schwer heranzukommen. Noch lieber würde ich abends einen Hund ausführen und damit Geld verdienen, aber ich weiß, so etwas geschieht nur in schlechten Romanen.

Nach der Ankunft gehe ich sofort zum Schalter der Fahrkostenerstattung. Wie üblich berechnet mir der Mann hinter dem Tresen einen hohen Gebührenanteil und zahlt mir dann den Rest der eingesparten Fahrkarte bar aus. Es ist ein lächerlicher Betrag. Eigentlich lohnt es sich nicht, daß ich mich für 17,30 Euro eine ganze Zugfahrt lang vor dem Schaffner verstecke. Ich schiebe den Gedanken beiseite und suche nach Einzelheiten, die mich besser unterhalten. Ich sehe zwei Schuljungen, die auf einem kleinen Rasenstück Fußball spielen. Ihre Schulranzen und eine Tüte Kartoffelchips liegen ein wenig abseits. Die Jungen merken nicht, daß sich eine Taube den Kartoffelchips genähert hat. Die Cellophantüte ist ein bißchen geöffnet, für die Taube jedoch nicht weit genug. Das Tier versucht, mit dem Schnabel in die Tütenöffnung hineinzustoßen. Dadurch wird die Tüte herumgeschleudert, einige Chips rutschen aus der Tüte heraus und verteilen sich ringsum. Die Taube hüpft den Chips hinterher, frißt sie auf und nähert sich erneut der Tüte. Wenig später rede ich pädagogisch verantwortungsvoll auf mich ein: Der stumme Auftrag, der uns allen erteilt ist, besteht darin, das Leben trotz seiner unendlichen Geschmacklosigkeiten freudig anzunehmen. Auch im Büro bessert sich meine Stimmung nicht. Einige Kollegen nehmen es mir übel, daß ich montags erst nach neun mit der Arbeit anfange. Dabei ist mir diese kleine Besonderheit vom Chef erlaubt worden. Alle im Büro wissen, daß ich im Schwarzwald verheiratet bin und daß ich die versäumte Arbeitsstunde im Lauf der Woche vielfach wieder aufhole. Ich arbeite still und ein wenig schuldbewußt vor mich hin. Es wäre mir lieber, wenn ich den Argwohn der Kollegen zurückdämmen könnte. Plötzlich fällt mir die Bachstelze ein, die ich am Wochenende zusammen mit Sabine beobachtet habe. Ich möchte wieder eine Bachstelze sehen, nach Möglichkeit bald. Ich weiß nicht, ob es hier in der Nähe einen Bach und ein paar dazugehörige Bachstelzen gibt. Ich bin nicht einmal sicher, ob die Bachstelze wirklich Bachstelze heißt. Kurz vor der Mittagspause beschließe ich, mir nächster Tage ein Vogelbestimmungsbuch zu kaufen. Erst dadurch schlägt meine Stimmung um. Ich habe nicht das geringste geographische Wissen über die Landschaften, die sich um die Stadt herum gruppieren, wenn es solche Landschaften überhaupt gibt. Eine Weile überlege ich, welchen Kollegen ich fragen könnte: Fließt in der Nähe Ihres Wohnortes vielleicht ein Bach? Und gibt es dort auch Bachstelzen? Ich behalte die Fragen lieber für mich. Die Kollegen würden mich auslachen, wenn ich sie nach Bachstelzen fragen würde. Die allgemeine Unerwartbarkeit derartiger Fragen in einem Büro hebt meine Stimmung. Wie sonderbar unser Innenleben organisiert ist, denke ich und seufze ein bißchen. Meine innere Beschäftigung mit Bächen und Bachstelzen tröstet mich sogar über die Fadheiten der Mittagspause hinweg. In der Regel (auch heute) gehe ich zusammen mit zwei oder drei Kollegen in eine Fischgaststätte. Wir essen dort ein Stück Kabeljau mit ein paar Bratkartoffeln oder ein Stück Lachs mit Reis und trinken ein Glas Wasser dazu. Die Kollegen und ich sind ein wenig unkonzentriert und freudlos, was wir uns nicht eingestehen wollen oder dürfen. Im Prinzip schätzen wir uns, aber eigentlich wollen wir nicht auch noch in der Mittagspause zusammensein. An den Nebentischen stehen Bankangestellte und reden über Debitorenzinsen. An den Tischen links von uns reden Manager eines Autohauses über eine Sonderfinanzierung mit zwei Prozent effektivem Jahreszins. Wir schlingen den Kabeljau in uns hinein und trennen uns dann. Es ist merkwürdig, daß uns die Trennung *nach* dem Mittagessen erlaubt scheint. Erleichtert verabschieden wir uns an der Geschirrückgabestelle. Ich gehe die geräuscharmen Mittagswege, die ich schon für mich ausgekundschaftet habe. Gewöhnlich halte ich mich in den Anlagen zwischen den

Großbanken und dem Bahnhofsviertel auf. Hier gibt es wenigstens keine Autos, keine Baustellen und keine Männer, die mit Motorsägen und Druckluftreinigern umherlärmen. Bachstelzen gibt es leider auch nicht, dafür andere, zart gefärbte Vögel, deren Namen ich nicht kenne. Es ist möglich, daß ich mich aufgrund meines Ohrverlusts zu einem Liebhaber der Natur und der Stille entwickle. Ohne besondere Absicht bin ich am Rand des Bahnhofsviertels angekommen. Ich habe noch etwa fünfundzwanzig Minuten Mittagspause und kann mir eine kleine Tour durch ein Bordell erlauben. Ich war, um mich zu zerstreuen, schon öfter hier, und ich weiß, daß die Bordelle zwischen 12.00 und 14.00 Uhr stark frequentiert werden. Die meisten Männer wollen nicht wirklich zu den Frauen, sie wollen nur ein paar starke Bilder sehen und dann wieder zurück an ihre Schreibtische. Die Prostituierten beachten meine Ohrklappe nicht. Kurz spiele ich die Enttäuschung durch, daß die Ehe mit Edith vermutlich nicht mehr zu retten sein wird. Ich muß eine Frau finden, vor deren Augen ich die Ohrklappe abnehmen und mein Unglück eingestehen kann. Es ist das erste Mal, daß ich mir selbst ein so weitreichendes Geständnis mache, das zugleich eine Art Perspektive für die Zukunft ist. Ich betrachte viele gehemmt wirkende Männer, die enge Anzüge und alberne Hüte tragen. Die meisten Männer trauen sich nicht, den Zimmern der Prostituierten näher zu kommen. Sie bleiben in respektvoller Entfernung stehen und bestaunen die herausgeputzten Körper der Frauen. Die Prostituierten belustigen sich über die Schüchternheit der Männer, einige machen sogar höhnische Bemerkungen. Ich interessiere mich für diese Verspottungen und treibe mich mehr in der Nähe der Männer als in den Zimmereingängen der Frauen herum. Die ruhige Betrachtung unfähiger Menschen bringt Versöhnung hervor. Ich frage mich, ob die Idee der Versöhnung auch den

Unfähigen zugute kommt oder nur mir, dem Betrachter. Ich schaue umher, ich kann nicht feststellen, was der Fall ist. Vermutlich bin ich allein der Nutznießer sowohl der Unfähigkeit als auch der Versöhnung. Denn ich merke, der Druck meines eigenen Lebens läßt hier nach, jedenfalls vorübergehend. Ich werde leicht und leichtsinnig, ich schaue interessierter als zuvor in die Zimmer der Frauen. Die meisten nennen unaufgefordert den Preis, dreißig, vierzig oder fünfzig Euro. Oben, im vierten Stock, laufe ich beinahe ohne Widerstand in eines der Zimmer hinein. Ich stehe vor einer mich anziehenden Frau und habe vergessen, daß ich eigentlich nur zur Zerstreuung hier bin. Ich fühle mich aufgereizt vom Anblick einer kleinen und zierlichen Hure. Sie hat sich als Braut zurechtgemacht. Sie trägt ein weißes Spitzenkleid, einen weißen Büstenhalter, einen weißen Slip, ein weißes Haarband und weiße Schuhe. Auch das Zimmer ist passend zur Brautmaske hergerichtet. Vor dem Fenster hängen zwei hellblaue Tüllgardinen, links steht ein weißer Kleiderschrank, rechts daneben ein weißer Schminktisch. Die rechte Seite des Zimmers nimmt ein blinkendes Metallbett ein. Eine helle, vermutlich empfindliche Tagesdecke ist über das Bett gebreitet. Die Frau erkennt, daß ich zögere, und sagt: Es wird dir noch morgen gefallen, wenn du jetzt bei mir bleibst.

Der Satz verblüfft mich. Die Prostituierte ist sich sicher, daß sie ein Teil meiner Erinnerung werden wird. Mit allem hätte ich gerechnet, damit jedoch nicht.

Was willst du haben, frage ich.

Dreißig, nackt fünfzig, antwortet sie.

Mit einer käuflichen Frau habe ich mich bis jetzt noch nie eingelassen, ich habe immer nur, wie die meisten Männer, mit einem gewissen Schaudern in ihre Zimmer geschaut. Ich gebe Edith die Schuld, daß ich in Gefahr bin. Wenn sie mich nicht so oft zurückgewiesen hätte, wäre ich jetzt nicht in die-

sem Zimmer. In diesen Augenblicken läuft unter dem Metallbett ein kleiner weißer Hund hervor. Ich erschrecke, die Prostituierte auch, ich erschrecke echt, die Prostituierte nicht
ganz echt.

Bleibst du in deiner Kuhle, schimpft die Frau mit dem
Hund und erhebt dabei den rechten Zeigefinger. Der Hund
verschwindet wieder unter dem Bett und gibt keinen Laut
von sich. Natürlich stelle ich mir vor, daß mich das Tier
enorm irritiert hätte, wenn ich mit der Frau im Bett gelegen
hätte. Ich bin dem Hund dankbar, daß es nicht soweit gekommen ist.

Ich drehe mich um und sagte: Ich muß zurück ins Büro.

Du kannst ja heute abend kommen, wenn du weniger
Streß hast, ruft mir die Frau nach.

Zehn Minuten später sitze ich wieder an meinem Schreibtisch. Ich muß mich fast eine Woche lang mit der Analyse
von Ertragsabweichungen beschäftigen. Warum ist unsere be-
währte Heilsalbe (Name ist dem Verfasser bekannt) im letzten halben Jahr deutlich weniger verkauft worden als in den
vergleichbaren Zeiträumen der letzten beiden Jahre? Und
warum wird unser Präparat (siehe oben) zur Behandlung
von Blutgerinnseln trotz seiner bedenklich starken Nebenwirkungen viel öfter verschrieben als erwartet? Mit solchen
Fragen könnte man (ich) sich ein Leben lang beschäftigen.
Ich treffe mich mit den Leuten vom Marketing, mit den
Pharmazeuten von der Entwicklung und mit den Koryphäen
des Vertriebs. Nach einiger Zeit (Tagen, Wochen) tue ich so,
als könnte ich die Fragen beantworten, dann ist für eine Weile
Ruhe. In Wahrheit warte ich darauf, daß Edith anruft. Sie ruft
nicht an, und das ist das für *mein* Leben bedeutsamere Zeichen. Zwischen Edith und mir hatte es sich eingespielt, daß
wir uns in der Woche ein- bis zweimal anrufen. Nach meinem moralischen Verständnis bin ich der Zurückgewiesene

43

und habe daher Anspruch, angerufen zu werden. Wenn auch morgen und übermorgen kein Anruf kommt, dann könnte es geschehen, daß … Ich kann die Katastrophe nicht denken. Ich habe immer noch die Vorstellung, daß ich mich bei Edith für immer festgeliebt habe, trotz aller inneren Abtrennungen und Verunglimpfungen. Ich sitze mit siebzehn Kollegen in einem Großraumbüro. Es ist Mittwoch kurz nach drei Uhr. Frau Wecke, eine ehrgeizige Account Managerin, liest umfangreiche Vertragstexte und markiert mit einem gelben Filzstift zahlreiche Textstellen. Nach jeder Markierung drückt Frau Wecke die schwarze Verschlußkappe wieder auf den Stift, hält sich diesen gegen das Kinn und liest weiter. Herr Zuckschwert, ein verheirateter Brand-Manager, sagt einmal zu Frau Grünewald: Heute abend sehen wir fern und essen Pizza dazu. Frau Grünewald kommentiert den Satz nicht. Nirgendwo ist das Fallgeräusch leerer Sätze so deutlich hörbar wie in einem Großraumbüro am Nachmittag. Frau Wecke nutzt die Leere, nimmt die Wachskügelchen aus ihren Ohren und legt sie neben ihr Telefon. Frau Grünewald will mir wiederholt einen Gefallen erweisen, aber ihre Bemühungen gehen daneben beziehungsweise verpuffen. Wenn sie zum Kopierer geht, kommt sie bei mir vorbei und fragt, ob sie für mich etwas mitkopieren kann. Ich strenge mich an, ihre Liebenswürdigkeit zu beantworten, aber ich gehe nicht soweit, mir zum Schein ein paar Kopien von irgendwas machen zu lassen. Seit Tagen löst sich der Innensaum an meinem linken Hosenbein. Ich müßte mir noch heute eine neue Hose kaufen und die alte in die Änderungsschneiderei bringen; es geschieht weder das eine noch das andere. Ich führe diese Nachlässigkeiten auf meinen ungeplant zurückgekehrten Junggesellenstatus zurück. Die Wirklichkeit ist langweilig, sinnlos, kompliziert und unergiebig. Nein, korrigiere ich mich, die Wirklichkeit ist interessant, sinnvoll, einfach und ergiebig.

Solange ich jeden Tag die Unterwäsche wechsle und mir jeden Tag die Haare wasche, komme ich mir vorerst ungefähr-
det vor. Guter Gott! Ich befestige die losen Stellen des Saums
mit drei Büroklammern. Größere lose Stücke klebe ich mit
Uhu am Hosenrand fest. Frau Grünewald bemerkt meine lächerlichen Bemühungen und sinnt nach (ich sehe es), wie sie
mir helfen könnte, ohne mich zu beschämen.

Die Woche geht zu Ende, Edith ruft nicht an. Ich bleibe
widerspenstig, ich rufe ebenfalls nicht an, obwohl mich
meine Verbohrtheit bedrückt. Das Wochenende naht, ich
brauche Geld, das ich nicht habe beziehungsweise nicht aus-
geben will. Am Freitag bringe ich meine unersetzliche Anlage (Quadrophonie!) in ein Pfandhaus in der Schlosserstraße. Das Pfandhaus beschämt mich insofern nicht, weil
ich in den Augenblicken, als ich es betrete, sein einziger
Kunde bin. Ein Mann in einer hellen Kittelschürze tritt an
die Theke, hebt mit beiden Händen mein Gerät in die Höhe,
dreht es zweimal um und sagt: Fünfzig Euro kann ich Ihnen
dafür geben.

Ich bin bestürzt und zeige es.

Die Anlage hat vor gar nicht langer Zeit achthundert Euro
gekostet, sage ich.

Es tut mir leid, sagt der Pfandleiher und zeigt mit der
Hand auf die vielen Anlagen, die ringsum auf den Regalen
stehen.

Na gut, sage ich.

Der Pfandleiher schreibt eine kleine Quittung, nimmt
meine Anlage, stellt sie zu den anderen und zahlt mir fünfzig
Euro aus.

Ich gehe die Schlosserstraße entlang und empfinde meine
Bedrückung noch ein bißchen deutlicher als zuvor. Ich schaue
mich um nach einer Umgebung, die mich ein bißchen aufhei-
tern könnte. Ein mittlerer Rummelplatz mit einem Ketten-

karussell und einer Geisterbahn wäre jetzt nicht schlecht, aber einen Rummelplatz gibt es hier nicht. An einer Ecke sehe ich eine Buchhandlung. Im Schaufenster liegen eine Menge Reiseführer, die mich daran erinnern, daß Edith, ich und das Kind schon im vorigen Jahr nicht in Urlaub gefahren sind und daß mir Edith deswegen Vorhaltungen gemacht hat. Wir müssen das Urlaubsgeld sparen, sagte ich mehrmals, damit unser total überzogenes Konto mal ein bißchen zur Ruhe kommt. Wieder einmal habe ich bemerkt, daß für Edith die Notwendigkeit von Einschränkungen so fremd ist wie eine Krankheit. Mir fällt ein, daß ich ein Vogelbestimmungsbuch kaufen will. Was sollen wir tun, wenn wir tatsächlich einmal in Not sind? Die Verkäuferin legt mir sieben verschiedene Vogelbestimmungsbücher vor. Von den fünfzig Euro, die ich soeben eingenommen habe, verschwinden in diesen Augenblicken sieben. Ich setze mich in ein Terrassen-Café, bestelle einen Cappuccino und betrachte die farbigen Vogelbilder. Es bedrückt mich, daß ich vielleicht nur noch arbeite, um zwei Wohnungen bezahlen zu können, von denen mir die Schwarzwälder Wohnung immer mehr entgleitet. Ich beobachte eine Wespe, die in die Öffnung eines Zuckerstreuers hineinkrabbelt. Zwei Minuten lang starre ich den Zuckerstreuer an, die Wespe kehrt nicht zurück. Vermutlich ist sie am anderen Ende des Streurohrs von seitlich einrieselndem Zucker überflutet worden und kämpft gerade gegen ihren Tod. Ich finde eine kleine Abbildung der Bachstelze und freue mich, daß ich sie wiedererkenne. Es sind langbeinige, schlanke Bodenvögel, die gut laufen und rennen, aber nicht hüpfen können, lese ich. In der offenen Kulturlandschaft sind sie überall anzutreffen, wo es feucht ist. Sie leben auch gerne in der Nähe von Gebäuden, in deren Mauerwerk sie in Löchern brüten können. Ich schaue auf den Zuckerstreuer, die Wespe ist offenbar umgekommen. In ausgetrockneten Weihern und Resttümpeln leben Brachvögel, Rohrdommeln und Trauerseeschwalben. Es entsteht der merkwürdige Wunsch, daß ich gerne einmal dort sein möchte, wo diese Vögel leben. Ich merke, daß mir die Namen der heimischen Vögel gefallen. Besonders entzücken mich die Worte Wiesenpieper, Raubwürger, Klappergrasmücke, Trauerschnäpper. Am meisten entzückt mich das Wort Gelbspötter. Auch der dazugehörige Vogel ist hübsch. Es ist ein winziges, rundum gelbes Vögelchen, das den Schnabel weit aufreißt und tatsächlich einen spöttischen Eindruck macht. Ich frage mich, was der Vogel den ganzen Tag verspottet; die Natur, die anderen Vögel oder die Menschen oder was? Erst nach einer Weile fällt mir ein, daß der Name von Menschen erfunden ist und nicht bedeutet, daß der Vogel tatsächlich irgend etwas verspottet. Ich werde am Wochenende mit der S-Bahn in den Taunus fahren, ein kleines Picknick machen und Vögel bestimmen. Daß mir ein Ohr fehlt, scheint nicht besonders aufzufallen. Viel mehr fallen Männer auf, die neben einer Frau umhergehen und die Hand auf den Popo der Frau legen. Oder Frauen mit großen hellbeigen Hunden, die zu ihren Handtaschen passen. Später werde ich mir neue Mullbinden und eine Heilsalbe in der Apotheke kaufen. In einer Illustrierten finde ich ein Sommerbild, ein Badefoto an einem Strand. Frauen, Männer und Kinder liegen auf Handtüchern oder spielen im Sand. Wie ein Gelbspötter mache ich mich lustig über das Schlichtglück der Leute. Weil ich gerade am Spotten bin, verhöhne ich ein nicht mehr junges Paar, das rechts von mir sitzt. Zwischen zwei Weingläsern liegen ihre Hände und krallen sich ineinander. Sonnenlicht fällt in die Weingläser, bricht sich im Wein und fällt als gelbes Lichtgeschaukel auf ihre Hände. Offenkundig stören sie sich nicht am Kitsch ihrer ineinandergeschobenen Hände. Sie stören sich auch nicht an einer Taube, die unter einem Tisch in ihrer Nähe ein

Stück Brotrinde zerkleinert, indem sie das Brotstück immer wieder in die Höhe schleudert. Ich zahle den Cappuccino und verlasse das Terrassen-Café. In einer nahen Apotheke kaufe ich neue Mullbinden und die Salbe. In einem kleinen Spiegel neben der Kasse sehe ich, daß durch die Glücksverspottung mein Gesicht ein wenig gelb geworden ist.

Am Wochenende ist endlich Stille in der Stadt und schönes Wetter. In der Nacht von Samstag auf Sonntag habe ich halbwegs gut und ausreichend lang geschlafen. Ich öffne das Fenster, die Sommerwärme verbreitet sich in der Wohnung. Nach dem Frühstück werde ich zu einem Picknick aufbrechen. Es tut mir jetzt doch leid, daß ich meine teure Anlage ins Pfandhaus getragen habe. Aber es gefällt mir auch, daß ich jetzt nichts weiter besitze als ein kleines Plastikradio. Ich komme mir dadurch ein bißchen verarmt und vernachlässigt vor. Aus dem Fenster einer Nebenwohnung dringt Schlagerkitsch in mein Zimmer. In meiner Jugend habe ich Schlagermusik scharf verurteilt, worüber ich heute lachen muß. Mein gegenwärtiger Traum ist: auf einem Schiffsdeck sitzen, in eine Wolldecke gehüllt sein, auf das Meer sehen und dabei eine Hühnerbrühe löffeln. Nichts davon ist da, nicht einmal eine Hühnerbrühe. Ich leide darunter, daß Edith nicht mehr anruft und daß auch ich das Schweigen nicht brechen kann. Mein Zusammenleben mit Edith nimmt die Form einer Erinnerung an ein *früheres* Leben an und zerfällt dabei in ein Durcheinander von Einzelbildern. Gegen halb elf ziehe ich eine Plastiktüte aus der Kommode und fülle sie mit zwei Wurstbroten, zwei hartgekochten Eiern, einem Apfel und dem Vogelbestimmungsbuch. Sofort ist klar, daß mein Picknick dürftiger ausfallen wird als die von Edith vorbereiteten Picknicks. Ich besitze nicht einmal eine Wolldecke, die ich jetzt mitnehmen könnte. An ihrer Stelle stecke ich eine alte Zeitung in die Plastiktüte, die ich an einem hoffentlich schö-

nen Waldrand ausbreiten werde. In der S-Bahn-Station bin
ich der einzige, der an diesem Sonntagmorgen auf den nächsten Zug wartet. Auf ein Plakat mit dem Gesicht von Joe
Cocker schreibe ich mit dem Kugelschreiber: Kann diese
alte Drogenruine nicht endlich verschwinden? Erst kurze
Zeit später, in der S-Bahn, beschämt mich meine lächerliche
Schmähung. Es beruhigt mich, daß die Ortschaften im Vor-
taunus genauso hilfsbedürftig aussehen wie die Ortschaften
im Schwarzwald. Einmal sehe ich eine kleine Schafherde, die
sich auf den Gipfel einer Anhöhe zurückgezogen hat. Ein solches Schaf möchte ich sein und von weitem auf die stummen
S-Bahn-Benutzer herabblöken, denke ich und muß nicht lachen. Langsam kommen Waldränder und Feldwege in Sicht.
Aufs Geratewohl verlasse ich im Bahnhof einer halbwegs
vielversprechenden Ortschaft die Bahn und überlege, in welche Richtung ich gehen soll. Obwohl ich Ruhe suche und sie
neuerdings sogar zum Leben brauche, kommt mir die ver-
dickte Stille des Dorfes unbehaglich vor. Ich gehe nach links
und erreiche nach kurzer Zeit einen Ackerpfad, der zu einer
höhergelegenen Lichtung führt. Die Sonne brennt, weit und
breit kein Mensch. Über dem flachen Acker schwirren eine
Menge kleiner, braun-weiß geseckter Vögel, die auf dem
Kopf eine spitze, nach hinten ragende Haube tragen. Nach
Auskunft meines Vogelbestimmungsbuchs handelt es sich
dabei um sogenannte Haubenlerchen. Ich bleibe unter einem
Apfelbaum stehen und lese: Lerchen sind braune Bodenvögel, die ihren herrlichen Gesang in der Luft im Fliegen vor-
tragen. Von den drei in Mitteleuropa brütenden Lerchen ist
nur die Feldlerche häufig und überall verbreitet. Ich komme
mir ein bißchen lächerlich vor, aber ich kann die Quelle der
Lächerlichkeit nicht finden. Ich gehe noch ein bißchen weiter hoch an den Rand der Lichtung und suche mir dort
einen schattigen Platz. Auf die Ausbreitung der Zeitung ver-

zichte ich. Über einen Mann, der hier eine alte Zeitung aus-
legt, würde ich selber lachen müssen, obwohl ich nicht weiß
warum. Das Leben ist: seine Ungenauigkeit. Diese Einsicht
kommt gegen meine Verwirrung nicht an und tröstet mich
nicht. Höchstens zwei Minuten lang gelingt es mir, dem Um-
herschwirren der Lerchen zu lauschen. Ich lehne gegen einen
Baum und esse viel zu schnell meine beiden Wurstbrote. Ein
Vogel stellt sich nie die Frage, was er den ganzen Tag machen
soll. Ich kann mich nicht davon befreien, mein kleines Steh-
Picknick mit den festlichen Picknicks von und mit Edith zu
vergleichen. Ich setze mich in das Gras, aber der Boden ist
feucht und die vielen Kleintiere ekeln mich. Nach ungefähr
zwanzig Minuten gestehe ich mir ein, daß mein Picknick ge-
scheitert ist. Ich klopfe mir Gräser, Ameisen und kleine Äst-
chen von der Hose und gehe zur S-Bahn-Station hinunter. An
der Haltestelle wartet eine junge Behinderte. Sie hat keine
Arme und keine Hände, nicht einmal Armstümpfe. An ihrem
Hals hängt eine Leinentasche mit langen Henkeln. In der
S-Bahn wirft die Frau ihren Oberkörper mit einem Schwung
nach vorne, so daß sich die Henkel der Tasche von ihrem Hals
lösen und die Tasche vor ihr auf den Boden fällt. Mit dem linken Fuß öffnet sie die Tasche, mit dem rechten Fuß greift sie
in die Tasche hinein und holt mit den Zehen ein Buch heraus.
Sie hält das Buch mit den Zehen fest und schwingt Bein und
Buch auf das Knie ihres linken Beins. Mit dem rechten Fuß
hält sie das Buch und schlägt mit den sehr beweglichen Zehen
die Buchseiten um. Die Frau kommt mit dem Lesen beziehungsweise dem Umblättern der Seiten viel zu schnell voran,
so daß der Eindruck entsteht, daß sie nicht liest, sondern ihre
Geschicklichkeit vorführen möchte. Dabei schaut sie niemanden an. Irgendwann werde ich ohne Ohrklappe herum-
laufen und mit meiner Ohrlosigkeit angeben. Unschlüssig
verlasse ich im Hauptbahnhof die S-Bahn. Ein Moment von

Schwäche führt dazu, daß ich mich in der Bahnhofshalle auf eine Bank setze und etwas blöde in die Umgebung schaue. Ich beobachte eine junge Schwarze, die an einem Automaten herumspielt. Das heißt, sie klopft gegen den Automaten, irgend etwas scheint nicht in Ordnung zu sein. Nach einer Weile dreht sich die Schwarze um und geht in meine Richtung. Geld nicht zurück, sagt sie. Ich stehe auf und gehe mit der Schwarzen zum Automaten zurück. Ich suche den Geldrückgabeknopf (so heißt er), drücke darauf, sage zweimal der Schwarzen ins Gesicht: Geldrückgabeknopf!, und tatsächlich, einige Sekunden später fällt eine 50-Cent-Münze in das Geldrückgabefach (so heißt es), und ich sage wieder mehrmals zu der Schwarzen gewandt: Geldrückgabefach! Geldrückgabefach! Die starken Lippen der Frau dehnen sich, sie lächelt mich an. Ich gehe zurück zur Bank, die Schwarze wirft das 50-Cent-Stück erneut in den Automaten. Dabei dreht sie sich zu mir und zeigt mir ihr strahlendes Gesicht. Diesmal funktioniert der Automat. Die Schwarze entnimmt ihm ein Nuß-Crisp, das sie auf der Stelle auspackt und verzehrt. Ich sehe, sie würde mir gerne etwas von ihrem Nuß-Crisp abgeben, aber sie traut sich nicht. Vermutlich steckt sie, genau wie ich, in einem halb gescheiterten Sonntag. Ich überlege kurz, ob ich sie zu einem Lokalbesuch einladen soll, zum Glück komme ich wieder davon ab. In diesen Augenblicken fällt mir die Bordellbraut ein, in deren Zimmer ich dieser Tage gewesen bin. Ich greife in meine Plastiktüte und hole meinen Picknick-Apfel heraus. Jetzt ist die Tüte leer, ich werfe sie weg. Ich esse einen Apfel und lenke meine Schritte in Richtung Bordell. Gehen und dabei einen Apfel essen: dabei würde ich es gerne belassen. Aber eine kleine Qual hat ihr Zelt in mir aufgeschlagen und drangsaliert mich von innen. Immerhin, der Apfel schmeckt ausgezeichnet. Ich hoffe, der Gang zum Bordell wird mich so sehr ermüden, daß ich mir den Besuch der Braut ersparen kann. Aber die Quälerei in meinem inneren Zelt treibt mich voran und wird unterwegs eine Spur heftiger. Ich richte es so ein, daß ich, als ich vor dem Bordell stehe, mit dem Apfel noch nicht fertig bin. Einen Apfel essen und vor einem Bordell stehen ist eine ausgezeichnete Bordellvermeidung. Aber ich drehe noch eine Runde ums Viertel, werde unterwegs leider mit dem Apfel fertig, nicht aber mit dem Bordell. Ein fünfstöckiger Bau, alle Fenster geschlossen, die Tür geöffnet. Einzelne Männer kommen heraus oder treten ein. Die kühle Halle im Erdgeschoß gibt mir Hoffnung. Die hier herumleidenden Männer sehen nicht aus, als hätten sie Interesse an den Frauen. Sie wollen wieder mal herausfinden, warum sie hier sind. Ich weiß, warum ich gekommen bin, ich will die Braut wiedersehen. Im Treppenhaus kommt mir ein junger Mann entgegen und sagt: Oben ist nichts los. Ich steige hoch und finde die Tür der Braut tatsächlich verschlossen. Ich atme erleichtert auf, aber dann sehe ich, daß die Tür nebenan weit offen ist. Eine kleine, nußbraune Frau, wahrscheinlich eine Südamerikanerin, sitzt in einem Korbstuhl und spielt mit einem Silberkettchen. Zwei Männer stehen im Türrahmen und schauen stumm ins Zimmer, ich stelle mich hinter sie. Die Frau hat obenrum nichts an, ihre kleinen Brüste sind entzückend wie Spielzeuge. Ich kenne solche Frauenbildnisse nur von den Coca-Cola-Kalendern aus meiner Kindheit. Es ist ein zierlicher, geschmeidiger Körper mit dichtem schwarzem Haar, kleinen Kulleraugen und hübschem Mund. Das Haar schimmert ins Bläuliche wie das Haar Tarzans, die Zähne sind weiß und strahlend, die Haut dunkel und warm. Die zwei Männer gehen kurz danach weiter, ich bleibe allein zurück. Immer geht ein Unglück los, wenn ich allein zurückbleibe. Warum haben die beiden Männer nicht zu mir gesagt: Komm, geh mit uns. Die Frau steckt sich, wahrscheinlich nur für mich,

eine Papierblume ins Haar. Ich kann nicht mehr aufhören,
die Frau zu betrachten. Dann sagt sie: Du wollen fick? Ich
antworte nicht, trete aber einen Schritt näher. Du bist Mann,
du machen fick, sagt sie, steht auf und schließt die Zimmer-
tür hinter mir. Sie legt ihren kurzen Wickelrock ab, tritt vor
mich hin und entkleidet mich. Was willst du haben? frage
ich. Dreißig, sagt sie, heute billig für dich. Der lächerliche
Preis verwirrt mich. Sie nimmt meine Hand und legt sie sich
auf die rechte Brust. Jetzt habe ich ein beglückendes Kind-
heitsgefühl und kann nicht mehr zurück. Was kostet es von
hinten? frage ich. Vierzig für dich, sagt die Frau. Ich finde in
meiner Brieftasche zwei Zwanziger, die ich ihr gebe. Sie
sieht, daß ich noch mehr Geld in der Brieftasche habe. Du geben noch zwanzig, ich machen französisch, sagt die Frau.
Ihre zierliche Stimme bewegt mich. Die Frau kommt mir
jetzt vor, als sei sie in ihrem früheren Leben eine Lerche im
Taunus gewesen, sei dann aber von einem bösen Zauberer in
eine Prostituierte verwandelt und in dieses Haus verschleppt
worden. Du siehst aus wie ein schönes Vögelchen, sage ich
wie im Märchen, worüber sich die Frau freut. Ich gerate in
eine unerträglich gutmütige Stimmung und sage nur noch:
Also gut. Jetzt muß ich einen Hunderter anbrechen. Ordentlich reicht mir das Vögelchen die beiden Zwanziger zurück,
die ich ihr zuvor gegeben habe. Im Halbdunkel des Zimmers
sehe ich zwei Sekunden lang, daß mir die Frau versehentlich
nicht zwei Zwanziger, sondern zwei Fünfziger zusteckt. Wie
im Märchen bin ich wieder stark verblüfft und halte den
Mund. Ich rechne schnell nach und komme zu diesem Ergebnis: Das Vögelchen vögelt umsonst und bezahlt mich oben-
drein noch dafür. Die Frau zieht mir ein Kondom über, dann
dreht sie mir den Rücken zu und stellt einen Fuß auf ihr Bett.
Etwa zehn Sekunden lang habe ich ein schlechtes Gewissen
und erwäge ernsthaft, das zuviel erhaltene Geld am Ende zu-

rückzugeben. Aber dann wird klar, daß die Frau mich betrügen will. Sie beugt sich leicht nach vorne, greift sich zwischen die Beine und umschließt mit der Hand mein Geschlecht, führt es jedoch nicht ein. Sie gibt ihrer Hand eine langgezogene, schalenartige Form und drückt sich den Penis darin gegen ihr weiches Vaginalpolster. Wenn ich jetzt nicht wüßte, daß ich sie ebenfalls betrügen *kann*, würde ich vielleicht grob werden. Vermutlich glaubt die Frau, daß ich ihre Manipulation nicht bemerke. Sie faßt mit der anderen Hand meinen Hintern und bringt ihn in eine rhythmische Bewegung. Momentweise erinnert mich unsere eigenartige Sexualskulptur an die künstlichen Besamungen, die ich im Fernsehen schon öfter gesehen habe: Ein Stier wird mit Hilfe eines Duftlockstoffs auf eine Stierattrappe gelockt, über seinen Penis stülpt der Züchter ein Samenabfanggerät. Zehn Sekunden später ist das Ergebnis da. So ähnlich ist auch der Verlauf zwischen der kleinen Betrügerin und mir. Die Frau dreht sich um, erlöst mich von dem Kondom, legt sich den Wickelrock an und wartet, bis ich angezogen bin. Zwischen uns gibt es nur einen Unterschied: Ich betrüge sie zufällig, sie betrügt mich absichtlich. Momentweise, während des Anziehens, erfaßt mich Mitleid. Aber ich bin daran gewöhnt, die Aktiva und die Passiva gegeneinander aufzurechnen. Besonders interessant sind Fälle, in denen sich ein anfänglicher Vorteil in einen späteren Nachteil verwandelt und umgekehrt. Mit einem kurzen Kopfnicken gehe ich aus dem Zimmer. Eilig, ehe die Frau bemerkt, daß sie mir zuviel Geld zurückgegeben hat, verlasse ich das Haus und trete in die blendende Helligkeit eines Sommerabends.

4

ERST AM MITTWOCH DER FOLGENDEN WOCHE ruft Edith
an. Obwohl sie weiß, daß ich im Büro nicht unbehindert
sprechen kann (mindestens drei Kollegen in meiner Umgebung möchten mithören), meldet sie sich kurz vor der Mittagspause. Es ist für mich schwierig, unsere gedrückte Stimmung am Telefon länger als zwei Minuten auszuhalten. Ich
möchte wissen, warum sie mich mit dem Anruf so lange hat
warten lassen, aber Edith weicht aus und sagt: Sabine hat
nach dir gefragt.

Ich freue mich und antworte: Küß das Kind von mir.

Ja, sagt Edith.

Ich unterdrücke die Frage, ob ich künftig nur noch des
Kindes wegen anreisen soll. Dann fragt Edith: Kommst du
wie üblich mit dem 20-Uhr-45-Zug an?

Ja, sage ich, holst du mich ab?

Klar, sagt Edith.

Dann ist das Gespräch beendet. Herr Zuckschwert, mein
Schreibtisch-Gegenüber, hat Wort für Wort mitgekriegt. Er
hat mir schon öfter in kameradschaftlicher Manier vom
Scheitern seiner eigenen Ehe erzählt. Ich habe schon mehr-
fach versucht, mit mimischen Mitteln meinen Unwillen vor
solchen Erzählungen auszudrücken, bis jetzt ohne Erfolg.
Herr Zuckschwert ist nicht damit einverstanden, daß ich
über meine Privatverhältnisse schweige. Die Mittagspause
verbringe ich heute und morgen nicht in einem der Schnell-
buffets, weil ich weder mit Zuckschwert noch mit anderen

Kollegen zusammensein möchte. Es entgeht mir nicht, daß mich mein Privatgeschick im Büro zu isolieren beginnt. Zum Ausgleich für meinen späteren Arbeitsbeginn an den Montagen arbeite ich heute und morgen jeweils eine Stunde länger. Auch das macht bei Zuckschwert und den anderen keinen guten Eindruck. Im allgemeinen werden von den Angestellten keine Überstunden verlangt, von Streß-Phasen abgesehen. Vielleicht deswegen erwecke ich den Eindruck eines etwas linkischen Strebers, von dem nicht klar ist, was er eigentlich erreichen will. Unser Chef, Dr. Blischke, arbeitet so gut wie täglich bis mindestens 20.00 Uhr. Er läuft nach Feierabend einmal durch die Etage und sieht mich am Computer. Er nickt mir freundlich zu, sagt aber nichts. Das heißt, am Donnerstag bittet er mich in sein Büro. Er hat ein Stockwerk höher einen separaten Raum mit Sekretärin, Frau Bott. Er fragt, ob ich ihm helfen könne, die nächste Pharmareferenten-Konferenz vorzubereiten. Er erkundigt sich nicht, ob ich nicht vielleicht jetzt schon zuviel Arbeit habe. Natürlich verweigere ich mich nicht vor Dr. Blischke. Er gibt mir ein paar neue Produktbeschreibungen und seine Kommentare zu den letzten Quartalsabrechnungen, dann darf ich gehen.

Am Abend in meinem Apartment ruft mich Frau Schweitzer an, meine Vormieterin. Sie hat aus Versehen, beziehungsweise weil sie am Tag des Umzugs zu erschöpft war, ein paar Sachen im Keller zurückgelassen, und ob sie diese bei Gelegenheit abholen dürfe. Ich bin ebenfalls erschöpft, das heißt sprechmüde, und sage rasch: Aber selbstverständlich. Frau Schweitzer ist dankbar und fragt, ob sie mich nächste Woche, vielleicht am Dienstagabend, besuchen könne.

Ja, sage ich, gegen neun Uhr am besten.

Frau Schweitzer ist einverstanden, bedankt sich und legt auf. Erst später, im Bett, fällt mir auf, daß es vielleicht ein bißchen seltsam ist, wenn eine Vormieterin länger als nach

einem Jahr auf die Idee kommt, beim Nachmieter nach zu-
rückgelassenen Sachen zu fragen. Am folgenden Morgen
rufe ich meinen Vermieter an und frage nach Frau Schweitzer.

Das ist eine problematische Person, sagt der Vermieter; sie
hat sechs Jahre lang in dem Apartment gelebt. Fünfeinhalb
Jahre ging alles gut, aber dann zahlte sie plötzlich keine
Miete mehr.

Oh, mache ich.

Sie mußte aus der Wohnung herausgeklagt werden, sagt
der Vermieter.

Oh, wiederhole ich.

Die ausstehenden Mieten sind immer noch nicht bezahlt,
sagt der Vermieter, wahrscheinlich kommt da nichts mehr.

Ist die Frau arbeitslos? frage ich.

Davon weiß ich nichts; ich weiß noch nicht einmal, wo sie
zur Zeit wohnt.

Soll ich die Frau nach ihrer Adresse fragen?

Vielen Dank, sagt der Vermieter, aber das bringt mir
nichts mehr.

Am Freitagnachmittag verlasse ich gegen 18.30 Uhr das
Büro. Ich verabschiede mich bei Dr. Blischke, er wünscht mir
ein schönes Wochenende. Wie üblich nehme ich den Intercity
um 19.15 Uhr. Diesmal verzichte ich auf das Versteckspiel
in den Zugtoiletten, ich bin zu erschöpft dafür. Statt dessen
setze ich mich gleich in den Speisewagen, den ich bis zum
Fahrtende nicht verlassen werde. Im Speisewagen kann ich
das Gefühl wachsender Beschmutzung, das mich beim Zugfahren häufig überfällt, am besten abwehren. Außerdem
empfinde ich die kleinen gelben Lampen, die auch bei Tages-
licht eingeschaltet sind, besänftigend und sehnsuchtstillend.
Allerdings muß man im Speisewagen das unablässige Rattern des Computers anhören, in den der Kellner jede Bestel-
lung eintippt. Je mehr ich mich dem Schwarzwald nähere

57

(etwa ab Karlsruhe), desto mehr Verständnis habe ich dafür, daß Edith ihre Heimat liebt. Auch ich schaue mit Wohlgefallen auf die Hügel rechts und links, die höher und höher werden und in der Ferne einen leicht bläulichen Farbton annehmen. Oft fällt mir, wenn ich diesen Farbton sehe, ein Kinderlied ein, das ich mit elf und zwölf Jahren oft gesungen habe. Ich weiß nur noch die ersten beiden Zeilen, die mir auch heute noch gefallen: Von den blauen Bergen kommen wir / Unser Lehrer ist genauso dumm wie wir. Jetzt sehe ich, daß es blaue Berge tatsächlich gibt, und es durchzieht mich eine glückliche Stimmung darüber, daß sich ein Kinderrätsel so spät und so harmlos auflöst. Noch immer halte ich es für Ediths Verdienst, daß ich dieses Glück empfinde. Ich habe vor vielen Jahren damit angefangen, Edith zuliebe den Schwarzwald ebenfalls zu mögen. Ich habe mich sogar bereit erklärt, Tageswanderungen mitzumachen, in Berghütten zu übernachten und ziemlich gräßliche Heimatabende zu ertragen. Auch wenn ich in meiner Zuneigung zum Schwarzwald nur langsam voranschreite, so merke ich doch bei allem Widerstand, daß sie mein Gemüt besänftigt und meine Seele bereichert. Gleichzeitig zieht eine schmerzende Ratlosigkeit in mich ein. Was mache ich, wenn Edith mich erneut zurückweist? Dabei habe ich in den letzten Jahren erhebliche Anstrengungen unternommen, um mich Ediths Vorstellungen zu unterwerfen. Ich stelle mich täglich auf die Waage und kontrolliere mein Gewicht, obgleich ich dieses Beaufsichtigungsgehabe lächerlich finde. Noch mehr zuwider ist mir ein Herrenparfüm, mit dem ich zuweilen auf Ediths Geheiß meine Attraktivität verstärke. Ich werde meinen Körper auch heute abend einer ausführlichen Reinigung unterziehen, von der Edith nicht weiß, wie peinlich sie mir ist. Ich bin voller guter Absichten, die sich noch verstärken, als ich aus dem Bahnhof trete und Edith am Steuer unseres Autos auf mich warten sehe. Edith hat sich zwei Zöpfe geflochten, die sie mädchenhaft und entzückend erscheinen lassen. Die Zöpfe liegen hinter ihren Ohren, führen dann am Hals entlang und enden auf einer weißen Bluse, die sie offenbar erst vor kurzem angezogen hat.

Während der Fahrt in das Dorf erzähle ich ein bißchen forsch von den Nichtigkeiten meines Büroalltags und von der Einsamkeit in meinem Apartment, die ich als unerheblich darstelle, weil ich ja weiß, daß sie sich an den Wochenenden im Schwarzwald von selbst aufhebt und ich durch die Nähe von Edith und Sabine wieder zukunftsfroh gestimmt werde. Trotzdem ist mit Händen zu greifen, daß sich das Klima zwischen Edith und mir verschlechtert. Ich wittere, es ist etwas geschehen, was unsere Geschichte endgültig verbiegen wird oder schon verbogen hat. Mit keinem Wort erwähne ich, daß mich die Ohrklappe unter den Kollegen zu isolieren beginnt, und ich spreche nicht darüber, wie sehr es mich verletzt, daß Edith sich nicht nach meinem Problem erkundigt. Zu Hause, in der Wohnung, verziehe ich mich sogleich ins Bad, reinige meinen Körper vorn, hinten, oben und unten, vergesse auch die KÖRPERFALTEN nicht, auf deren Säuberung Edith stets besonderen Wert legt. Prompt gerate ich wieder in die quälende, überflüssige, stets ergebnislos bleibende Frage, ob ich, was den Sex betrifft, genug erlebt habe oder ob ich über die Jahre hin ins Hintertreffen geraten bin. Wenn ich an meine Ehe denke, komme ich mir unterversorgt vor. Ich habe/hatte mit Edith eine unauffällige, nicht lieblose, aber keine aufregende Normalbeziehung, die in mir immer mal wieder das Gefühl einer allzu bereiten Genügsamkeit zurückließ. Obwohl ich außer mit Edith mit keiner anderen Ehefrau vertraut bin, habe ich den Eindruck, in Edith das MUSTER aller Ehefrauen zu kennen, wobei mir nicht klar ist, *wie* ich zu dieser Einschätzung komme. Es ist auch möglich, daß ich ein

59

Opfer der allgemeinen, von mir verabscheuten Glückspropaganda bin, die sich von fast allen Lebensereignissen übertriebene Vorstellungen macht, obgleich ich gleichzeitig einer der größten Propagandisten dieser Übertriebenheit bin. Zum Beispiel entsteht im Augenblick nur durch die übertriebene Waschung meines Körpers die Erwartung, daß heute abend etwas ganz Großes zwischen Edith und mir passieren wird. Selbstverständlich ziehe ich frische Wäsche an, außerdem ein duftendes Hemd und eine makellose Hose. Edith bereitet das Abendbrot, während ich mich noch einmal rasiere und mir sogar die Nägel maniküre. Sabine läuft plappernd zwischen Edith und mir hin und her und zeigt mir ihr neuestes Kuscheltier. Ich schaue mir alles genau an und erlebe dabei das Gefühl fragloser familiärer Zusammengehörigkeit, von dem ich doch gleichzeitig weiß, daß es nicht mehr aufrechtzuerhalten ist. Unheimlich ist die Gewöhnung an einen Zwiespalt. Ich gehe zu meinem Wochenendköfferchen und packe ein kleines, mit einem Kunststoffell überzogenes Pferdchen aus, das an allen vier Beinen je eine Rolle und am Hals eine Schnur hat. Sabine stößt mehrere Entzückensschreie aus. Sie weiß nicht, ob sie sich das Pferdchen gegen die Brust drücken oder hinter sich herziehen soll. Sie hält es sich vor die Augen und rennt in die Küche. Das hat mir Papa geschenkt, sagt sie zweimal nacheinander zu Edith. Edith bleibt kühl, Sabines freudige Stimmung hält an bis zum Abendbrot. Das Kind stellt das Pferdchen neben ihren Teller und füttert es mit kleinen Portionen Quark und Brotteig. Ich erzähle zwei oder drei lustig gemeinte Geschichten aus dem Büro, aber es gelingt mir nicht, die spaßigen Teile der Erzählung richtig herauszuarbeiten. Es stört mich, daß ich hauptsächlich zu Sabine hin spreche, wofür es doch keinen Grund gibt. Sabine schlingt das Abendbrot hinunter und zieht sich dann mit dem Pferdchen ins Kinderzimmer zurück. Kurz darauf sagt Edith zu mir: Ich mag deine Stimme nicht mehr hören.

Natürlich weiß ich nicht, was ich dazu sagen soll. Es ist, als hätte ich nach dem linken Ohr soeben auch meine Stimme verloren. Klar ist nur, es handelt sich um die bisher massivste Grenzziehung zwischen Edith und mir. Oder will Edith ausdrücken, daß ich sofort und für immer verschwinden soll? Oder meint der Satz, daß ich zwar dableiben darf, aber nicht mehr sprechen soll? Ich beuge mich stumm über meinen Teller und verfalle ins Grübeln. Ich müßte den Mut finden, nach der Bedeutung des Satzes zu fragen, aber ich finde diesen Mut nicht. Statt dessen fängt der Satz an, mich zu vertreiben. Ist die Beziehung zwischen Edith und mir jetzt endgültig zerstört oder was? Mit großen Gefühlen bin ich aus dem Badezimmer gekommen, mit ganz kleinen Gefühlen sitze ich jetzt am Tisch. Ich habe nicht den Eindruck, daß Edith die Tragweite ihrer Bemerkung begreift. Ich habe nur diese *eine* Stimme, und wenn ich mit jemandem zusammen bin, der sie nicht mehr hören mag, werde ich schweigen müssen. Erst jetzt (und nicht durch den Verlust des Ohrs) habe ich die deutliche Empfindung, daß ich soeben in den Kreis der behinderten Menschen eingetreten bin. Ab sofort gehöre ich zu den vielen Menschen, die eine mißratene Ehe zu ihrem Lebensmüll zählen müssen. Erst dieser Tage hat Frau Wecke im Büro gesagt: Kaputte Ehen sind eine Art Kinderkrankheit geworden, jeder muß sie mal durchmachen, so ähnlich wie Mumps oder Röteln, aber dann hat man es hinter sich. Edith schweigt, als hätte ich *ihre* Stimme beanstandet. Der Kern meiner Überwältigung besteht darin, daß ich Ediths Vorwurf nicht begreife. Eine Stimme gehört nicht zu den Eigenarten eines Menschen, die man annehmen oder verwerfen kann. Wenn ich sprechen könnte, würde ich dieses Problem sofort diskutieren wollen. Aber dann fällt mir ein: Deine

Stimme ist verurteilt. Edith macht sich zum Weggehen fertig. Eine Art Schreckensstarre zieht in mich ein. Ausgerechnet ich, der ich immer die Fremdheit überwinden wollte, werde von Fremdheit zugewuchert. Ich betrachte ein paar Papiertaschentücher, die schon längere Zeit auf der Kommode liegen und dort einstauben. Niemand benutzt die Taschentücher, niemand wirft sie weg. Überall kann ich Staub ertragen, nur auf Papiertaschentüchern nicht. Sie werden mitleiderregend mürbe und grau und welken dahin wie liegengebliebene Gesichter. Nach einer Weile der Stummheit habe ich das Gefühl, als würden Hunderte von Ameisen über meine geschlossenen Augen laufen. Ich reibe mir die Augen, aber davon lassen sich Ameisen nicht vertreiben. Gewohnheitsmäßig gehe ich auf die Toilette, etwas anderes fällt mir nicht ein. In der Toilette liegen zwei Fernseh-Programmzeitschriften herum. Ich suche das Programm des heutigen Abends, vielleicht kann ich mich mit einem Film beruhigen. Aber schon die Kurzinhaltsangaben der Filme sind so abschreckend dumm, daß sich das Ansehen der Filme von selbst erübrigt. Ich bin eigentlich nur in den Schwarzwald gefahren, um mir den endgültigen Abschied mitteilen zu lassen. Zufällig fasse ich mir an die Stelle, wo früher mein linkes Ohr war, und schluchze. Mein Schicksal zwingt mich, über mein Leben nachzudenken, das ist so ziemlich das Übelste, was einem zustoßen kann. Aus Verzweiflung über den Verlauf meines Lebens beiße ich in den Saum meines Unterhemds. Mit meinen im Unterhemd verbissenen Zähnen gelingt mir langsam die Zerkleinerung des Schmerzes. Ich schaue in die Toilettenschüssel und sage: Kacksuppenabend, elender. Ich verstehe das Wort nicht, aber Sekunden später wird mir klar, daß das Wort Kacksuppenabend das erste Wort *nach* der Verurteilung meiner Stimme ist. Aus Dankbarkeit für die Rückkehr meiner Stimme sage ich: Kacksuppenabend, wunderbarer. Ich verlasse die Toi-

62

lette und gehe ins Wohnzimmer. Bisher war ich der Meinung, daß sich im Durchgang der Jahre die Gründe zeigen, die das Leben annehmbar machen. Im Regal kippt ein Buch um, ich erschrecke. Edith verläßt die Wohnung, ohne sich zu verabschieden. Wenig später höre ich das Geräusch des wegfahrenden Autos. Ich schalte das Radio ein und setze mich in die Nähe des Geräts. Mir fällt meine Mutter ein, die schon seit vielen Jahren tot ist. Nachts, wenn sie nicht schlafen konnte, hörte sie den Quiz-Sendungen zu, die es damals im Radio gab. Manchmal rief sie sogar die Moderatoren der Sender an, telefonierte ihre Antworten durch und konnte danach wieder einschlafen. Ich frage Sabine, ob sie ein bißchen mit mir spazierengeht, aber sie will lieber mit dem neuen Pferdchen spielen. Also gehe ich alleine. In einer Dreiviertelstunde bin ich wieder da, rufe ich in Sabines Zimmer und stelle das Radio ab.

Dann gehe ich doch nicht weg. Ich bleibe reglos am Tisch sitzen und schaue nach draußen. Weit unten in der Ebene rollt ein rostroter Güterzug still und langsam durch die Gegend. Ein alter, eiserner Pflug versinkt halbschräg in einer Brache. Näher an unserem Haus liegt seit kurzem eine mannshohe Kabeltrommel, die vermutlich in Kürze für die Neuverlegung von Telefonleitungen gebraucht wird. Am blauen Himmel ziehen ein paar weiße Wölkchen entlang. Ihre Langsamkeit paßt gut zur Gemächlichkeit des Güterzugs in der Ebene. Auf dem Garagendach unseres Vermieters sammelt sich das Laub mehrerer Herbste. Wenn es regnet, steigt ein fauliger Geruch empor. Wenn, wie jetzt, die Sonne auf das Laub scheint, entsteht ein Abhub ähnlich dem Geruch aus einer Kelterei. Alles ist in Ordnung, nur das menschliche Leben ist wieder einmal nicht vertrauenswürdig. Ich überlege, ob ich mich ins Bett legen soll, aber das Bett ist kein guter Ort für jemand, der Sorgen hat. Rechts neben der Garage des Vermieters steht ein

Hasenstall. Es ist ein Bretterverschlag mit drei Etagen. Auf jeder Etage sitzen je zwei Hasen, die in kurzen Abständen mit ihren zitternden Schnauzen hinter dem Drahtgitter erscheinen. Weil mir gerade nichts Besseres einfällt, vergleiche ich mein Leben mit dem der Stallhasen. Zweifellos wäre es besser gewesen, wenn ich gleich als Stallhase auf die Welt gekommen wäre. Dann hätte ich in meinem Unglück in einem ruhigen Drahtkäfig sitzen und problemlos überleben können. Einmal morgens und einmal abends wäre die Hand eines verständigen Menschen vor dem Käfig erschienen, hätte kurz das Türchen geöffnet und frisches Grün in den Stall geschoben. Diese unglücksferne Regelmäßigkeit wäre die einzige gewesen, die zu meiner Beruhigung nötig gewesen wäre. Tatsächlich ähnle ich in diesen Augenblicken einem überforderten und deswegen verirrten Stallhasen, der unter den unverständlichen Bedingungen von Menschen leben muß. Immerhin weiß ich jetzt, warum mir vorhin meine Mutter eingefallen ist. Ihr oft zu spät und zu falsch einsetzendes Denken war noch viel hasenartiger als mein Denken. Ich erinnere mich an familiäre Fernsehabende in meiner Jugend, an denen ich meiner Mutter immer wieder die Filmhandlungen erklären mußte, weil sie ohne meine Beihilfen die Fernsehabende nicht verstanden hätte. So ähnlich fühle ich mich jetzt auch. Es müßte jemand das Zimmer betreten und mir die Gründe erklären (verstehbar machen), warum ich den Vorwurf meiner offenbar unangenehm gewordenen Stimme hinzunehmen habe. Da der Vorwurf erhoben wurde, muß es auch eine Berechtigung für ihn geben. Tatsächlich kommt in diesen Augenblicken Sabine ins Zimmer und erzählt mir einen Kinderwitz. Ein Mann sitzt im Gefängnis und möchte abhauen, sagt Sabine. Am Abend, als es dunkel geworden ist, knipst der Gefangene seine Taschenlampe an und leuchtet die Straße hinunter. Der Mann denkt, sagt Sabine, ich werde auf den Lichtstrahlen der Taschenlampe nach unten rutschen. Der Mann setzt sich auf die Taschenlampe, knipst sie an, klettert auf den Lichtstrahl und fällt auf die Straße hinunter! Sabine lacht. Weil man nämlich nicht auf den Lichtstrahlen einer Taschenlampe rutschen kann, verstehst du! setzt Sabine hinzu und lacht erneut. Ich lache auch, kaum über den Witz, sondern über die Art, wie Sabine ihn erzählt und hinterher erklärt hat. Ich glaube, es ist Sabines erster selbständig erzählter Witz.

Sie steigt auf meinen Schoß und verlangt, daß jetzt ich einen Witz erzählen soll. Ich kann keine Witze erzählen, sage ich. Doch, erwidert sie, du hast der Mami schon Witze erzählt, ich habs gehört. Also gut, sage ich, ich erzähle dir eine lustige Geschichte aus der Zeit, als ich ein Hase war. Damals, als ich ein junger Hase war, betrat ich eines Tages eine Apotheke und fragte den Apotheker: Haben Sie Möhren? Der Apotheker antwortete: Tut mir leid, ich verkaufe keine Möhren, ich verkaufe nur Arzneimittel. Ich verließ die Apotheke, erschien am nächsten Tag aber wieder und fragte noch einmal: Haben Sie Möhren? Der Apotheker sagte wieder, und diesmal schon ein bißchen verärgert: Ich habs dir doch schon gestern gesagt, ich verkaufe keine Möhren. Ich hoppelte ein wenig traurig auf die Straße, kehrte am dritten Tag aber noch einmal zurück und fragte den Apotheker wieder: Haben Sie Möhren? Nein, sagte der Apotheker empört, wir haben keine Möhren, wie oft soll ich es noch sagen? Ich bekam Angst wie ein Hase und verließ ganz schnell die Apotheke. Als ich draußen war, überlegte der Apotheker, was er tun sollte, um mich von einem weiteren Besuch abzubringen. Er beschloß, ein großes Schild mit der Aufschrift MÖHREN AUSVERKAUFT an seine Tür zu hängen. Denn einen Tag später erschien ich tatsächlich noch einmal vor der Tür des Apothekers und las das Schild. Ich öffnete die Tür und rief dem Apotheker beleidigt zu: Haben Sie also doch Möhren gehabt!

Sabine lacht hell auf und klettert mir auf die Schultern. Sie will weitere Geschichten aus meinem früheren Hasenleben hören, aber ich kenne nur diese eine. Diese muß ich dann noch zweimal nacheinander erzählen. Ich überlege, ob Sabine den Witz wirklich verstanden hat oder ob ihr nur der Hase gefällt. Sie kann nicht glauben, daß ich keine weiteren Hasengeschichten mehr kenne. Sie schlägt vor, wir sollen ein bißchen spazierengehen, und wenn ich dann ein paar Hasen auf den Feldern herumhoppeln sehe, werden mir sicher noch ein paar Hasengeschichten einfallen. Ich bin einverstanden, wir ziehen uns an und verlassen das Haus. Sabine schaut umher, weit und breit ist kein Hase zu sehen. Frisch geschälte Baumstämme liegen am Wegesrand. Ich betrachte die Telefonleitungen, die sich von Dachfirst zu Dachfirst ziehen. Kühe liegen im Schatten der Bäume. Jedes Blatt glänzt in der Abendsonne. Auf den Feldern wenden die Bauern das Heu, kein Hase läßt sich blicken. Fast pausenlos grüble ich darüber nach, daß meine Ehe vermutlich zu Ende ist. Ich gehe zwar neben unserem Kind her, fühle mich von ihm aber schon abgespalten. Wir laufen zwei Zimmerleuten auf der Dorfstraße nach. Mit ihren großen Hüten, weißen Hemdblusen und schwarzen Schlaghosen sind sie schön anzuschauen. Mir gefällt eine Amsel, die mit nach vorne gestrecktem Kopf die Straße überquert und dann in einem überhängenden Gebüsch verschwindet. Die Autos sind nicht einmal die größte Zumutung. Wirklich schlimm sind nur die Lastwagen und die Mopeds. Nach etwa hundert Metern betreten wir das einzige Café des Ortes. Ältere Bauern sitzen in den Ecken und schauen uns kurz an, dann rauchen und trinken sie weiter. Die Bedienung hat wie üblich ihr Kind mit ins Café gebracht. Es ist ein etwa sechsjähriges Mädchen mit dem Na-

men Martina. Das Kind ißt einen Apfel und spuckt Teile des
Apfels dann wieder aus. Die Bedienung sagt, Martina, geh
hinaus und spiel draußen ein bißchen. Aber das Kind bleibt
und beginnt, die Sitzkissen ordentlich auf die Holzstühle zu
schieben. Für Sabine bestelle ich einen Apfelsaft und für mich
einen Tee. Sabine hat die Hasen vermutlich vergessen. Sie sitzt
mit Martina auf dem Boden und spielt mit den Ameisen, die
durch das Lokal laufen. Die Kinder schneiden den Ameisen
alle Fluchtwege ab. Wo immer eine Ameise hinlaufen will, erscheint eine Kinderhand und versperrt ihr den Weg. Aus dem
Radio ertönt eine Werbesendung mit Musik. Einer der Bauern schiebt die Sachen auf seinem Tisch (Salzstreuer, eine
kleine Vase mit einer Plastikblume, Bierdeckel) immer weiter
an den Rand des Tischs, damit er Platz genug hat für seine riesigen Hände. Ein anderer Bauer reißt sich kleine Hautfetzen
von der Handinnenfläche herunter und zerkaut sie langsam.
Ein älterer Mann stößt beim Aufsehen mehrmals das Wort
Aua hervor. Der ausgepreßte Teebeutel auf meinem Unter-
teller drückt meine zerknitterte/zerdepperte/zerquetschte
Lage aus. Ich trinke das Glas rasch leer, damit die Bedienung
den Teebeutel wieder wegräumt. Einmal im Leben möchte
ich alle Mängel nacheinander aussprechen. Eine Katze
kommt aus der Küche und durchquert die Hälfte des Raums.
In der Nähe eines Tischbeins sieht sie eine Fliege auf dem
Boden sitzen und hält inne. Auch ich beobachte die auf den
Tischen umherlaufenden Landfliegen. Sie legen nur kurze
Strecken zurück, von der Blumenvase zum Salzstreuer und
wieder zurück. Die Katze springt auf die Bodenfliege und
frißt sie. Die Bedienung räumt Teeglas und Teebeutel weg,
ich bestelle ein Glas Spätburgunder. Die Bauern erzählen
sich jetzt unanständige Witze und schauen dabei die Bedienung an. Auch auf dem Land sieht es abgefeimt aus, wenn
ältere Männer gemeinsam lachen. Die Bedienung verzieht

keine Miene und öffnet das Fenster. Nach einer halben Stunde verliert Sabine die Lust am Ameisenspiel. Sie kommt an den Tisch, trinkt ihren Apfelsaft und will nach Hause. Ich leere mein Weinglas, dann gehen wir. Auf dem Heimweg will Sabine wissen, wie man ein Hase wird. Das kann man nicht werden, sage ich wahrheitsgemäß. Aber du bist es doch auch mal geworden, antwortet sie. Das war Zufall, sage ich; man legt sich abends ins Bett und wacht morgens, wenn man Glück hat, als Hase wieder auf. Nur aus diesem Grund zieht sich Sabine zu Hause rasch aus, nimmt ihr Pferdchen mit ins Bett und schläft bald ein.

Ich nicke später vor dem Fernseher ein und träume einen ekligen Traum. Es verfolgt mich ein großer Hund, der mich bald einholt und mir von hinten seine Vorderpfoten auf die Augen legt. Ich spüre auf den Lidern die lederartig aufgerauhten Pfoten und wache an diesem Ekel auf. Es ist spät, Edith ist noch nicht zurück, ich stelle den Fernseher ab. Es überfällt mich eine eifersüchtige Stimmung, die unangenehm ist, weil ich nicht den kleinsten Anhaltspunkt habe, worauf ich eifersüchtig sein könnte. Ich lege mich auf das Sofa im Wohnzimmer und versuche zu schlafen, aber es klappt nicht. Wahrscheinlich bin ich nur eifersüchtig, weil ich allein bin. Ich knipse das schwache Nachtlämpchen an. Obwohl ich müde bin, wächst meine Unruhe. Erst eine halbe Stunde nach Mitternacht kehrt Edith zurück. Sie öffnet nicht die Tür zum Wohnzimmer, wo ich immer noch liege und nicht schlafe, sondern sie geht ins Bad und duscht (ich kann es hören), was ich nach Mitternacht ein wenig sonderbar finde. Dann geht sie rasch ins Schlafzimmer und legt sich ins Bett, danach Stille. Wenig später erhebe ich mich, gehe zu ihr hinüber, schlüpfe in ihr Bett. Ich umfasse ihren Leib und drängle mich zwischen ihre Beine. Mein Drang ist heftig, weil er mit der Bitterkeit mehrerer Stunden vermischt ist. Ich werde mich

68

nicht zurückweisen lassen. Aber dann geschieht etwas Sonderbares und eigentlich Unerhörtes. In den ersten Sekunden scheint Edith zugänglich. Dann umarmt sie mich, und ich merke sofort, daß ihre Hände naß und kalt auf meinem Rükken liegen. Ich erschrecke und zucke zusammen und löse mich von Edith. Es fällt kein Wort zwischen uns. Ohne einen weiteren Annäherungsversuch verlasse ich das Bett und gehe ins Bad, um mich abzutrocknen. Edith hat mich im Laufe unserer Ehejahre an häufige Versagungen gewöhnt. Oft, wenn ich mit ihr schlafen wollte, redete sie mir ein, daß der Austausch von Zärtlichkeiten schon ausreichend sei. Ich wollte schon auch zärtlich sein, aber nicht stundenlang und nicht ohne Kopulation am Ende. Edith hingegen stimmte mich mit Zärtlichkeiten so herab, daß ich mich nach einer halben Stunde einer inneren Verstimmung annäherte und meine Erektion nachließ, wenn sie nicht schon ganz verschwunden war. Ich kam immer weniger damit zurecht, daß Edith meinen Drang so oft verwandelte beziehungsweise auflöste. Mühsam mache ich mir klar, daß Edith an diesem Abend mit meinem nächtlichen Besuch gerechnet hatte und mich mit einer besonderen Abwehridee zur sofortigen Aufgabe zwingen wollte.

Nach einem schweigsamen Frühstück am folgenden Morgen eröffnet mir Edith, daß sie seit einiger Zeit mit dem Architekten Peter Langlotz aus dem Nachbardorf Hochscherf liiert ist. Sie hat ihn im Kulturausschuß der SPD kennengelernt. Ich bin nicht besonders erschüttert, weil ich mit einer solchen Entwicklung gerechnet hatte. Ich wußte nur nicht, mit wem sich Edith einlassen würde. Vermutlich hatte sie mit Langlotz am vorigen Abend geschlafen, und sie wollte auf keinen Fall mit ihm und mir in einer Nacht zusammensein. Langlotz ist verheiratet und hat zwei Kinder. Ich habe ihn zwei- oder dreimal gesehen und gesprochen. Daß er sich Architekt nennt, ist fast eine Anmaßung. Er konstruiert Überdachungen von Laderampen (zum Beispiel des Raiffeisenlagers), kleine Anbauten von Winzergenossenschaften und Volksschulen. Nach dem Frühstück rasiere ich mich, packe meine Sachen zusammen und telefoniere ein Taxi herbei. Ich verabschiede mich von Sabine. Überwältigt von der Übermacht der Ereignisse fange ich leider an zu weinen, was das Kind nicht versteht und nicht verstehen kann. Sabine beginnt ebenfalls zu weinen, und so liegen wir uns eine Weile schluchzend in den Armen. Ich kann ihr nicht sagen, was geschehen ist, aber auch sie merkt, daß etwas Unumkehrbares eingetreten ist. Ich trage dazu bei, daß sich das Denken des Kindes verfinstert, deswegen erleide ich einen neuen Stoß des Schluchzens und Zitterns. Weinend gehe ich hinaus zum Taxifahrer und sage ihm, daß er noch ein paar Minuten warten möge. Während der ganzen Szene läßt sich Edith nicht blikken. Wahrscheinlich ist es auch besser so, sonst würde ich sie vielleicht verprügeln. Ich schlage Sabine vor, daß sie mich besuchen soll und daß wir dann zusammen in den Zoo gehen werden. Das Wort Zoo führt dazu, daß wir mit Weinen aufhören können. Ich wische zuerst Sabine und dann mir die Tränen ab. Ich sage Sabine, daß ich sie anrufen und daß wir dann den Tag ihres Besuchs bei mir verabreden werden. Danach steige ich ins Taxi und fahre zum Bahnhof.

5

ICH BIN FROH, DASS ICH arbeiten kann. Immer mal wieder ergreift mich in den Tiefen des Büros ein plötzliches Verlassenheitsgefühl. Ich weiß dann für Augenblicke nicht, wohin ich meine nächsten Schritte lenken soll. In solchen Situationen bin ich dankbar, daß ich nur zu meinem Schreibtisch zurückfinden muß, um dieses oder jenes Zittern zu beenden. Oft denke ich am Schreibtisch sitzend dann seltsam pathetische Sätze. Zum Beispiel diesen hier: Wir haben die Welt nicht erschaffen, wir erleiden sie nur. Schon Sekunden später ist mir der Satz peinlich. Wir haben die Welt nicht erschaffen ... guter Gott. Zwanzig Minuten später denke ich: Die Tragödie ist eingetreten, jetzt mußt du sie verstehen. Auch an diesem Satz stört mich das Pathos, obwohl mir der Satz viel näher ist als der zuvor gedachte. Mit heimlicher Aufmerksamkeit beobachte ich meine Kollegen, von denen ich nicht weiß, wovor *sie* Schutz suchen. Natürlich steckt hinter all meinen Abschweifungen immer noch die Sehnsucht nach Edith. Sie ist manchmal so stark, daß ich denke: Du gehst hier gleich zu Boden und heulst deine Tränen in den Teppichboden. Tatsächlich schaue ich mir hinterher den Teppichboden an und mache mir Gedanken, ob er all meine Tränen aufnehmen könnte. Ich beuge mich sogar nieder, teste mit den Händen die Weichheit des Bodens und denke: Die Tränensaugkraft ist ausreichend. Über das Wort Tränensaugkraft muß ich aus dem Nichts heraus kichern und errege damit die Aufmerksamkeit der Kollegen, was mir nicht recht ist. Mir fällt ein, daß wir uns früher, in der ersten Zeit unserer Ehe, frühmorgens kurz nach dem Aufwachen mit unreinem Schlafmund geküßt haben. Fast immer haben wir danach auch miteinander geschlafen. Auch dann, wenn Edith ihre Tage hatte, steckten wir ineinander. Edith hatte stets eine Menge Papiertaschentücher auf dem Nachttisch, mit denen ich mir hinterher den blutigen Penis umwickelte und rasch ins Bad rannte. Sogar der blutige Penis hat mir gefallen. Ich betrachtete ihn lange im Badezimmer und schauderte voller Respekt. Wie lange ist das her! Jetzt kommt es mir seltsam vor, daß ich jemals versucht habe, glücklich zu werden. Zärtlich berühre ich die Stelle, wo früher mein linkes Ohr war. Es könnte sein, daß der knorplige Fleck die von mir am meisten geschätzte Körperstelle wird. Zwischen Frau Bredemeyer und Herrn Zuckschwert entsteht eine Unterhaltung darüber, warum heutzutage fast alle Menschen verschuldet sind. Herr Zuckschwert glaubt, daß wir alle ohne besondere Absicht in die Dauerüberschätzung der Verhältnisse hineingedrängt worden sind. Zu viele Familien haben zwei Autos, zu viele fahren dreimal im Jahr in Urlaub, jeder Mittelständler will ein eigenes Haus, sagt er spöttisch. Aber wir hätten diese Fehlentwicklung doch nicht mitmachen müssen, sagt Frau Bredemeyer, viele haben ja gespürt, daß es sich um eine Überschätzung unserer Kräfte handelt. Ich bin Frau Bredemeyers Meinung. Ich glaube, daß das Desaster der Haushalte bis tief in die Geschichte des Nationalsozialismus zurückreicht, das heißt bis in den Größenwahn der Kriegszeit. Auf die Kriegslüge (Wir werden siegen) folgte die Nachkriegslüge (Trotz Niederlage geht es uns sofort wieder gut). Das Maß der Wirklichkeitsverleugnung war (ist) in der zweiten (Nachkriegs-)Lüge genauso stark wie in der ersten (Kriegs-)Lüge. Jedem Controller muß auffallen, daß bereits die Nachkriegsetats der meisten Gemeindehaushalte nicht ausgeglichen waren. Schon der Wohlstand der fünfziger Jahre wurde über Kredite finanziert, deren Tilgung Jahr für Jahr aufgeschoben wurde. Den Deutschen sollte die Einsicht erspart werden, daß sie sich durch ihre Kriege ruiniert hatten, und zwar für lange Zeit. Diese Selbsttäuschung ist der Grund für die heutige Lage, sage ich, und Frau Bredemeyer stimmt mir lebhaft zu. Unsere Gegenwart ist die Wiederholung der Nachkriegssituation. Jetzt sollen wir nicht merken, daß wir uns durch unsere sinnlosen Konsum-Exzesse ein zweites Mal ruinieren.

Danach verebbt die Unterhaltung. Jeder starrt wieder auf seinen Bildschirm, draußen vergeht der Vormittag. Gegen 11.30 Uhr wird mir ein Erfolg zuteil, der in der Abteilung ein bißchen gefeiert wird. Schon öfter, zuletzt vor etwa drei Wochen, hatte ich dem Key-Account-Manager unserer Hausbank gedroht, ich würde etwa drei Millionen aus dem operativen Kapital abziehen, wenn die Bank unsere Überweisungskosten nicht deutlich absenkt. Der Bankmanager nahm meine Drohung nicht ernst. Daraufhin leitete ich tatsächlich etwa drei Millionen um, was den Bankmanager einen halben Tag lang in eine unangenehme Situation brachte. Eben rief ein Dr. Hunk aus der Finanzleitung der Bank an und machte ein erheblich günstigeres Angebot. Seit einigen Minuten gelte ich als risikofreudig, führungsstark und durchsetzungsfähig. Unser Chef, Dr. Blischke, kommt mit zwei Flaschen Sekt aus seiner Führungszelle und rechnet vor, was die Firma durch meinen Vorstoß einspart. Dr. Blischke lobt mich, ich werde verlegen, was mich vermutlich noch sympathischer macht. Wenn Angestellte feiern sollen, werden sie momentweise richtig süß. Man möchte ihnen dauernd versichern, daß alles nicht so schlimm ist. Wir stehen herum, trinken Sekt, knabbern Erdnüsse und schauen den Turmfalken nach, die draußen vorüberfliegen. Frau Grünewald zieht ihre Bastschuhe aus und läuft bis zur Mittagspause barfuß umher, was momentweise als zarte Ausschweifung erscheint. Kurz danach spricht Frau Grünewald darüber, daß sie einmal wöchentlich zur Fußpflegerin geht, was sie vielleicht lieber für sich behalten hätte.

In der Mittagspause gehe ich nach längerer Zeit wieder einmal am Schaufenster eines Wollgeschäfts vorbei, das sich Wollstüble nennt. Das Wort Wollstüble gefällt mir nicht, weil es mich an den Schwarzwald erinnert. Wenn man im Schwarzwald nicht gerade selber im Stüble sitzt, geht man mit dem Büble oder dem Mädle zurück ins Häusle, oder man geht hinauf ins Kirchle auf dem Bergle. Dafür gefällt mir das Schaufenster vom Wollstüble ohne Einschränkung. Ich muß mir nur zwei Minuten lang die Auslagen betrachten, dann fallen mir die Bilder von damals ein, als ich als Neun- oder Zehnjähriger an der Hand meiner Mutter immer wieder dasselbe Wollgeschäft besuchte, das sich Wollschachtel nannte, aber fast genauso aussah wie das Wollstüble. Dabei war das Schaufenster der Wollschachtel von rätselhafter Dürftigkeit. Heute kommt es mir so vor, als hätte mir diese Dürftigkeit (sozusagen) eine wichtige Lektion fürs Leben erteilt. Es lagen immer nur ein paar dunkelgrüne, dunkelblaue, dunkelrote, braune oder beige Wollknäuel auf dem Boden des Schaufensters, sonst nichts. Die Wollknäuel waren nicht einmal besonders dekorativ angeordnet, im Gegenteil, sie wirkten so, als seien sie lieblos aus dem Ladeninneren in das Schaufester gekippt worden. Wenn die Faschingszeit sich näherte, streute die Besitzerin eine Handvoll Konfetti zwischen die Wollknäuel, das mußte reichen als Ausdruck eines herandrängenden Frohsinns. Genauso sieht auch das Schaufenster vom Wollstüble aus! Als Kind nahm ich mir, vermutlich ohne es zu bemerken, die unerhörte Gleichmütigkeit des Schaufensters der Wollschachtel zum Vorbild. Ich wollte immer so ge-

faßt und stark und überlegen sein wie zwölf lose herumliegende Wollknäuel. Ich kann sagen, daß mir diese kühne
Entscheidung gerade heute nützt. Ich benutze den Anblick
der Wollknäuel zur Bekämpfung meiner Eifersucht auf den
Architekten Peter Langlotz. Nur deswegen stehe ich hier. Ich
habe schon heute morgen gegen sieben einen Anfall von
Eifersucht erlitten, dem ich fast nicht gewachsen war. Ich
wußte, ich würde am Mittag die Hilfe des Schaufensters be-
anspruchen, um meine Eifersucht endgültig niederzuknüp-
peln, jedenfalls für heute. Noch beim Verlassen des Büros
mußte ich erneut eine Attacke der Eifersucht hinnehmen.
Eifersucht ist für mich, als würde ein wilder Hund das Innere
meiner Brust zerbeißen. Während ich mir vorstelle, wie Peter
Langlotz mit meiner Frau schläft, reißt das mörderische Ge-
biß des Hundes große Fleischteile aus meiner Brust. Ich ver-
blute dabei langsam und sinke nieder. Das heißt, ich muß
heute nicht niedersinken, denn ich starre auf die wunderbaren Wollknäuel und sehe, wie sich die Pfoten des Hundes
in der Wolle verheddern und der Hund von mir abläßt. Die
Wollknäuel helfen mir sogar dabei, Ediths indirekt aus-
gesprochenes Besuchsverbot gefaßt hinzunehmen. Zurück
bleibt ein flackerig abgedrängter Restschmerz, für mich gut
wiedererkennbar an seinem/meinem flachen Atem. Die Besitzerin des Wollstüble hat starke Ähnlichkeit mit der Besitzerin der Wollschachtel. In beiden Fällen handelt es sich um
grauhaarige, agile Greisinnen, die mit schnellen Bewegungen
in ihren Läden herumhuschen und immer wieder etwas weg-
räumen oder etwas Neues auf der Ladentheke ausbreiten.
Beide tragen (auch an warmen Tagen) geräumige Wollpull-
over in den Farben der im Schaufenster ausliegenden Wollknäuel. Wieder, wie damals, fühle ich mich halbwegs gestärkt und aufgerichtet, als ich mich vom Schaufenster des
Wollstüble abwende und den Weg zum Partyservice Stock-

hoff einschlage, um eine Tagessuppe zu mir zu nehmen. Meine Mutter kochte oft ähnlich fundamentale Suppen, wie sie hier für Angestellte zur Mittagsstunde ausgegeben werden. Sie lobte gelegentlich ihre eigene Suppe mit den Worten: Die weckt Doode uff! Dieser Satz hat mich als Kind stark beeindruckt und besänftigt. Ich stellte mir oft vor, daß ich, sollte ich einmal dem Tode nahe sein, nur einen Teller mit einer von meiner Mutter gekochten Suppe essen müßte, und schon würde ich wieder zu den Lebenden zurückkehren. Der Spruch Die weckt Doode uff heißt auf hochdeutsch: Die weckt Tote wieder auf, die Suppe nämlich, aber auf hochdeutsch bleibt der Satz seltsam matt und steif, eigentlich wirkungslos. Es ist der einzige Satz aus meinem Heimatdialekt, der in mir überlebt hat. Auch jetzt, als ich einen Teller Gemüsesuppe aus der Hand von Herrn Stockhoff entgegennehme, sage ich leise zu mir: Die weckt Doode uff. Leider bleibe ich mit meinen Erinnerungen doch nicht allein. Herr Schaller vom Marketing betritt den Laden und bestellt sich an der Theke eine Linsensuppe mit Einlage. Weil ich mich durch die Wollknäuel-Therapie gestärkt fühle, agitiere ich in meinem Inneren nicht gegen die Anwesenheit von Herrn Schaller, sondern lade ihn mit ein paar freundlichen Blicken an meinen Stehtisch. Herr Schaller bringt neuerdings von zu Hause Messer und Gabel mit, weil er im Bistro nicht länger mit Plastikgeschirr essen will. Ich verstehe seine Intention, teile sie sogar, aber die Augenblicke, wenn er aus seiner Anzuginnentasche das in eine weiße Papierserviette eingewickelte Privatbesteck auspackt, machen Herrn Schaller peinlich, ja lächerlich. Das ist eine geheimnisvolle Wirkung, die zu ergründen mir bisher versagt geblieben ist. Vermutlich hat Herr Schaller eine natürliche Neigung zu peinlichen Szenerien. Als er mit seiner Linsensuppe fertig wird, holt er aus einer Papiertüte ein Brotstück (wie extra für diesen Anlaß aufgehoben) heraus und putzt mit diesem den Teller aus, vertilgt dann das mit Suppe vollgesogene Brotstück. Es ist mir nicht recht, daß ich Herrn Schaller so heftig beobachte. Deswegen bin ich froh, daß er ein wenig überstürzt (hat er doch, vielleicht zum ersten Mal, etwas von seiner Wirkung bemerkt?) seinen Teller an der Theke zurückgibt und vor meinen Augen (nein, er hat doch nichts von seiner Wirkung bemerkt) sein jetzt benutztes Besteck einwickelt und wieder in seiner Anzugtasche verschwinden läßt. Himmel! Diese Anblicke sind fast zuviel für mich. Herr Schaller nickt mir freundlich zu und verläßt das Bistro. Langsam finde ich in die angenehme Leere zurück, in der ich die ganze Mittagspause habe verbringen wollen.

Am Nachmittag ruft Edith an. Ich habe das Gefühl, daß sie mich eigentlich schon vergessen hat. Sie spricht wie aus einer großen Entfernung mit mir. Sabine fragt nach dir, sagt Edith.

Oh, ja, sage ich hilflos.

Ich habe mir überlegt, sagt Edith, ob sie dich nicht mal für ein Wochenende besuchen soll.

Ja, sehr gut, sage ich.

Dann weiß sie, wie es bei dir zu Hause aussieht, sagt Edith.

Sofort bin ich gekränkt, weil sich Edith offenbar nicht dafür interessiert, wie es bei mir aussieht.

Das macht unsere Lage für Sabine normaler, sagt Edith.

Klar, sage ich; wie machen wir es praktisch, ich meine, zum Zugfahren ist Sabine noch zu klein.

Wir könnten uns doch auf der Hälfte des Weges treffen, sagt Edith, also zum Beispiel ins Karlsruhe.

Das geht, sage ich.

Ich würde an einem Samstag mit Sabine nach Karlsruhe fahren und dir das Kind übergeben. Sabine übernachtet bei

dir, und am Sonntag treffen wir uns wieder in Karlsruhe und
du gibst mir das Kind zurück, sagt Edith.

Ich lache ein wenig über Ediths Ausdrucksweise, sie bleibt
ernst.

So können wir es machen, antworte ich, vielleicht am
übernächsten Wochenende?

Danach ist das Telefonat zu Ende. Wieder habe ich bemerkt, Edith möchte nicht, daß ich mich in unserer immer
noch gemeinsamen Schwarzwälder Wohnung aufhalte, was
mich herabstimmt. Ich erkenne darin eine krasse Überschreitung ihrer Befugnisse. Die nette Frau Grünewald, eine etwa
fünfunddreißigjährige Produkt-Controllerin, nimmt meine
Verstimmung wahr und verschont mich mit Bürokontakten
oder dümmlichen Bemerkungen. Wir sind inzwischen so gut
miteinander vertraut, daß sie solche Wünsche erkennen und
respektieren kann. Frau Grünewald ist sehr schlank, hat
naturblondes Haar, wasserhelle Augen und einen kleinen
Busen. Sie kleidet sich absolut geschmackssicher, ohne je
modisch zu sein. Sie hat eine hohe weiße Stirn und trägt das
Haar hinten zusammengebunden. Leider faßt sie sich nach-
mittags zu oft ins Haar, wobei sich einzelne Haarbündel
lösen und vom Kopf ein wenig abstehen, so daß Frau Grünewald manchmal aussieht wie eine Spinne mit zu vielen Beinen. Das sage ich ihr nicht, auch dann nicht, wenn sie mich
zärtlich Rechenknecht nennt, worin ich eine verbale Liebko-
sung erblicke, worin ich mich möglicherweise irre. Frau Grünewald wischt sich mit einem Papiertaschentuch die Stirn,
mit einem zweiten das Gesicht und den Nacken, mit einem
dritten fährt sie sich über die Augen und hinter die Ohren.
Während ich sie betrachte, übermannt mich eine starke
Sehnsucht nach Edith. Immerhin, es ist nur ein Verlangen,
keine Eifersucht. Trotzdem treten mir am Schreibtisch Tränen in die Augen. Ich beuge mich seitlich über meinen Pa-

pierkorb, um mein Gesicht zu verbergen. Es gelingt mir, die Tränen dicht über dem Papierkorb wegzuwischen. Ich drehe meinen Kopf wieder hoch und sehe, daß Frau Grünewald jetzt ein Stück Weißbrot ißt. Das helle weiße Brot paßt ausgezeichnet zu ihrem milchweißen Gesicht. Ich überlege, ob Frau Grünewald Weißbrot ißt, weil es zu ihrem Teint paßt. Ich traue ihr derartige stilistische Zuspitzungen zu. Ihre Einsamkeit ist eine einzige zusammenhängende geschmackliche Bewegung. Es gefällt Frau Grünewald, daß ich sie so lange betrachte. Nach einer Weile tritt sie an meinen Schreibtisch und reicht mir ein Stück Weißbrot. Die Geste hat einen Charme, der mich beeindruckt, aber auch ein bißchen ängstigt. Als Frau Grünewald wieder an ihrem Schreibtisch sitzt, brechen wir weißbrotkauend in Lachen aus.

Am Dienstagabend besucht mich die Vormieterin, Frau Schweitzer. Sie ist eine hochgewachsene, magere Frau zwischen fünfunddreißig und vierzig mit kurzem, braunem, wirr abgeschnittenen Haar. Ihre Lippen sind dunkelrot geschminkt, sonst kein Make-up, soweit ich das feststellen kann. Frau Schweitzer hat einen kleinen Buckel mit leicht hervortretenden Schulterblättern. Sie macht einen verwirrt diffusen Eindruck auf mich, aber es ist auch möglich, daß mein Eindruck nichts mit Frau Schweitzer zu tun hat, sondern ausschließlich auf meine Phantasien zurückgeht. Entweder war (ist) sie krank, verarmt, drogenabhängig, verlassen, arbeitsscheu, wohnungslos oder ein bißchen verkommen. Ich rechne sie zu den Frauen, die zwei große Pickel auf dem Rücken haben. Dabei ist sie freundlich und höflich und entschuldigt sich. Möglicherweise erscheine ich ihr sonderbarer als sie mir, weil ich ihr wieder sage, daß ich meinen Keller bis jetzt nicht sehr genau inspiziert habe, obwohl ich doch schon länger als ein Jahr hier wohne. Ich nehme meinen Schlüsselbund, wir gehen in den Keller. Tatsächlich stehen (ich zähle) acht eher kleine Kartons an der rechten Seitenwand. Frau Schweitzer klärt mich auf, was sich in den Kartons befindet: Bücher, Geschirr, Steuerunterlagen, Kinderkleidung, alte Schulsachen, Spielzeug, Schmuck für den Weihnachtsbaum. Ich hebe zwei der Kartons in die Höhe, sie sind nicht schwer. Ich schließe den Keller wieder ab und warte beim Hinauffahren mit dem Fahrstuhl auf eine Mitteilung, wann Frau Schweitzer die Sachen abholen wird. Statt dessen gewinne ich in der Wohnung den Eindruck, daß Frau Schweitzer noch ein bißchen bei mir bleiben möchte. Ich frage, ob sie ein Glas Rotwein mit mir trinken will, sie nickt. Bitte nehmen Sie Platz, sage ich und weise auf den gepolsterten meiner beiden Stühle. Aus der Küche hole ich eine halbe Flasche Bordeaux und zwei Gläser. Ein wenig zu lange reden wir über die Beschwerlichkeiten von Wohnungsbesichtigungen und Umzügen. Frau Schweitzer hat jetzt größeres Verständnis dafür, daß ich meine eigenen Kartons noch nicht in den Keller eingeräumt habe. Unvermittelt fragt sie: Wie geht es Ihnen? Ebenso unvermittelt antworte ich: Ich vereinsame gerade. Oh, stoße ich gleich danach hervor, das ist mir nur so herausgerutscht. Wir lachen ein bißchen. Außer einer gewissen Langsamkeit ihrer Bewegungen kann ich nichts Auffälliges an Frau Schweitzer entdecken. Vermutlich gibt es ein größeres Problem, an dem sie verhüllt leidet. Ich betrachte ihren kümmerlichen Rücken und frage mich, an wen mich der Rücken erinnert. Dann geschieht etwas Unerwartetes. Frau Schweitzer fragt, ob sie ihre Kartons noch eine Weile in meinem Keller untergestellt lassen darf. Ich bin überrascht, mir fällt keine Reaktion ein. Statt dessen lache ich wieder verlegen vor mich hin und gieße Frau Schweitzer und mir den Rest des Rotweins ein. Für eine entschiedene Zurückweisung ihrer Anfrage ist es jetzt schon zu spät. Warum nicht, sage ich, wenn Sie nicht angerufen hätten, wüßte ich ja nicht ein-

mal, daß Kartons von Ihnen in meinem Keller stehen! Das ist
wahr, sagt Frau Schweitzer und hebt das Glas. Ich frage nicht
einmal, wie lange ihre Kartons bei mir untergestellt bleiben
sollen. Gegen zehn Uhr nimmt Frau Schweitzer ihre Sachen,
bedankt sich und verabschiedet sich.

Anfang nächster Woche verbreitet sich in unserer Büro-
etage eine verwirrende Nachricht. Ich werde befördert, beziehungsweise ich werde aufsteigen. Unser bisheriger Chef,
Dr. Blischke, wird Vorstandsmitglied, und ich werde sein
Nachfolger. In etwa drei Wochen darf ich mich Finanzdirektor nennen. Es ist klug, daß Dr. Blischke aus diesem Anlaß
keinen Sekt spendiert. Einige meiner Kollegen werden von
dieser Neuigkeit nicht gerade in Partystimmung versetzt.
Einer von ihnen, Herr Hasselmann, scheint sogar verstimmt
zu sein. Offenbar war er der Meinung, daß er es sein wird,
der nach oben fällt, *wenn* hier jemand nach oben fällt. Herr
Hasselmann ist der einzige in unserer Abteilung mit einer
bedeutsamen Zusatzausbildung. Er hat außer dem Diplom
nach seinem BWL-Studium an der London Business School
den Master of Business Administration (MBA) erworben,
was er die anderen zuweilen wissen läßt (das ist natürlich
nicht sehr elegant: ein Minuspunkt). Alle anderen Mitarbeiter, ich selbst eingeschlossen, haben nur ein gewöhnliches
Betriebswirtschaftsstudium. Herr Hasselmann spricht das
beste Wirtschaftsenglisch in der ganzen Abteilung. Oft genug wird er an den Apparat gerufen, wenn ein Kollege in
einem Ferngespräch mit den USA nicht mehr weiterkommt.
Insofern muß ihn meine Ernennung brüskieren. Er gratuliert
mir, ohne einen kompletten Satz herauszubringen. Er muß
hinnehmen, daß ich in drei Wochen sein Chef sein werde.
Frau Grünewald gratuliert mir schamhaft und gibt mir ein
Küßchen auf die Wange. Ich ergreife ihren nackten Oberarm
und gebe ihr einen Kuß hinters rechte Ohr. Frau Grünewald

errötet stark, was bei ihrer weißen Haut besonders auffällt. Dr. Blischke steht mir zur Seite und rät mir, an einem firmeninternen Führungskurs teilzunehmen. Ich werde künftig in Dr. Blischkes Zimmer arbeiten. Seine Sekretärin, Frau Bott, wird meine rechte Hand sein. Sie ist freundlich und über meinen Aufstieg nicht verwundert. Bis zur Übernahme der neuen Stellung werde ich an sechs Abenden an einem Führungskurs im siebzehnten Stock teilnehmen. In Wahrheit geht es gar nicht um Führung, sagt Dr. Blischke, sondern immer nur um die Frage: Wie gehe ich mit den Kollegen um, denen ich früher gleichgestellt war? Mit mir im Kurs werden drei weitere Aufsteiger aus anderen Konzernbereichen sitzen. Am Nachmittag lerne ich unseren Kurstrainer, einen Diplompsychologen, kennen. Er warnt mich davor, das Problem mit einem Kumpelverhalten lösen zu wollen. Sie müssen den Rollenwechsel vom ersten Tag an deutlich markieren, sagt der Trainer. Was auf einen Aufsteiger zukommt, nennt er eine Schnittstellenkompetenz. Einerseits bleiben Sie im Team eingebaut, andererseits müssen Sie das Team führen. Sie müssen unter Umständen auch Mitarbeiter umsetzen können, wenn Sie bemerken, daß jemand am falschen Platz arbeitet. Das ist nicht ganz einfach, weil die meisten umgesetzten Kollegen denken, sie seien aufgestiegen. Sie müssen den Eindruck vermeiden, daß Sie die Mitarbeiter beobachten und einschätzen, obwohl Sie natürlich genau das tun, sagt der Trainer schon bei unserer ersten Begegnung.

Drei Stunden später, nach Feierabend beim Umhergehen in der Stadt, erleide ich nach längerer Zeit wieder einmal eine mir wohlvertraute Zwangsvorstellung. Sie wird ausgelöst von einem weinenden Kind. Fast immer, wenn ich kindliches Weinen höre, überfällt mich die Idee, genau zu wissen, was zu tun sei, um das Kind zu besänftigen. Ich würde das Kind auf den Arm nehmen, so daß es die Welt von oben sehen kann. Das wirkt immer beruhigend und das Weinen abstillend. Die meisten Mütter aber stehen völlig ratlos neben ihren leidenden Kindern; *sie* schauen von oben auf sie herab und verstärken damit die Hilflosigkeit der Kinder. Die Zwangsvorstellung liefert mir jetzt den Einfall, daß der Staat einen Pflichtlehrgang für werdende Mütter einführt, in dem die Mütter lernen sollen / müssen, wie sie ihre gereizten Kinder beschwichtigen können. Der Höhepunkt der Zwangsvorstellung besteht darin, daß ich selbst der Kursleiter bin und den Müttern zeigen darf, wie sie ihr Kind auf den Arm nehmen und ein wenig umhertragen. Um die quälende Dauer des Höhepunkts abzukürzen, überlege ich mir, ob ich mir nicht dies und das kaufen soll. Zum Beispiel eine der tollen Schreibtischleuchten, wie wir sie im Büro haben. Sie haben schlanke schwarze Trägerarme, an deren Ende eine kleine blendende Lichtexplosion sitzt und die ganze Schreibtischfläche erhellt. Aber dann verzichte ich doch auf eine solche Leuchte, weil ich es nicht für sinnvoll halte, wenn jemand im Büro *und* zu Hause unter demselben Typ Lampe sitzt. Oder soll ich mir (ich bin leider immer noch der Kursleiter für werdende Mütter) nicht eine kleine elegante chromblitzende Thermosflasche kaufen, wie sie Frau Bredemeyer morgens gegen halb zehn aus ihrer Tasche holt, um sich einen Becher grünen Tees einzugießen? Frau Bredemeyer hat den Markennamen ihrer Thermosflasche genannt, ich habe ihn vergessen. Soll ich jetzt durch die noch geöffneten Geschäfte streifen auf der Suche nach Frau Bredemeyers Thermosflasche? Wenn ich jetzt irgendwo den Markenname lesen würde, könnte ich die Spur zu Frau Bredemeyers Thermosflasche aufnehmen. Darüber kann ich nur lachen! Zwischen mehreren Schaufenstern gelingt mir ein ausgezeichnet diskretes, absolut individuelles Lachen über Frau Bredemeyer, die jetzt zu Hause sitzt und froh ist, daß sie eine so tolle

Thermosflasche besitzt. Frau Bredemeyer, Frau Bredemeyer! Unter dem Eindruck meines inneren Lachens läßt endlich der Druck der Zwangsvorstellung nach. Auch ist das weinende Kind verschwunden. Ich kann wieder unbehelligt umhergehen und bin doch nicht zufrieden. Jeden Tag muß der Mensch nach Hause gehen. Grauenvoll! Es deprimiert mich, daß ich jetzt schon weiß, welchen Salat ich am späteren Abend essen werde. Gestern abend habe ich die erste Hälfte dieses Fertigsalats gegessen, heute abend wird die zweite Hälfte folgen. Ich werde die Folie von der Plastikschale herunterziehen und mit Essen anfangen. Zunächst werden die kalten Salatblätter im Mund einen angenehm frischen Effekt erzeugen. Dann aber wird der Effekt in sein Gegenteil umkippen (so war es gestern), weil mich die kalten Salatblätter plötzlich an Ediths nasse Finger auf meinem nackten Rücken erinnern werden. Ich werde gegen diese Erinnerung ankämpfen und die zweite Salathälfte tapfer und stumm aufessen und die leere Plastikschale dann mit einem gewissen Erledigungsgefühl (wie im Büro) in den Müll werfen.

Ich überlege, ob ich anders durch die Welt gehe, seit ich weiß, daß ich ein werdender Finanzdirektor bin. Einen großen Unterschied zu früher kann ich nicht feststellen, obwohl ich Lust auf Veränderungen empfinde. Einmal schaue ich aus Zufall in einen Spiegel. Daß mir ein Ohr fehlt, erfreut mich plötzlich, weil ich mit einem fehlenden Ohr und einer Ohrklappe meinem Vater nicht mehr so stark ähnele wie früher. Die Fußball-Europameisterschaften sind immer noch nicht zu Ende. Aus Wohnungen und Wirtschaften dringt das Gebrüll der Zuschauer auf die Straßen heraus. Fast alles hier ist unansehnlich, aber man muß das Unansehnliche dauernd anschauen. Immer mehr Geschäfte, in deren Schaufenster ich früher gerne hineinsah, kippen um. Wo es einmal anständige Modeläden, Spielzeuggeschäfte und Confiserien gab, schießen jetzt eigenartige Schrumpfmärkte hervor, wo Bier, Plüschtiere, Zeitungen, Unterwasseruhren und Baseballkappen verkauft werden. In einer Passage sehe ich einen Mann, der vor einer Kiste mit einem Sonderangebot Kämmen steht. Der Mann nimmt braune, beigefarbene und schwarze Kämme in die Hand. Er entscheidet sich für einen schwarzen Kamm, geht in den Laden und bezahlt ihn. Schon zehn Meter weiter holt der Mann den neuen Kamm wieder hervor und betrachtet ihn voller Zweifel. Am liebsten würde ich zu dem Mann hingehen und ihm sagen: Seien Sie beruhigt, Sie haben sich wirklich den Kamm Ihres Lebens angeschafft! Aber ich halte mich zurück und sehe dabei zu, wie der Mann den Kamm in seine Anzugtasche zurücksteckt. Meine (zukünftige) Bedeutung in der Firma und mein abendliches Herumhampeln passen nicht mehr zusammen. Dieser Tage sah ich in einer U-Bahn eine grüne Kindersonnenbrille liegen. Ich überlegte, ob ich die Brille für Sabine mitnehmen sollte oder nicht. Natürlich überlegte ich wieder zu lange. Ein Schwarzer kam, setzte sich die Brille auf und verließ die U-Bahn. Ich will nicht nach Hause! Ich bleibe vor dem Schaufenster eines Reisebüros stehen und denke eine Weile darüber nach, ob ich einen Wochenendausflug nach Amsterdam, Dublin oder Lissabon buchen soll. Ich muß etwas tun, sonst werden sich bald die Motten auf mir niederlassen. Aber dann betrachte ich mir die Kundschaft des Reisebüros ein bißchen näher. Es sind junge, bauchfrei gekleidete Frauen mit so knappen BHs, daß ihnen fast die Brüste rausquellen. Die jungen Männer in ihrer Umgebung haben Tätowierungen auf den nackten Oberarmen und trinken Bier aus Dosen. Nein, mit solchen Leuten will ich nicht in einem Flugzeug sitzen. Selbst harmlose Anblicke verwandeln sich in meinem Innern in bedrohliche Zeichen. Es beschleicht mich wieder das Gefühl einer kurz bevorstehenden Abtrennung von der Welt. Dann habe ich eine

Idee: Ich will die kommende Nacht im Freien verbringen! Ich
betrete eine Weinhandlung, kaufe eine Flasche Bordeaux,
lasse mir die Flasche vom Weinhändler öffnen und trage sie
in einer Plastiktüte davon. Ich durchquere das rechter Hand
liegende Rotlichtquartier und Teile des Bankenviertels und
erreiche nach wenigen Minuten das Flußufer. Es sind nur
wenige Menschen unterwegs, ich bin erleichtert. Ich gehe in
Richtung Norden und hoffe, unter einem Baum ein schatti-
ges Plätzchen zu finden. Das Gedröhn der Flugzeuge schlägt
wellenartig auf die Erde. Ich würde mich gerne daran erinnern, wovor ich zum ersten Mal geflohen bin. Edith gegenüber werde ich meine Beförderung verschweigen. Ich habe
das Gefühl, daß sie mich endgültig aus ihrem Leben streicht.
Sie wird mich nur noch als Vater ihres Kindes gelten lassen.
Der neue Finanzdirektor hat niemand, der mit ihm feiert. Ich
schaue dem Wind dabei zu, wie er die Blätter hochwirbelt. In
der Ferne wird eine angerostete Eisenbahnbrücke sichtbar.
Ihre Betonpfeiler sind von hochgewachsenem Unkraut zugewuchert. Ich würde jetzt gerne einen Güterzug durch das Ei-
sengerüst rattern hören. In etwa hundert Metern Entfernung
sehe ich links einen schattigen Laubbaum. Außer mir geht
hier niemand umher. Es ist angenehm, von niemand beobachtet zu werden und nur leise Geräusche zu hören. Der
Wind treibt die weißen Flocken einiger Wollgrassträucher
über die Spitzen der Halme. Unter dem Laubbaum hole ich
die Flasche aus der Tüte und nehme mehrere lange Schlucke
zu mir. Es sieht ganz schön verwegen aus, wenn man so aus
der Flasche trinkt. Ich setze mich unter den Baum, eine aus-
geglichene Stimmung ergreift mich. Rings um mich tönen
zahlreiche Amseln und Elstern. Wenn ich könnte, würde ich
die Töne der Amseln nachahmen und gelegentlich verlauten
lassen, besonders das abendliche Schluchzen, Girren, Schluk-
ken und Glucksen. Ich würde mich sogar auf die Pfähle ver-

kommener Gartenzäune setzen und öffentlich losschluch-
zen. Was für ein Glück, daß ich die Amseln nicht nachahmen
kann! Dieser Tage habe ich mir ein Schälchen Erdbeeren gekauft. Zu Hause, als ich ein paar von ihnen aß, erschien mir
das sanftrote Bild einer halben Erdbeere plötzlich wie der
Anblick eines schönen Frauengeschlechts. Es wunderte mich
nicht, daß ich danach immer wieder neu in eine Erdbeere biß
und das Geschlechtsbild wieder sehen und es dann aufessen
wollte und es auch aufaß. Und es wundert mich auch nicht,
daß mir das Bild auch hier wieder einfällt, weil ich in diesen
Augenblicken an Frau Grünewald denke. Ich möchte, daß sie
jetzt sofort neben mir sitzt und mit mir Wein trinkt. Die Flasche sollte zwischen uns hin- und hergereicht werden, und
wir sollten dabei vergnügt sein. Ich nehme an, Frau Grünewald gehört zu den Frauen, die in der Verdutztheit einer
plötzlichen Annäherung ihre größte Hingabe zustande bringen. Leider wohnt Frau Grünewald in irgendeinem Vorort
außerhalb. Ich habe schon einmal gewußt, in welchem, ich
habe es wieder vergessen. Ich müßte mit einem Taxi zu ihr
fahren. Nein, besser kein Taxi. Auf der Fahrt zu ihr würde
ich möglicherweise anderen Sinnes werden, ich kenne das
von mir. Dann würde ich an Frau Grünewalds Tür klingeln
und wollte gar nicht mehr mit ihr zusammensein, unaussprechlich scheußlich. Außerdem wäre Frau Grünewald über
meinen plötzlichen Besuch vermutlich befremdet. Frau Grünewald ist nicht da, ich trinke meinen Wein allein. Die Flasche ist schon halbleer. Ich betrachte die Schwalben, die in
unglaublicher Höhe ihre Runden drehen. Ihre sirrende Zufriedenheit am Himmel ist so großartig, daß man auf der
Erde in ein neidisches Geheul ausbrechen möchte. Mit der
Daseinsfreude einer einzigen Schwalbe würde ich wochen-
lang hochgestimmt leben können. Das Glück ist für Augenblicke da, wenn die Schwermut nach draußen flieht und den

Körper endlich in Ruhe läßt. Mein Blick senkt sich wieder nach unten und sieht auch die blätterlosen, toten Bäume. Der Mond wäre jetzt schön, aber er ist nicht zu sehen. Es beginnt die langsame Eindämmerung des Abends, an den Fassaden der Hochhäuser auf der anderen Seite des Flusses glimmen rotglühende Leuchtreklamen auf. Mein Blick bleibt an den gelben Lichtflecken einzelner kleiner Wohnzimmerfenster hängen. Nach einiger Zeit sehen die durch die Bäume durchschimmernden Neonflächen aus wie unentdeckte Waldbrände. Der merkwürdigste Punkt im Leben ist immer, wenn sich plötzlich ein zuvor heftiges Interesse aufzulösen beginnt. Im Moment erleide ich zum Glück nur einen minder schweren Fall: mein Interesse an einer Nacht im Freien läßt deutlich nach. Außerdem merke ich, daß der immer noch restfeuchte Boden sich durch meine Hose durchgearbeitet hat und mir das Hinterteil langsam einkühlt. Ich stehe auf, verstaue den Rest meines Weines in der Plastiktüte und klopfe meine Kleidung ab. Beides, Jacke wie Hose, ist mit Erde leicht eingeschmutzt. Ich habe das Gefühl, ganze Tage in der freien Natur verbracht zu haben, dabei ist es erst neun Uhr und noch nicht einmal dunkel. Obwohl mich meine verdreckte Kleidung geniert, merke ich doch, daß ich als kommender Finanzdirektor eine Spur gemessener nach Hause gehe als zuvor. Ich beschließe, mir in den nächsten Tagen einen neuen Anzug anzuschaffen. In eisig freudiger Verfassung betrete ich nach einer halben Stunde mein Apartment, hole die Salatschale aus dem Kühlschrank und ziehe vorsichtig die Plastikfolie herunter.

6

AM FREITAG SITZE ICH KURZ nach sechs Uhr morgens in der S-Bahn und fahre in das Freibad Heiligenstett. Es liegt etwa vier Kilometer außerhalb der Stadt am Rand des gleichnamigen Vororts. Ich muß heute erst gegen zehn im Büro sein, Dr. Blischke hat mir einen außerplanmäßigen Überstunden-Ausgleich genehmigt. Nach dem Schwimmen werde ich einen kleinen Umweg durch die Innenstadt machen und mir einen neuen Anzug kaufen. Dieser Tage war ich bei einem Herrenausstatter und habe mir dunkle Anzüge angeschaut. Ich habe mich bereits für einen italienischen Anzug entschieden (92% Baumwolle, 8% Seide), der sich angenehm trägt und (durch den Seidenanteil, sagte der Verkäufer) die Körperbewegungen mitmacht. Die S-Bahn ist halbleer, ebenso das Freibad. Nur ein paar Rentner ziehen ihre Bahnen, das heißt sie ziehen gerade nicht ihre Bahnen, sondern sie haben sich in einer Ecke des Beckens versammelt und plaudern stehend im Wasser. Drei jüngere Männer und eine Frau schwimmen wirklich; sie wirken ein bißchen peinlich, weil sie in der Art von Wettkampfschwimmern mit enormem Geschnaufe hin- und herpreschen. Vermutlich sind es Angestellte auf der Suche nach einem besseren Körpergefühl. Am Rand des Beckens sitzen alte Frauen und trinken Kaffee aus Pappbechern und essen belegte Brötchen dazu. Wieder weiß ich nicht, ob ich die Alten anschauen oder sie ignorieren soll. Mich fesselt der Anblick einer Frau mit weißer Haut. Sie sitzt am Beckenrand und hält ihr Gesicht in die

Sonne. Aber ihre Haut will nicht braun werden, sie bleibt weiß beziehungsweise rötet sich leicht. Das Weiße ihrer Haut wirkt noch weißer durch die hellgelbe Farbe ihres Badeanzugs. Die weiße Haut läßt den gelben Badeanzug wie verwelkte Haut erscheinen, wie eine Hülle, die die Frau später wegwerfen wird. Nach einiger Zeit schraubt die Frau eine orangefarbene Plastikflasche mit Sonnencreme auf und drückt sich kleine überweiße Cremetupfer auf die Haut. Kurz danach verreibt die Frau die weißen Cremetupfer quälend langsam auf ihrer Haut und macht diese dadurch geradezu unerträglich weiß und glitschig und unnahbar. Wie so oft ist mein Gefühlsleben grenzwertig anteilnehmend und grenzwertig fliehend. Mal interessiere ich mich für andere Menschen, dann wieder überhaupt nicht, leider auch nicht für solche, für die ich mich früher schon einmal interessiert habe. Ich würde diese unseriösen Gefühle gerne ersäufen (hier im Becken), aber sie sind fest in mich verkrallt und lassen nicht mit sich handeln. Ich schwimme, bis ich Langeweile empfinde, und das ist nach etwa vierzig Minuten der Fall. Auf der mit Treppen versehenen Südseite des Beckens verlasse ich das Wasser und nehme auf der Bank Platz, wo ich meine Kleidung abgelegt habe. Kurz danach mache ich eine furchtbare Entdeckung: Ich habe während des Schwimmens den kleinen Zeh meines rechten Fußes verloren. Ich schaue meinen Fuß an, ich zähle die Zehen und täusche mich nicht: Mir fehlt ein Zeh. Ich empfinde keinen körperlichen Schmerz (es ist wie beim Verlust des Ohrs). Zum vierten oder fünften Mal fasse ich an die Stelle, wo sich früher mein rechter kleiner Zeh befand, aber ich berühre nur eine etwas rauhe, nässende Trennfläche. Es ergreift mich eine Art Erstarrung, obwohl ich gleichzeitig weiß, daß ich so schnell wie möglich verschwinden muß. Es wäre entsetzlich, wenn an der Wasseroberfläche des Beckens ein kleiner Zeh auftauchen würde. Ich möchte nicht derjenige sein, an dessen Körper eine neue Seuche (oder was immer es sein wird) für die Allgemeinheit entdeckt wird. Vermutlich würde man mich sofort in Quarantäne stecken und dort bemerken, daß mir nicht nur ein Zeh, sondern auch ein Ohr fehlt. Ich wäre längere Zeit in medizinischem Gewahrsam und würde vermutlich meine Stelle verlieren. Einen Finanzdirektor mit verschwundenem Ohr und fehlendem Zeh würde keine Firma dulden können. Bis jetzt verhalte ich mich gegenüber der Firma korrekt. Solange eine Erkrankung nicht zur Arbeitsunfähigkeit führt (ich habe mich bei der Gewerkschaft erkundigt), muß der Betroffene seinem Arbeitgeber die Krankheit nicht melden. Erst dann, wenn durch eine Krankheit die Arbeitsleistung nicht mehr erbracht wird, muß der Arbeitgeber informiert werden. Gleichzeitig wird bei einer chronischen Erkrankung überprüft, ob eine Schwerbehinderung eingetreten ist. Aber auch eine Schwerbehinderung berechtigt den Arbeitgeber nicht zu einer Kündigung, solange der Schwerbehinderte ordentlich arbeitet. Sogar später, wenn die Arbeitsleistung nachläßt und eine Kündigung droht, muß der Arbeitgeber zur Beratung des Falls das Integrationsamt einschalten. Ich packe meine Kleider und gehe am Angstrand des Beckens entlang. Ich humple ein wenig, wie man humpelt, wenn man einen Zeh verloren hat. Auf dem Weg zu den Umkleidekabinen höre ich mein eigenes Schluchzen und verberge mein Gesicht hinter meinem Handtuch. Ich gehe davon aus, daß sich das Humpeln verlieren wird, sobald ich mich daran gewöhnt haben werde, daß mir ein Zeh fehlt. Meine Arbeitsleistung wird durch das neue Unglück jedenfalls nicht eingeschränkt werden. Ich möchte, daß man mir die Ungeheuerlichkeit meines Erlebnisses ansieht, aber gleichzeitig gehe ich meines Weges, als wäre nichts geschehen. Zum Glück kann ich mein Schluchzen hinter meinem Handtuch ersticken. Nach einem Schicksalsschlag ist der Mensch auf allen Gebieten wieder ein Anfänger. Die Schlichtheit dieses Gedankens beruhigt mich. Ich bin froh, daß ich jetzt nicht sprechen muß. Meine größte Angst ist, durch einen überscharfen Schreck auch die Sprache einzubüßen. In diesem Fall könnte ich meine Arbeitsleistung nicht mehr erbringen. Zu meiner Besänftigung trägt ein Junge bei, der an einem Eis am Stiel leckt, das heißt, er ist schon fast am Ende damit. Jetzt hat er nur noch den Stiel in der Hand. Ich warte, daß er ihn wegwirft, aber er behält das Holzstöckchen weiter in der Hand. Es sieht so aus, als suchte er für den Stiel nach einer Ablegestelle. Mir kommt der Einfall, daß er damit seinen Dank für das Eis ausdrücken möchte. Die Dankesgeste (eine Opferstelle suchen) gefällt mir sehr gut. Der Junge schaut sich um und prüft Simsvorsprünge, Blumenkübel, Gartengeräte, herumliegende Werkzeuge auf ihre Eignung als Versteck und Opferstelle. Er findet eine alte Holzleiter, die an einer Wand lehnt und offenbar nicht mehr in Gebrauch ist. Auf der obersten Sprosse legt er den Stiel ab. Er betrachtet die Leiter noch eine Weile, dann geht er weiter. Seit zwei Minuten ist der Stiel ein Dankesfetisch geworden. Ich würde ihn mir gerne auf der Leiter liegend anschauen, aber ich möchte nicht, daß der Junge das Geheimnis, das er mit dem Fetisch teilt, verraten sieht. So humple ich weiter, als hätte der Fetisch nicht auch schon mich teilweise beruhigt.

Aber die Beruhigung ist schwach und verfliegt schnell. Ich verschiebe die Anschaffung des neuen Anzugs. Ich werde zunächst nach Hause fahren, mich dort umziehen und weiter beruhigen, soweit das möglich ist. In der S-Bahn sehe ich eine junge blinde Frau mit Blindenhund. Der Anblick ihrer eingedrückten und erloschenen Augen erschreckt mich so stark, daß ich an das andere Ende der S-Bahn durchlaufe und mich dort gegenüber einer Mutter mit Kind und Kinderwagen niederlasse. Es ist mir klar, daß ich nicht vor der Blinden, sondern vor mir selber geflohen bin. Genauso wie ich mich von der Blinden abgewandt habe, werden sich die Menschen von mir abwenden, wenn sich erst einmal herumgesprochen hat, daß mir aus undeutlichen Gründen zwei Körperteile abgefallen sind. Seit kurzem beschäftige ich mich jedoch mit dem Trinkfläschchen des Kleinkindes, das mir gegenüber im Kinderwagen sitzt. Das heißt, ich überlege, ob die immer wieder neu eintrocknende Spucke am Trinkschnuller bei dessen Wiedereinführung in den Mund des Kindes nicht zu einer Ekelerfahrung führt und führen muß. Ich kann das Problem nicht klären, aber meine Überlegungen führen immerhin zu dem Ergebnis, daß ich den Anblick der Blindenaugen vergessen kann. In der Nähe meines Apartments verlasse ich die S-Bahn. Ich humple und empfinde dabei so starke Scham, daß ich mein Leben als nicht fortsetzenswert einschätze und es deswegen in meinem Inneren wieder einmal beende. Zum Glück gehe ich gerade unterhalb eines Balkons vorbei, auf dem eine Frau steht und laut in ein Handy hineinredet. Das heißt, die Frau redet auf die Straße hinunter und weiß nicht, daß sie mich dadurch ins Leben zurückholt. Ich gehe langsamer und erfahre, daß die Frau eine erwachsene Tochter hat, die zur Zeit ein bedenkliches Leben führt. Die telefonierende Frau hat Angst, daß die Tochter weitere Fehler macht und abstürzen wird. Ich merke mir den Balkon, den ich später vielleicht noch einmal aufsuchen werde, wenn ich das Gefühl habe, irgend jemand müsse mich selber wieder in das Lebensboot aufnehmen. Zu Hause hänge ich meine Badehose und das Handtuch auf dem Balkon auf. Ich hätte niemals für möglich gehalten, daß ein fehlender Zeh so starke Gefühle in mir wecken würde. Die kleinen Zehen sind diejenigen Körperteile des Menschen, die am wenigsten als Körperteile entwickelt sind. Sie sehen aus wie kleine weißliche Gurken, die sich selber kaum bewegen können. Sie bringen nur ein minimales Sichaufrecken zustande, wenn alle anderen Zehen sich ebenfalls nach oben strecken. Jetzt fehlt mir ein kleiner Zeh, und ich habe doch das Gefühl eines großen Verlusts. Eine halbe Stunde später, im Büro, begrüßt mich Frau Grünewald beinahe zärtlich. Ich strenge mich an, nicht zu humpeln, aber ich habe dennoch das Gefühl, Frau Grünewald merkt, daß mit meinem rechten Fuß etwas nicht in Ordnung ist. Nach einer Weile beginnt Frau Grünewald, wieder ein Stück Weißbrot zu essen, aber diesmal bietet sie mir nichts davon an. Sie kaut bedächtig und schaut mich zwischendurch zutraulich an wie ein kleines Tier. Diese Blicke gefallen mir sehr gut. Mir fällt ein, daß ich mich letzter Tage, als ich am Flußufer eine Nacht im Freien verbringen wollte, plötzlich nach Frau Grünewald gesehnt habe. Jetzt beherrscht mich wieder das Gefühl, daß ich nicht noch einmal das Risiko des Liebens eingehen werde. Daß ich verliebt bin, merke ich in der Regel daran, daß ich eine Frau durch anteilnehmendes Reden vorerobern möchte. Dabei bin ich fast völlig sicher, daß ich an Frau Grünewald nicht hinreden will wie ein verliebter Mann. Im Gegenteil, ich habe Angst, daß ich überhaupt nie wieder an eine Frau hinsprechen möchte. Vermutlich werde ich mich nur noch mit Frauen einlassen, von denen ich mich notfalls ohne Schmerz wieder trennen kann. Solche Frauen stehen und sitzen überall in großer Zahl herum. Es sind Liebesruinen, die (wie ich) von fehlgeschlagenen Verausgabungen übriggeblieben sind. Man muß nur eine dieser Liebesruinen betreten, sie haben viele Eingänge. Eine solche Frau ist Frau Grünewald mit Sicherheit nicht. Sie ist zwar auch eine Liebesruine (ich fühle es), aber sie kämpft gegen ihre Ruinenhaftigkeit und will noch einmal ein richtiges Liebeshaus aus sich machen. Dummerweise habe ich auch noch herausgefunden, daß Frau Grünewald mit Vornamen Heidemarie heißt. Der Name irritiert mich,

ich weiß nicht warum. Ich glaube nicht, daß ich mich daran gewöhnen könnte, zu einer Frau fortlaufend Heidemarie zu sagen. Gleichzeitig ärgere ich mich über meinen Vorbehalt, durch den ich meine Dümmlichkeit durchschimmern sehe. Frau Grünewald hält sich das Weißbrot so dicht vor die Lippen, daß ich mich unwillkürlich fragen muß: Will mir Heidemarie mitteilen, daß ihr Körper so süß duftet wie frisches Weißbrot? Das beste wäre, ich könnte Frau Grünewald jetzt eine interessante und amüsante Anekdote erzählen. Im Vorübergehen, von Schreibtisch zu Schreibtisch. Leider kenne ich keine solchen Anekdoten, ich bin langweilig. Mit einiger Mühe kann ich mich selbst unterhalten, aber für eine Unterhaltung anderer Menschen reichen meine Einfälle und mein Wissen nicht aus. Ich kann ja nicht vor Frau Grünewald hintreten und ihr erzählen, wie mir der Anblick eines unsauberen Babyschnullers geholfen hat, meinen Schreck vor einer blinden Frau beziehungsweise über den Verlust meines rechten kleinen Zehs zu vertreiben. Dann würde selbst die duldsame Frau Grünewald sagen müssen: Lieber Herr Rotmund (das bin ich), mit solchen Geschichten können Sie eine verliebte Frau nicht beeindrucken! Bedauerlicherweise bildet sich in mir langsam die Vorstellung heraus, daß ich, seit mir ein Zeh fehlt, das Recht auf Langeweile erworben habe. Wo steht eigentlich geschrieben, daß man andere Menschen unterhalten können muß?

Kurz vor Mittag ruft Edith an. Sie fragt nicht, wie es mir geht und wie ich zurechtkomme, sondern sie sagt kurz und knapp: Am kommenden Samstag treffe ich um zwölf Uhr mit Sabine auf dem Karlsruher Hauptbahnhof ein. Ich könnte dir dann das Kind für einen Tag übergeben, ist dir das recht?

Ja, gut, in Ordnung, sage ich, ich werde dasein.

Kurz darauf meldet sich Sabine am Telefon.

Ich freue mich auf dich, sage ich, wir gehen in den Zoo und auf den Rummelplatz. Warst du schon einmal in einem Zoo?

Nein, noch nicht, sagt Sabine, aber ich habe schon überall herumerzählt, daß ich bald in einen Zoo kommen werde.

Wir lachen kurz, dann ist das Telefonat beendet. Frau Grünewald schaut zu mir herüber, ich merke, daß sie mir irgendwie beistehen möchte, aber auch keine Idee hat, wie sie eine Beistandsgeste so schnell zustande bringen könnte. Wir schauen uns eine Weile mit stillstehenden Blicken an und wenden uns dann wieder unseren Bildschirmen zu. Im Grunde lebe ich schon lange auf dieser mittleren Schreckensebene. Stets bleibe ich zurück mit einer leeren Heftigkeit, von der ich nie möchte, daß Frau Grünewald sie bemerkt, aber dafür ist es meistens zu spät. Nach einer Weile verwandelt sich die innere Heftigkeit in eine Art Ekel, den ich gut kenne. Der Ekel sagt mir: Du sollst hier, an deinem Arbeitsplatz, im Schnellverfahren den Schmerz über den Niedergang deiner Ehe sowohl bewältigen als auch wegstecken, das heißt ersticken, indem du dich ganz schnell immer wieder in deine Arbeit versenkst. Aus Ratlosigkeit bücke ich mich und binde wenigstens meine Schuhe fester. Dabei reißt der rechte Schnürsenkel. Warum zieht Heidemarie jetzt nicht eine Schublade auf und sagt sanft zu mir: Hier, ich habe einen Ersatzschnürsenkel für Sie (für dich). Warum unterhält diese lausige Firma keine Schnürsenkelvorratshaltung!? Und warum ist Frau Grünewald nicht die Schnürsenkelbeauftragte? Erst das Wort Schnürsenkelvorratshaltung erlöst mich von den nachzitternden Schrecken des letzten Telefongesprächs. Ich beuge mich nach oben über den Schreibtisch und sende ein federleichtes Bürolächeln zu Frau Grünewald hinüber.

Was amüsiert Sie denn gerade? fragt sie prompt.

Oh! mache ich und weiß nicht weiter.

Die Geschichte von der Schnürsenkelvorratshaltung kann ich ihr nicht erzählen. Das ist einer der ganz typischen Einfälle, von denen ich fürchte, daß sie nur mich selber unterhalten.

Ach, sage ich, eine Story aus alten Zeiten, die mir gerade wieder eingefallen ist.

Erzählen Sie mir die Geschichte? fragt Frau Grünewald.

Jetzt gleich?

Ja, bitte, sagt Frau Grünewald, mir ist so öde.

Zur Tarnung nehme ich einen Stapel älterer Quartalsabrechnungen und rolle meinen Bürostuhl hinüber zum Schreibtisch von Frau Grünewald.

Als ich neun Jahre alt war, fange ich an, ist das Haus abgebrannt, in dem meine Eltern und ich damals gelebt haben. Meine Mutter hat ganz schnell die Wertsachen aus dem Haus geschafft, mein Vater die Sparbücher und die persönlichen Urkunden. Ich selbst habe lediglich ein Gurkenglas an mich genommen, das auf dem Küchentisch stand. Mit dem Gurkenglas in der Hand habe ich panisch das Haus verlassen, habe mich draußen hingesetzt und habe langsam die Gurken aufgegessen und dabei zugeschaut, wie unser Haus abbrannte.

Frau Grünewald lacht hell auf und sagt: So einer sind Sie!

So einer bin ich, sage ich und schiebe meinen Stuhl zurück zu meinem Schreibtisch.

Meine Erzählung hat die düstere Laune von Frau Grünewald offenbar vertrieben. Dankbar lacht sie mit funkelnden Augen zu mir herüber. Ich weiß nicht, woher die Lügen kommen, die ich eben erzählt habe. Weder hatten meine Eltern ein Haus, noch ist dieses Haus abgebrannt, noch habe ich ein Glas Gurken leer gegessen. Wahrscheinlich hat Frau Grünewalds unwiderstehliche Hilfsbedürftigkeit die Lügen aus mir herausgepreßt.

Bis Samstag, wenn Sabine kommt, habe ich noch zwei
Tage Zeit. Ich nehme aus dem Büro eine Menge Malpapier
mit und kaufe einen Satz schöner Buntstifte. Ich werde Sabine in meinem Bett übernachten lassen und kaufe für mich
selbst eine Schaumstoffunterlage, die ich auf dem Boden aus-
falten kann. Außerdem schaffe ich ein neues Kissen, ein weiteres Bettlaken, einen Bettbezug und einen Kissenbezug an.
Du hast zuwenig Aussteuer, höhne ich zwischen den Einkäu-
fen. Ferner kaufe ich Butter, Milch, Salat, Brot, Käse, Wurst,
Radieschen, Obst, Marmelade, Oliven und eine Dose Thun-
fisch. Ich ergreife die Gelegenheit, um meinen gewöhnlich
dürftig ausgestatteten Kühlschrank einmal richtig zu füllen.
Sogar ein Netz Orangen kaufe ich und flüstere mir mütterlich zu: Das Kind braucht Vitamine. Ich denke noch zahlreiche andere Sätze, die jeder Mutter gut zu Gesicht stehen
würden, so daß ich schon fast wieder in die Nähe meiner
Zwangsvorstellung von einem Lehrgang für werdende Mütter gerate. Zum Glück hindert der Anblick von zahlreichen
Behinderten und Rentnern meine Zwangsvorstellung an
einem neuen Ausbruch. In den Sekunden, wenn ein Behinder-
ter im Rollstuhl auf einen Bordstein geschoben wird, wackelt
sein Körper wie eine Stoffpuppe. Momentweise habe ich das
Gefühl, es gibt immer mehr Behinderte und Behindertenhel-
fer, ihre Zahl nimmt laufend zu, heimlich, unbeobachtbar.
Unheimlich ist, daß ich selbst schon zu ihnen zähle. Wenn
mir nicht noch mehr Körperteile abfallen, bin ich bereit,
auch ein Leben mit nur einem Ohr und einem kleinen Zeh
annehmbar zu finden. Das heißt, ich werde das tun, was alle
Behinderten tun, ich werde das Verschwundene für entbehr-
lich halten. Die Rentner haben einen großen Vorteil: Sie machen keinen Lärm. Sie besitzen keine Geräte, sie reden nicht
in die Gegend wie die Leute mit ihren Handys. Seit Tagen
besteht meine größte Angst nicht mehr darin, die Sprache zu

verlieren, sondern irgendwo in einer fremden Straße umzu-
fallen und nicht mehr aufstehen zu können. Für Sekunden
sehe ich darin die Unbeholfenheit meines zukünftigen Ster-
bens. Ich lebe jetzt in den Zerstörungen, vor denen ich schon
als Kind Angst hatte. Radfahrern, die zu knapp und von hinten an mir vorbeifahren, möchte ich am liebsten hinterher-
pöbeln, aber dann tröstet mich der trockene Schreck im Gesicht der Leute, die aus einer Bank kommen und gerade ihren
Kontostand gesehen haben. Dabei fühle ich mich schuldlos
und frage mich, was ich getan habe. Zu Hause, beim Auspacken der Orangen, entdecke ich, daß sich im Netz ein kleiner farbiger Beutel befindet. Ich reiße ihn auf und habe ein
Spieltier in der Hand, einen Plastiktiger. Sofort polemisiere
ich eine Weile gegen die fortschreitende Infantilisierung aller
Lebensbereiche, aber dann fällt mir ein, daß sich Sabine über
den Plastiktiger freuen wird. Einen Abend später gehe ich
noch einmal in den Supermarkt und kaufe zwei weitere
Netze mit Orangen, um an mehr Spieltiere heranzukommen.
Unterwegs betrete ich eine Apotheke und kaufe eine kleinere
Ohrklappe. Vermutlich ist noch niemand aufgefallen, daß
mir ein Ohr fehlt. Darüber bin ich sowohl beruhigt als auch
erschrocken. Wahrscheinlich wird das fehlende Ohr einmal
mein Erkennungszeichen werden, weiter nichts. Die Leute
werden denken: Da ist der Mann mit einem Ohr. Oder: Da
kommt der Einohrige. Darüber muß ich sogar kurz kichern.
Eines Tages werde ich mich trauen, ohne Ohrklappe umher-
zugehen. Ich werde das Haar ein wenig länger tragen, so daß
der Mangel kaum noch auffällt. Auch an meinen fehlenden
Zeh habe ich mich schon fast gewöhnt. Ich humple noch ein
wenig, das ist alles. In den beiden später gekauften Orangen-
netzen befinden sich eine Plastikgiraffe und ein Plastik-
elefant, beide riechen stark nach Kunststoff. Die Giraffe
kann nicht stehen, ihre Beine sind zu nah beieinander ange-

ordnet. Ich biege die Beine auseinander, danach kann das Plastiktier stehen, aber nicht lange. Ich stecke dem Tier zwei Papierpfropfen zwischen die Beinpaare, danach fällt es nicht mehr um.

Der Empfang im Karlsruher Hauptbahnhof ist stürmisch, freilich nur zwischen Sabine und mir. Das Kind reißt sich von der Mutter los und springt an mir hoch. Wir küssen uns und lachen miteinander und drehen uns um uns selbst. Durch die heftige Begrüßung fällt kaum auf, daß sich zwischen Edith und mir so gut wie nichts ereignet. Ich fühle Wut in mir aufsteigen und würde Edith gerne wieder einmal fragen, was ich ihr getan habe, aber ich kann mich zum Glück beherrschen.

Wir treffen uns morgen am Sonntag wieder um zwölf Uhr hier, sagt Edith.

Das ist zu knapp, antworte ich, sagen wir um fünfzehn Uhr.

Edith will zuerst widersprechen, aber dann sagt sie: Na gut, fünfzehn Uhr.

Sie verabschiedet sich von dem Kind, von mir nicht, dann sind Sabine und ich für etwas mehr als eineinhalb Tage allein. Sabine will sofort in den Zoo. Das geht nicht, antworte ich, wir müssen zuerst noch ein bißchen mit der Eisenbahn fahren. Im Gespräch mit dem Kind verwende ich das Wort Eisenbahn, sonst rede ich nur vom ›Zug‹. Auch das findet Sabine aufregend, denn sie war nicht nur noch nie in einem Zoo, sie fährt heute auch zum ersten Mal mit dem Zug. Im Abteil packt Sabine ihr Arztköfferchen aus und untersucht mich. Sie verbindet mir das Handgelenk und sagt, daß ich eine Woche lang nicht arbeiten darf. Zum Schluß der Untersuchung schiebt sie mir ihr Plastikstethoskop unters Hemd und sagt: Ihr Herz schlägt nicht mehr ganz arg. Für diesen Satz küsse ich sie, woraufhin sie mich belehrt, daß man eine Ärztin nicht küssen darf, auch nicht in einer Eisenbahn.

Eigentlich wollte ich heute in den Zoo *und* auf den Rummelplatz, damit ich morgen, am Sonntag, noch ein paar Stunden
mit Sabine allein sein kann. Aber der Zoo-Besuch zieht sich
so lange hin, daß wir den Rummelplatz doch auf den Sonntagmorgen verschieben müssen. Aus Begeisterung für die
Eisbären, die Löwen und die Affen verzichtet Sabine auf die
Besichtigung der anderen Tiere. Der Tag ist warm, die Eisbären lassen sich immer wieder ins Wasser fallen und balgen
miteinander herum. Ein Höhepunkt tritt ein, als ein Wärter
mit einem Eimer toter Fische erscheint und die Bären füttert.
Sabine möchte auch einen Fisch werfen, der Wärter drückt
ihr sogar einen Fisch in die Hand, aber Sabine zuckt zurück,
als sie die glitschige Haut des Fisches in der Hand spürt. Dafür bringt ihr der Wärter eine halbe Stunde später ein aus-
geblasenes Straußenei und schenkt es ihr. Das Ei ist so groß
wie der Kopf eines Säuglings, die Schale ist milchiggrün und
deutlich härter als ein Hühnerei. Sabine ist beglückt, über-
reicht mir das Ei zur Aufbewahrung und wendet sich wieder den Eisbären zu. Sogar mir gefällt nach einer Weile der
Zoo. Ich muß mich hier viel weniger empören, als ich vermutet hatte, auch der Lärmpegel ist angenehm niedrig. Sabine
wechselt selbständig zwischen dem Löwen-Haus, dem Affen-
Gehege und der Eisbär-Anlage hin und her. Ich suche mir
einen Platz auf einer Bank und lese den Wirtschaftsteil zweier
Tageszeitungen. Nach einer weiteren halben Stunde will
Sabine ein Stück Kuchen oder einen Teller mit Pommes. Ich
nehme das erschöpfte Kind an der Hand, wir suchen uns
einen Café-Tisch auf einer nahen Terrasse. Danach ist Sabine
sehr müde, aber sie will noch einmal zu den Eisbären. Erst
nach zwei Stunden verlassen wir den Zoo, ich nehme an, Sabine wird zu Hause sofort einschlafen. Aber ich irre mich.
Die Fahrt mit der U-Bahn putscht das Kind wieder auf. Sie
schaut mit weit geöffneten Augen auf die vorüberfliegenden

Schachtwände und freut sich, wenn die Bahn wieder in einen Bahnhof einfährt. Einmal steigt ein Dutzend Chinesen zu, die Sabine noch mehr verblüffen als die U-Bahn. Auch zwei Kontrolleure, die unsere Fahrscheine sehen wollen, machen einen starken Eindruck auf sie. In der Wohnung fällt sie fast um, aber jetzt will sie fernsehen und ihrer Puppe ein anderes Kleid anziehen. Wie ein erwachsener Mensch will sie ein unablässig pulsierendes Leben. *Ich* bin es, der seine Müdigkeit nicht länger unterdrücken kann, und *ich* bin es, der sich hinlegt, nachdem Sabine vor dem Fernseher sitzt. Trotz Erschöpfung kann ich nicht einschlafen. Ich erinnere mich an meine ganz andere Kindheit. *Ich* lag damals als Kind wach im Bett und wartete darauf, daß der Fernsehapparat abgeschaltet wurde und meine unersättlich fernsehenden Eltern endlich schlafen gehen würden. Am Abend ruft Edith an und erkundigt sich. Sabine ergreift den Hörer und sagt, daß es ihr hier sehr gut gefällt, was mich beruhigt. Hier gibt es Eisbären, Chinesen und Kontrolleure, sagt sie, und morgen früh gehen wir auf den Rummelplatz. Zu meinem Erstaunen will Edith auch mich noch einmal sprechen. Aber sie möchte nur eine Besorgnis mitteilen. Ich soll Sabine nicht zuviel bieten, sagt sie, wegen der Reizüberflutung. Das Wort Reizüberflutung erinnert mich an gutmütig pädagogische, heute lächerlich gewordene Debatten, die wir vor ungefähr zehn Jahren geführt haben. Damals glaubten wir noch, uns gegen Fremdsteuerung, Medienübermacht und so weiter wehren zu können, guter Gott!

Am nächsten Morgen, am Sonntag, will Sabine sofort nach dem Frühstück auf den Rummelplatz. Ich erkläre, daß es keinen Sinn hat, so früh auf dem Rummelplatz zu sein, weil die meisten Buden und Fahrgeschäfte um diese Zeit noch geschlossen haben beziehungsweise noch nicht in Betrieb sind. Aber Sabine mag sich derlei Einwände nicht anhören und will los. Also brechen wir kurz nach halb neun auf. Sabine stört sich nicht an dem (sozusagen) noch geschlossenen Rummelplatz. Auch mir gefällt die unschlüssige Atmosphäre des Geländes, die schon am Morgen zutage tretende Ermüdung der Budenbetreiber, die widerspenstig darangehen, wieder einen ganzen Sonntag lang ihren wahrscheinlich mäßigen Geschäften nachzugehen. Sabine ist neugierig und schaut sich jeden Neonschriftzug, jeden Lautsprecher und jedes Kassenhäuschen an. Besonders lange betrachtet sie eine ältere Mutter mit einem erwachsenen behinderten Sohn. Der junge Mann hat einen Gehfehler und einen Sprachfehler. Außerdem hängt ihm die Unterlippe herab, wofür sich Sabine auf fast schon peinigende Weise interessiert. Sie will unbedingt mit dem Riesenrad fahren, aber auch das Riesenrad steht noch still. Noch immer sind nur wenige Menschen unterwegs, diese aber ähneln sich auf sonderbar auffällige Weise. Es sind halbverkommene Personen, vom Leben sichtbar hart angefaßte Einzelgänger, Rentnerinnen am Rande der Verwahrlosung, verarmte drogenabhängige Ehepaare, die ihre vernachlässigten Kinder mitgebracht haben, graugekämpfte Frauen, hundsäugige Alkoholiker, übergewichtige Arbeitslose, angeschlagene Psychotiker mit Gesichtern wie niedergebrannte Kerzen. Gibt es ein großes beherrschendes Unglück, das sich aus vielen kleinen Unglücken zusammensetzt und das ich noch nicht kenne? Erst allmählich, gegen zehn Uhr, erscheinen gutbürgerliche Kleinfamilien und wohlgekleidete Mütter mit ebensolchen Kindern. Es gefällt mir, wenn verschiedenfarbiges Licht auf Sabines Gesicht fällt. Auch Popcorn ist für Sabine neu, ich kaufe ihr eine Tüte, sie ist begeistert von den süßlichen halbwarmen Maiskörnern. Amseln sitzen tief in den Laubbäumen und schauen aus ihren Verstecken hinaus in die belebte Welt. Dann wieder eine heruntergekommene Frau, die eine Menge alter Röcke,

Blusen und Mäntel in einen Kleidercontainer hineindrückt. Als sie fertig ist, geht sie nicht weg, sondern entdeckt die vielen anderen Plastiktüten mit Altkleidern, die um den Container herum abgelegt worden sind. Die Frau fängt an, die Tüten einzeln zu leeren und die Altkleider in den Container zu schieben. Vorher aber schaut sie sich jedes Stück genauer an, vielleicht kann sie doch etwas brauchen. Viel krasser ist ein dicker Mann im Rollstuhl. Er hat ein kleines Hündchen im Arm. Manchmal beugt er sich über das Tier, küßt es auf den Kopf, nimmt dann eines der kleinen Ohren des Hundes in den Mund und lutscht kurz daran herum. Der Hund hält still. Ein größerer Hund kommt vorbei, bellt das Hündchen im Rollstuhl an, das kleine Hündchen bellt zurück. Ist ja gut, sagt der Mann im Rollstuhl. Ich überlege, ob ich Sabine auf den Mann im Rollstuhl aufmerksam machen soll, aber Sabine beobachtet eine andere Hundeszene. Ein kleines Kind will nach einem noch kleineren Hündchen greifen, wird aber von seiner Mutter zurückgehalten. Laß die verseuchten Tiere in Ruhe, sagt die Mutter. Verseuchte Tiere, wiederhole ich in meinem Innern und weiß nicht, was ich denken soll. Ich betrachte den kleinen Hund, er besitzt alle Körperteile und macht auch sonst einen munteren, unkranken Eindruck. Das von der Mutter zurückgehaltene Kind bleibt erschrocken stehen, auch Sabine verharrt im Bann des Berührungsverbots. Endlich beginnt das Riesenrad seinen Betrieb. Sabine will keine Minute warten, ich kaufe zwei Tickets, wir besteigen eine Gondel. Je höher die Gondel aufsteigt, desto enger rückt Sabine an mich heran. Als wir ganz oben sind, will Sabine nicht auf die Stadt herabschauen, es schwindelt ihr. Sie schiebt ihr Gesicht unter meine Jacke, hoffentlich wird ihr nicht schlecht. Viermal steigen wir auf und wieder ab, dann bin auch ich froh über das Ende der Fahrt. Wir steigen die Holztreppen vor dem Kassenhäuschen hinab, da sehe ich Frau

Schweitzer. Sie ist allein und hochsommerlich gekleidet, trägt eine altmodische Handtasche und Stöckelschuhe. Sie winkt und kommt auf uns zu. Ich stelle Sabine vor, die sich wieder gefangen hat und trotzdem abwesend ist, weil sie ein endlos pissendes Bierbrauerpferd betrachtet, das in der Nähe eines Zelts abgestellt ist. Sabine will in die Nähe des Pferdes, schon rennt sie zu ihm hin. Wir befinden uns in der Nähe einer kleinen Gartenwirtschaft, ich lade Frau Schweitzer zu einem Glas Wein ein.

Jetzt schon! ruft sie aus, da werde ich ja betrunken, ich habe noch nichts gegessen!

Dann essen Sie eben etwas, sage ich und nehme Platz.

Sie Verführer! sagt Frau Schweitzer.

Eine Bedienung erscheint, wir bestellen zwei Gläser Portugieser Weißherbst, für Frau Schweitzer außerdem ein belegtes Brötchen. Ein bißchen habe ich das Gefühl, Frau Schweitzer ist dankbar, daß sie eingeladen ist und etwas zu essen kriegt. Sabine steht immer noch bei dem Pferd, ich winke ihr zu, damit sie weiß, wo sie mich findet. Dann ist mir plötzlich klar, warum mir Frau Schweitzer gefällt: Sie sieht meiner toten Mutter ähnlich. Ihr Gesicht strahlt eine heftige Lebensunkundigkeit und deswegen auch eine starke Lebensuntüchtigkeit aus, unter der ich als Kind gelitten habe und die mir *nach* der Kindheit immer besser gefiel. Gerne wollte meine Mutter alles richtig machen, aber dazu fehlte ihr jegliches Talent. Und danach immer dieses selbstgenügsam Anklagende im Gesicht! Ich phantasiere eine Weile über meine Mutter, als wäre sie Frau Schweitzer, beziehungsweise über Frau Schweitzer, als wäre sie meine Mutter. Dieses Überrolltwerden vom wirklichen Leben! Diese Unfähigkeit, sich um das tatsächlich Faktische zu bemühen! Frau Schweitzer ißt und trinkt und macht mich dann auf ein Kind mit einem schwarzen Luftballon aufmerksam.

Ein schwarzer Luftballon, sagt Frau Schweitzer, ist das möglich!

Kurz darauf erscheint die Mutter des Kindes, eine junge Frau mit schwarzen Fingernägeln und schwarzgeschminkten Lippen.

Das Übliche, sagt Frau Schweitzer abschätzig, ein Kind wird gezwungen, die Schrägheiten seiner Mutter mitzumachen!

Ich stimme Frau Schweitzer zu, worüber sie Genugtuung empfindet.

Das ist eines meiner häufigsten Erlebnisse, sagt Frau Schweitzer, ich habe ein Gefühl, das überhaupt nicht originell ist, im Gegenteil, meine Regung ist allen zugänglich, aber dann schaue ich mich um und suche nach Mitempfindern, aber niemand erlebt wie ich die Zumutung eines schwarzen Luftballons, nicht einmal die Mutter, die schon gar nicht, aber *Sie* empfinden doch mit mir, sagt Frau Schweitzer und schaut mir ins Gesicht, nicht wahr?

Ich erhebe mein Glas und nicke. Frau Schweitzer beißt in ihr Brötchen.

7

ES IST HOCHSOMMER GEWORDEN. Wegen des starken Sonnenlichts sind die Zahlenreihen auf meinem Bildschirm nur noch schwach zu erkennen. Frau Wecke trägt auch im Büro eine Sonnenbrille, was ich ein wenig affig finde. Erst dieser Tage ist mir aufgefallen, daß ich in diesem Jahr nicht in Urlaub fahren werde und darüber keineswegs böse bin. Mit einem Gefühl der Befreiung denke ich an die oft mühsamen Urlaube mit Edith zurück. Schon nach wenigen Tagen fing sie an, an dem Ferienhaus herumzunörgeln, an den schlechten Restaurants, an den ungepflegten Stränden und an den ordinären Touristen. Guter Gott! Wie oft war mir zum Platzen zumute, aber ich habe meinen Unmut Jahr für Jahr in kleinen Portionen hinuntergeschluckt und atme jetzt in aller Stille auf. Frau Bott, meine zukünftige Sekretärin, geht mir beim Umzug (zwei Stockwerke höher) zur Hand. Frau Grünewald schaut mir ein wenig schmerzlich nach, weil sie nicht zu Unrecht fürchtet, daß wir uns aus den Blicken verlieren werden. Mein neues (Direktions-)Zimmer ist groß und strahlt eine distanziert-kühle Atmosphäre aus. Mein Schreibtisch ist riesig, mein Sessel ebenso. Die Möbel sind aus grauem Stahl, der Teppich aus grauer Kunstfaser. Das Mittagessen für die höheren Ränge bringt eine Catering-Firma, was ich einerseits toll finde (des besseren Essens wegen), andererseits bedaure, weil ich jetzt nicht mehr in der Mittagspause in der Umgebung herumstreifen und mich ein bißchen ablenken kann. Es sei denn, ich schlinge das Essen rasch hinunter, damit ich immer noch Zeit habe für eine kleine Streunerei. Aber dann weist mich Frau Bott auf ein besonderes Privileg hin, von dessen Existenz ich bis dahin nichts gewußt habe: eine schmale Tür in meinem neuen Zimmer, die zu einer Kammer führt, in der sich eine Liege, eine dünne Wolldecke, ein kleiner Sessel und ein Kühlschrank befinden. Den Führungskräften ist, wann immer es ihre Arbeit erlaubt, ein Erholungsschlaf erlaubt. Auch diese Neuerung ruft bei mir gespaltene Reaktionen hervor. Ich bin (einerseits) sicher, daß ich von der Schlafkoje Gebrauch machen werde, fürchte aber (andererseits), die Liege wird der Grund werden, daß ich den Büroturm künftig den ganzen Tag kaum mehr verlassen werde. Frau Bott zwinkert mir zu und deutet an, daß ich über das Ruhezimmer nicht mit den Mitarbeitern reden soll. Ich verstehe: Aufstieg ist mit Diskretion gekoppelt. Meine erste Führungsaufgabe ist, daß ich Herrn Honke, einen etwas schwächlichen Key-Account-Manager, zu neuem Eifer verführen soll. Herr Honke ist mit jetzt achtundvierzig Jahren immer noch ein Nachwuchsmann, und wie es aussieht, wird sich daran auch nichts mehr ändern. Der Nichtaufstieg hat ihn in einen inneren Rückzug hineingetrieben, vor dessen weiterer Verschärfung ich ihn retten soll. Der ausbleibende Berufserfolg hat ihn zunächst zu einem Opfer der Scham gemacht, die Scham verwandelte ihn in einen Schweiger, und das Schweigen ließ ihn in den letzten zwei Jahren so kompliziert werden, daß sich die Kollegen über ihn zu beklagen begannen. Dabei ist Herr Honke ein kluger, zuverlässiger, bescheidener Mitarbeiter, der vielleicht nicht verstehen wird, daß man mit ihm unzufrieden ist. Aber er muß »zurückgeholt« werden. Ich habe mir gerade die erste Strategieskizze für ein Gespräch mit Herrn Honke zurechtgelegt, da werde ich durch einen Anruf an meine eigene Malaise erinnert. Am Apparat ist Edith, die mir in beleidigender Knappheit mitteilt, daß sie in Kürze unsere Wohnung auflösen und mit Sabine zu ihrer Mutter ziehen wird, die als Witwe in einem für sie viel zu großen Haus in einem Nachbardorf lebt. Ich bin so empört, daß ich kaum sprechen kann. Ich kann nicht einmal sagen, daß Edith nicht berechtigt ist, einen von uns beiden abgeschlossenen Mietvertrag ohne meine Zustimmung zu kündigen. Ich kann nur leise ins Telefon sagen: Du hast nicht das Recht, ich meine, wir haben unseren Mietvertrag als Paar unterschrieben, auch der Vermieter darf nicht ... dann bricht mein kümmerlicher Satz zusammen. Wenig später legt Edith auf. Seit einer Stunde bin ich in meiner neuen Führungsposition angekommen und muß eine kleine eklige Niederlage hinnehmen. Von der Nachricht geht eine Art Lähmung aus. Mit welcher Wucht das Ungewünschte geschieht! Ich bleibe an meinem Schreibtisch sitzen, damit ich die Vorstellung des Umsinkens besser aushalte. Ich fühle mich wie das einstürzende Haus, das ich dieser Tage in den TV-Nachrichten gesehen habe. Das Haus sackte langsam in sich zusammen, enorme Mengen Staub wölbten sich links und rechts nach oben. Trotz aller Mühe, aus meiner Ehe etwas Besonderes zu machen, bin ich jetzt sicher, daß auch meine Ehe mittelmäßig war. Schon meine Eltern waren mittelmäßig, meine Kindheit war mittelmäßig, außerdem meine Schulzeit, mein Abitur und das Studium, aber seit dem letzten Anruf steuere ich auf das Mittelmäßigste zu, was es überhaupt gibt: auf eine Scheidung. Frau Bott tritt in mein Zimmer und fragt, ob sie mir ein kühles Zitronenwasser bringen darf. Ja, gern, danke, sage ich. Dabei hat es vor Edith genügend Warnungen gegeben. Kurz vor unserer Hochzeit erzählte sie mir, daß sie während der Hochzeitsfeier ihrer besten Freundin Susanne so heftig mit Susannes zukünftigem Ehemann geflirtet habe, bis dieser mit ihr, Edith, in ein nicht bewohntes Zimmer des Landgasthofes (in dem Susannes Hochzeit gefeiert wurde) ging und dort mit ihr kurz und heftig vögelte. Fünf Minuten später setzten sich beide, Edith und Susannes künftiger Ehemann, wieder an die Hochzeitstafel. Susanne erzählte Edith später ahnungslos und ein bißchen enttäuscht, daß ihr Ehemann nicht in der Lage war, in der Hochzeitsnacht eine angemessene Kopulation zustande zu bringen. Es wird der Alkohol gewesen sein, sagte Susanne, jaja, sagte ich, sagte Edith, der Alkohol. Diese Geschichte war eine deutliche Warnung, die ich jedoch sofort zurückwies, obwohl ich sie schon damals als Warnung empfand. Laß dich nicht verrückt machen von alten Geschichten! Eine rechtzeitig erzählte Warnung ist keine Warnung. Jetzt erkenne ich die Wucht von Ediths zerstörerischer Kraft, die ich schon damals als eine auch auf meine Zukunft bezogene hätte erkennen müssen. Frau Bott betritt den Raum und stellt auf einem kleinen Tablett ein Zitronenwasser ab. Außerdem ein kleines Schälchen mit ein paar Nüssen und Gebäck. Ich hätte nie für möglich gehalten, daß mir die sorgfältigen Handreichungen einer Sekretärin eines Tages so wohltun würden. Ich danke Ihnen sehr, sage ich förmlich zu Frau Bott. Zum Glück habe ich die laufenden Abschlüsse schon weitgehend im Computer. In meinem kleinen Handspiegel sehe ich, daß meine Augen gerötet sind. Vor einer halben Stunde glaubte ich noch, ich hätte vielleicht eine Augenentzündung, aber es ist die übliche Austrocknung der Augen durch zuviel Computerarbeit. Die Augen trocknen aus, weil sie durch mangelnde Bewegung nur ungenügend mit Tränenflüssigkeit benetzt werden. Der Augenarzt, bei dem ich einmal war, nannte dieses Leiden die Blickmonotonie. Ich überlege, unter dem Vorwand, mir Augentropfen besorgen zu müssen, für eine halbe Stunde den Büroturm zu verlassen. Es bekümmert mich, daß ich bereits jetzt kleine herbeigelogene Abwesenheiten konstruiere. Aber ich laufe Gefahr, daß Frau Bott sich anbieten wird, die Augentropfen für mich zu kaufen. Ich warte lieber auf die Mittagspause. Ich werde das Menü rasch vertilgen und dann eine Dreiviertelstunde verschwinden, das heißt frei beziehungsweise allein sein. Erstaunlicherweise gibt mir das Zitronenwasser bereits wieder ein bißchen Zuversicht zurück. Ich sitze ruhig da und spiele an meiner neuen Ohrklappe herum. Ich beschließe, nicht gegen Edith zu kämpfen. Ich werde sie nicht von ihren Plänen abhalten, ich werde sie nicht kränken, ich werde sie nicht beschimpfen, ich werde sie nicht herabsetzen, ich werde ihr nicht schaden, aber ich will ab sofort nichts mehr mit ihr zu tun haben. Gegen 12.30 Uhr bringt der Caterer das Mittagsmenü, ein gebratenes Forellenfilet in einer leichten Velouté mit frischem Dill, dazu ein paar Kroketten und geröstete Zwiebeln. Der junge Mann stellt das Menü auf dem kleinen Tisch in meinem Séparée ab und verschwindet wieder. Frau Bott bringt außerdem eine kleine Flasche Mineralwasser und eine Banane. Das Forellenfilet schmeckt vorzüglich. Wie sonderbar wieder alles ist! Jetzt sitzt du da in einem kleinen Raum im vierzehnten Stock und denkst während des hastigen Essens an Frau Grünewald. Das tue ich tatsächlich. An meinem letzten Arbeitstag in der Mitarbeiter-Etage hatte sie wie eine Geisha ihren Oberkörper mit einer weißen Wickelbluse eng zusammengebunden, so daß ihr kleiner Busen vollständig auf die Vorderseite des Oberkörpers verteilt war. Sie telefonierte so leise, daß ich Zärtlichkeit für sie empfand. Jetzt, während des Essens, stelle ich mir vor, sie würde demnächst bei mir übernachten, ich würde ihre Bluse herunterwickeln und wir würden gemeinsam ihren Busen suchen und ihn dann auch finden und dabei viel Vergnügen haben. In Wahrheit habe ich zur Zeit nicht den Mut, mit einer neuen Frau zu übernachten, in welcher Wohnung auch immer. Irgendeine neuartige Befangenheit hält mich zurück. Überhaupt zeigen sich bei mir

Zeichen einer sich allmählich herausbildenden Gemütser-
krankung. Neulich, an einem Samstagmittag gegen zwölf,
als die Glocken der Paulskirche zu läuten begannen, stiegen
mir plötzlich Tränen in die Augen. Allerdings war der Klang
der Glocken ergreifend, auch andere Personen zeigten ihre
Erschütterung, was mich ein wenig beruhigte. Auch besorgt
mich, daß ich mit dem immer schlechter werdenden Empfang meines kleinen Radios einverstanden bin. Ich müßte
das alte Radio entschlossen wegwerfen und mir ebenso
entschlossen ein neues Radio kaufen. Ebenso entschlossen
müßte ich mein Apartment kündigen und mir eine neue
große Wohnung suchen und sie repräsentativ einrichten.
Nichts davon geschieht. Ich habe das Gefühl, mich in Gedanken an Frau Grünewald vergangen zu haben, wofür ich mich
jetzt am liebsten entschuldigen möchte. Nicht einmal das
Denken des Wortes Entschuldigung gelingt. Ich verfalle in
eine Art Notblödeln. Anstelle des Wortes Entschuldigung
denke ich Enschullung, Enschullung höhö, jetzt blödle ich
mit dem Wort Enschullung so lange herum, bis es sich in
Schullung verwandelt, Schullung Frau Grünwullung, dann
endlich verlasse ich mein neues Chefzimmer und fahre mit
dem Fahrstuhl nach unten. Im elften Stock steigt ein junger
Angestellter zu, den ich nicht kenne. Er sieht aus wie eine ge-
badete Maus, ich betrachte seinen blitzsauberen Hals, sein
angepapptes Haar, seine Snoopy-Krawatte und die albernen
Kunstbrillanten darauf. Unten, auf der Straße, fühle ich meinen kalt-feuchten Körper. Meine Wehmut macht mich überall unpassend. In der hochsommerlichen Hitze ist das Hupen
der Autos besonders schwer erträglich. In diesen Sekunden
lösen sich meine Gefühle auch von Ediths Heimat. Obwohl
mir der Schwarzwald inzwischen ganz gut gefällt, empfinde
ich für ihn jetzt nur noch mittelmäßiges Heimweh. Mein
Notblödeln hat mich immer noch nicht ganz verlassen. Wie

fast jeden Tag in der Mittagspause gehe ich an dem Messing-
schild VOGT & PARTNER RECHTSANWÄLTE vorbei. Heute
lese ich VOTZE & PARTNER FICKANWÄLTE. Meine Herren
Anwälte, wer so verletzt worden ist wie ich, hat ein Recht auf
allgemeine Verwüstung erworben. Einige Männer bleiben
stehen und geben sich den Anschein, als würden sie sich für
irgend etwas interessieren. Ich bleibe auch ein bißchen stehen und hoffe dahin und dorthin und weiß doch, daß mir
in diesen Augenblicken alles gleichgültig wird. Nein, nicht
alles. Wo sind eigentlich die wunderbaren gelbbraunen Bir-
nen aus meiner Kindheit geblieben? Das Schmerzliche ist,
daß das Leben so sehr bekannt ist und deswegen so verschlissen erscheint. Zum ersten Mal sehe ich, wie jemand einer
Taube auf die Flügel tritt. Das Tier schleift sich mit Schlag-
seite zur Hauswand und läßt sich dort nieder. Haben in diesen Augenblicken nicht ein paar Leute über mich gelacht? Ich
drehe mich um, niemand lacht. Trotzdem habe ich das Gefühl, ich werde gerade ausgesondert. Ich weiß, ich werde
nicht ausgesondert, ich denke es nur, aber warum denke ich
es? Ich muß überlaut sprechende Menschen rechtzeitig erkennen und ihnen schnell aus dem Weg gehen. Seit Wochen
schon will ich private Lärmerwartungsstudien anstellen,
damit ich im Straßenverkehr nicht mehr so oft erschreckt
werden kann. Vor zwei Tagen überraschte mich ein scharf
bellender Hund in einer hohen U-Bahn-Station, ich war vom
Rundum-Echo des Bellens sofort paralysiert und floh aus
dem U-Bahnhof. Zum ersten Mal nehme ich in der Öffent-
lichkeit versuchsweise meine Ohrklappe ab. Die Bruchstelle
ist gut überwachsen, ich streichle mit den Fingerspitzen darüber, die Haut fühlt sich weich an wie Kinderhaut, nichts
schmerzt. Vielleicht war meine Angst umsonst. Am Ende
nehmen die Kollegen wortlos hin, daß mir ein Ohr fehlt, beziehungsweise sie schauen nicht einmal genau hin. Mit einem

so kleinen Mangel kann man nicht mehr auffallen in einer
von Schrillheiten überfüllten Welt. Ich hätte nicht für möglich gehalten, daß ich von dieser überdrehten Gegenwart einmal profitieren würde. Auch jetzt errege ich keinerlei Aufsehen. Mancher sieht, daß etwas fehlt, aber die Leute denken
sich nichts dabei. Mein Gott, wie konnte ich mein Ohr nur
so wichtig nehmen! Schon überlege ich, ob ich die Ohrklappe den ganzen Nachmittag in meiner Tasche lassen soll.
Ich habe immer noch fünfundzwanzig Minuten Mittagsrest-
zeit. Ein Nebenergebnis meines Berufslebens ist, daß ich von
ziemlich allen Bürovorgängen weiß, wie lange sie dauern
dürfen. Eine Zeitung durchblättern braucht zwei Minuten,
eine Zeitung durchblättern und zwei Artikel lesen braucht
vier Minuten, ein Mittagessen hinunterschlingen sieben Minuten, eine Zigarette rauchen zwei Minuten, aber wie lange
dauert eine Mittagspanikzeit wegen plötzlicher Wohnungs-
auflösung infolge eines Ehezerfalls? Ich fahre die Rolltreppe
einer Fußgänger-Unterführung hinunter und betrachte die
hellen Metallplatten, mit denen die Rolltreppe links und
rechts verkleidet ist. Meine Hand liegt auf dem schwarzen
Laufband; jedesmal, wenn sich die Hand ungefähr in der
Mitte zwischen zwei Metallplatten befindet, zuckt meine
Hand leicht zusammen und hebt das Laufband ein wenig
in die Höhe. Es ist ein überflüssiger Reflex, der mich an die
Nachmittagswege meiner Kindheit erinnert. Damals gab es
noch Holzlatten um die Gärten herum, die ich jedesmal
zählte. Gegen jede fünfzehnte Holzlatte stieß ich meinen
rechten Mittelhandknochen, ein ebenfalls sinnloser Reflex,
der in diesen Augenblicken noch ein bißchen sinnloser wird,
weil ich mich so sinnlos präzise an ihn erinnere. Auf der anderen Seite der Unterführung betrete ich ein Bistro, das ich
schon lange einmal von innen sehen will. Es ist halbvoll, ich
gehe zur Theke und bestelle ein Glas Prosecco und zwei Gar-

nelen mit etwas Salat. Kaum habe ich den Prosecco getrunken (ich bestelle ein zweites Glas), öffnet sich die Tür und zwei schwerbewaffnete Polizisten treten ein. Die Leute erschrecken und schauen auf, aber die Polizisten kontrollieren niemanden und suchen nach nichts. Sie legen ihre Waffen ab und bestellen zwei Pizzen. Der jüngere Polizist fragt den älteren: Kann ich auch meine Splitterschutzweste ausziehen? Der Ältere wehrt ab: Nein, das nicht. Von den auf einem Tisch liegenden Waffen geht Besinnung und Zuversicht aus. Das Wort Splitterschutzweste bleibt in meinem Bewußtsein hängen und beruhigt mich. Brauche ich vielleicht auch eine Splitterschutzweste, um künftig besser durchs Leben zu kommen? Ich merke, das Wort Splitterschutzweste lockert meine Verfassung. Ich vertilge das weiche Fleisch der Garnelen und gerate in eine gute Stimmung. Erleichtert nehme ich zur Kenntnis, daß keiner meiner Kollegen in diesem Lokal auftaucht. Es handelt sich um ein High-quality-Bistro, das normalen Controllern zu teuer sein dürfte. Nur ich, Finanzchef, kann mir nach dem Mittagessen noch zwei Garnelen leisten und mich zum Nachtisch von zwei Maschinenpistolen beschwichtigen lassen. Durch den Anblick der Waffen verliert der Zerfall meiner Ehe seine Einschüchterung. Draußen treibt der Wind eine leere Eiskonfekttüte vorbei. Die Polizisten freuen sich über die Größe ihrer Pizzen. Sie lachen und legen ihre Mützen auf die Maschinengewehre. Auf dem Rückweg ins Büro überlege ich, ob ich meinen Angestellten (so nenne ich sie jetzt schon), wenn sie einmal von Scheidung und Wohnungsrausschmiß bedroht sind, zwei Gläser Prosecco, zwei Garnelen und den Anblick von Maschinenpistolen spendieren soll. Im Foyer unseres schmerzhaft monumentalen Bürohauses zittern wie üblich die Palmen im Luftstrom der Klimaanlage. Im Fahrstuhl treffe ich Frau Grünewald. Wir scherzen ein bißchen darüber, daß ich jetzt nicht mehr im gleichen Stockwerk aussteige wie sie. In unserem leisen Gelächter kann ich meinen Schreck darüber verbergen, daß ich auf dem Busenansatz von Frau Grünewald leichte Ansätze von Falten entdecke. Ich wundere mich, daß eine so sehr auf Makellosigkeit versessene Person wie Frau Grünewald diese Spuren nicht verdeckt. Im vierzehnten Stock fällt mir der Essensgeruch auf. Obwohl ich mich in einer piekfeinen Etage bewege, riecht es hier plötzlich wie in einer verstockten Eisenbahner-Kantine. Das ist der Nachteil des Caterings: wenn in einer neutralen Geruchsatmosphäre (Elektronik, Papier, Plastik) eine Dreiviertelstunde lang gegessen und getrunken wird. Die Fenster können nicht geöffnet werden. Frau Bott stellt die Klimaanlage ein bißchen hochtouriger ein. Meine gute Stimmung verfestigt sich zum Abend hin. Es fällt mir ein, daß Ediths Auflösung unserer gemeinsamen Wohnung für mich auch Vorteile hat. Der Vorteil ist – in großen Konzernen wie in kleinen Ehen – immer derselbe: Kostensenkung. Ich werde für die Schwarzwälder Wohnung keine Miete mehr bezahlen müssen. Außerdem entfallen Telefon (Edith wird das Telefon ihrer Mutter benutzen), ferner die Kosten für Heizung, Gas und Wasser. Sobald Edith unsere Wohnung verlassen haben wird, werde ich mein Konto bei der Raiffeisenbank in Schull auflösen und ein angemessenes Haushaltsgeld auf Ediths Privatkonto überweisen.

Am nächsten Tag werde ich dreiundvierzig Jahre alt. Niemand gratuliert, was mir eher recht ist, freilich nicht ganz recht. Diesen Rest beseitigt am Nachmittag Frau Grünewald. Sie läßt mir durch den Hausboten ein neutral verpacktes Geschenk überbringen. Ich packe es unterhalb der Schreibtischplatte aus, so daß mich Frau Bott nicht beobachten kann. Frau Grünewald schenkt mir einen Satz sehr schöner japanischer Bleistifte, ich bin gerührt, fast bewegt. Mir fällt ein Vers aus meiner Kindheit ein: Wunderbar ist eine Kuh mit

Pferdehaar. Ich gehe jetzt endgültig davon aus, daß mir Heidemarie zugetan ist. Ich würde gerne ein Kinderfoto von ihr sehen. Diesen Wunsch halte ich für ein Liebeszeichen, das ich Heidemarie gerne mitteilen würde. Ich nehme an, Heidemarie würde meinen Wunsch verstehen, weil sie mich für feinsinnig hält. Auch ich halte mich für feinsinnig, obgleich ich nicht durchgehend feinsinnig bin. Wenn ich ununterbrochen feinsinnig wäre, könnte ich (zum Beispiel) in keinen Supermarkt gehen, ich könnte kein einziges Mal putzen, ich könnte nicht Geschirr spülen und keinen öden Abend vor dem Fernsehapparat verbringen. In Wahrheit verwinde ich Schmerz, wenn ich abends vor dem Gerät sitze. Da ich immer weniger weiß, wonach ich mich sehnen soll (ist gar nicht wahr), verwandelt sich die zukunftslose Sehnsucht immer öfter in Wehmut. Ich würde gern wissen, wie dieser Vorgang abläuft, aber es gibt dabei nichts zu sehen, sondern nur zu erleiden. Nach einer Stunde Sehnsuchtsumwandlung bin ich geschwächt und gehe vorzeitig ins Bett. Nur im Schlaf setzen die Plagen aus. In den ersten Minuten nach dem Auspacken des Geschenks will ich mich bei Frau Grünewald bedanken und mich möglicherweise für morgen / übermorgen mit ihr verabreden. Ich bin jetzt sicher, sie würde nicht ablehnen. Aber schon fünf Minuten später lähmt mich die Sehnsuchtsverwandlungskrankheit. Willst du wirklich noch einmal verlangend und schüchtern und ehrerbietig und zittrig um die Liebe einer Frau bitten? Hier ist er wieder, mein toller Feinsinn, den Frau Grünewald zu Recht in meiner Seele vermutet. Ich erkenne in dieser Frage einerseits die altertümlich glanzvolle Sehnsucht, andererseits die alles zunichte machende Wehmut. Ich werde mich für die eleganten japanischen Stifte morgen / übermorgen im Fahrstuhl bedanken, beschließe ich, verstaue die schwarzen Stifte in meiner Schublade und schaue von oben (voll frischer Wehmut) noch eine Weile auf diese herab. Gegen 15.00 Uhr kommt Dr. Blischke ins Büro und berichtet von seinem Besuch in den USA. Die Leute, die er in Chicago, New York und Boston trifft, nennt er Kontaktpersonen. Er telefoniert häufig mit ihnen und beendet die Gespräche fast immer mit dem Satz: We keep in touch. Dr. Blischke spricht ein stark amerikanisiertes Englisch, womit er, vermute ich, seinen allgemeinen Weltvorsprung zur Geltung bringen möchte. Im Konferenzraum C 3 teilt Dr. Blischke die Ergebnisse seiner Reise mit. Zweimal macht er die Bemerkung: Im internationalen Vergleich können wir Deutschland schon fast vergessen. Eigentlich will er sagen, daß wir alle hier (ich selbst eingeschlossen) viel zu ineffizient arbeiten. Offene Herablassung mag Dr. Blischke nicht, aber versteckte Arroganz schätzt er sehr. Im schwächer werdenden Sonnenlicht betrachte ich minutenlang zwei benachbarte Hochhäuser, die sich gläsern und metallisch nach oben hin zuspitzen wie zwei aufrecht stehende Bügeleisen. Nach dem Vortrag von Dr. Blischke werde ich ein bißchen traurig. Es ist nicht das erste Mal, daß mich die Tageserschöpfung nicht nur müde, sondern auch ein wenig melancholisch macht. Ich verstehe den Zusammenhang von Müdigkeit und Trauer nicht. Warum macht Erschöpfung traurig? Wahrscheinlich ist es so, daß erst die Erschöpfung auf den Mißbrauch aufmerksam macht, den man mit sich selber treibt. Kurz nach neunzehn Uhr ruft mich Frau Schweitzer an. Ich bin überrascht und kann eine Weile kaum etwas sagen, was wahrscheinlich nicht auffällt, weil Frau Schweitzer sprudelnd, überstürzt und bemüht heiter spricht. Am Ende stellt sich heraus, Frau Schweitzer möchte aus einem ihrer Kartons, die in meinem Keller lagern, ihr Familienstammbuch herausholen.

Am liebsten wäre mir, wenn ich heute abend noch bei Ihnen vorbeischauen dürfte, sagt Frau Schweitzer.

Wann wollen Sie denn bei mir sein? frage ich.

Ich würde mich ganz nach Ihnen richten, sagt sie.

Ich mache in Kürze hier Schluß, antworte ich, wenn Sie so gegen halb neun bei mir klingeln würden?

Gern! Wunderbar! Ich danke Ihnen! ruft sie aus.

Dann bis später, sage ich.

Meine Freundlichkeit am Telefon war gespielt. Ich schimpfe mich dafür, daß ich mich auf die Einlagerung der Kartons eingelassen habe. Du hättest ahnen müssen, daß das ein Fehler war. In vierzehn Tagen ruft sie wieder an und will eine Saftpresse oder ihre alten Schulzeugnisse aus deinem Keller holen. Auf dem Heimweg achte ich darauf, daß ich nicht mehr als drei Bettlern, Obdachlosen oder Betrunkenen begegne. Ich gehe durch vergleichsweise elegante Straßen, die von Deklassierten kaum benutzt werden. Wieder überlege ich, ob man inzwischen mehr Kranke oder Arme auf den Straßen sieht. Schon jetzt schärfe ich mir ein, daß ich am kommenden Wochenende auf keinen Fall in die Innenstadt gehen darf. In der Zeitung habe ich gelesen, daß am Samstag ein sogenannter Volksmarathonlauf und am Sonntag ein Marathonvolksfest stattfinden wird. Die Marathonläufer selbst könnte ich hinnehmen, aber das Publikum ist ein Alptraum. Abertausende von begeisterten Menschen überfluten mit Trillerpfeifen, Holzrasseln, Trommeln, Flöten und Trompeten die Straßen und Plätze. Durch meine Geräuschempfindlichkeit lebe ich in einer Art Dauerlärmangst. Früher waren Samstage und Sonntage ruhige Tage. Die Autos blieben zwei Tage am Straßenrand stehen, umhergrölende Fußballfans gab es noch nicht, offene Fenster mit dröhnender Popmusik auch nicht. Heute ist das Wochenende außerdem die Zeit der rasenden Heimwerker. Überall heulen Bohrmaschinen, Schleifmaschinen, Fräsmaschinen und Hochdruckreiniger auf. Das gewöhnliche Unglück tritt ein, wenn ein Mann und eine Maschine zueinanderfinden. Mann + Motor = Lärm. An einer

Hauswand sehe ich ein Schild mit der Aufschrift: Vorsicht Liegendanfahrt. Wie schön ist es, daß man liegend irgendwohin gefahren wird! Aber dann entdecke ich, es handelt sich lediglich um die Hinterhauseinfahrt einer Klinik. Natürlich! Die Menschen machen wieder nur das Allernötigste! Du mußt schon halbtot sein, um liegend irgendwohin gebracht zu werden. Mit solchen kleinen Schimpfereien biege ich in die Straße ein, in der ich wohne. Ich frage mich, ob mich der Besuch von Frau Schweitzer auf irgendeine Weise beunruhigt. Mit einem angefeuchteten Papiertaschentuch wische ich ein paar besonders aufdringliche Staubflusen weg. Für den Fall, daß ich mit Frau Schweitzer etwas Wein trinke, spüle ich noch zwei Gläser. Ich frage mich, ob mein Apartment ärmlich aussieht. Notfalls werde ich darauf hinweisen, daß ich nur der Arbeit wegen in dieser Stadt lebe. Die Stadt gefällt mir nicht, sage ich probehalber zu mir selber, sie ist wie alle Städte. Zum ersten Mal fällt mir auf, daß an den Wänden kein einziges Bild hängt. Es gibt dafür keinen Grund, wenn ich von meiner Nachlässigkeit absehe. Es gibt natürlich einen Grund (das durchdringende Gefühl von der Vorläufigkeit meines Lebens hier), aber darüber werde ich vermutlich nicht sprechen können. In aller Eile habe ich doch noch eine Idee: Ich will nicht auch noch in meiner Wohnung auf irgendwelche Bilder schauen müssen. Sie wissen, die Bilderflut draußen ... Das klingt plausibel und modern und noch nicht abgenutzt. Durch diesen Satz wird Frau Schweitzer in mir einen kritischen Menschen erkennen können.

Als sie eine halbe Stunde später mein Apartment betritt, schaut sie sich kurz um und sagt: Sie haben keine Pflanzen im Zimmer! Oh, sage ich überrascht, das stimmt, ich habe auch noch keine Teppiche und noch keine Bilder an den Wänden und noch keine elektrische Zahnbürste und noch keinen Handstaubsauger.

Frau Schweitzer lacht. Ich weiß genau, in welchem Karton mein Familienstammbuch eingepackt ist, sagt sie.

Wir gehen in den Keller. Tatsächlich findet Frau Schweitzer auf Anhieb das Familienstammbuch. Sie entschuldigt sich mehrmals und findet dafür einen zutraulichen Ton. Ich möchte fragen, wofür sie das Stammbuch braucht, aber dann kommt mir die Frage zu indiskret vor. Statt dessen frage ich, ob sie für das Stammbuch eine Plastiktüte braucht. Ja, gerne, sagt Frau Schweitzer. An den bläulichen Flecken auf ihren Handoberflächen sehe ich, daß Frau Schweitzer nicht mehr ganz jung ist. In der Wohnung bemühe ich mich tatsächlich, eine geschmackvolle und nicht zerknitterte Plastiktüte zu finden. Nehmen Sie ruhig Platz, rufe ich ins Zimmer, Frau Schweitzer setzt sich. Sie wollen doch sicher ein Glas Wein, rufe ich hinterher. Wenn Sie eines mit mir trinken, antwortet Frau Schweitzer. Natürlich, gern, sage ich, allein trinke ich nur in Notfällen. Frau Schweitzer lacht. Ich überreiche ihr eine schöne Plastiktüte und empfinde dabei starke Peinlichkeit. Ich muß so tun, als wüßte ich den nächsten Satz, den ich gleich aussprechen werde. Wieder finde ich, daß Frau Schweitzer meiner Mutter ähnelt, vielleicht sage ich es ihr später. Obwohl Frau Schweitzer vor mir sitzt und Wein trinkt, überlege ich, wann ich mich mit ihr verabreden soll. Das ist sicher kein gutes Zeichen. Ich weiß nicht recht, was mein Verlangen zur Zeit von mir will. Nein, es ist schlimmer: Ich weiß nicht einmal, ob ich zur Zeit ein Verlangen habe. Ich schenke Frau Schweitzer nach, sie trinkt lebhaft. Ich weiß nicht, warum wir jetzt über Probleme der Tierhaltung in der Wohnung sprechen. Ich erzähle ein bißchen einfallslos von Sabines Katze, Frau Schweitzer erzählt ein bißchen einfallslos von dem Meerschweinchen, das sie als Kind hatte. Dann fragt sie: Was haben Sie denn mit Ihrem Ohr gemacht? Das sieht nach einer Entzündung aus. Momentweise erstarre ich, bin aber auch erleichtert. Ja, sage ich, Mittelohrentzündung. Oh, macht Frau Schweitzer, da müssen Sie vorsichtig sein, Mittelohrentzündung ist gefährlich, haben Sie Schmerzen? Jetzt nicht mehr, sage ich. Frau Schweitzer kehrt noch einmal zum Thema Meerschweinchen zurück. Wie es war, als sie sich von dem Tier trennen mußte, weil es immer öfter in ihr Bett pißte. Während Frau Schweitzer spricht, beginne ich ein seltsames Gespräch mit mir selber. Hoffentlich kommt es nicht zu sexuellen ... äh ... Handlungen, denke ich ängstlich. Wenn mein Leben so in Unordnung ist wie zur Zeit, kann ich ohnehin kaum beischlafen. Ich kann es nur, wenn ich dem Leben, das ich führe, als Ganzem zustimmen kann, und das ist mir aus vielen Gründen zur Zeit nicht möglich. Obwohl ich mir mit meinen dreiundvierzig Jahren dafür noch zu jung vorkomme, betrete ich jetzt schon das weite Feld der vorzeitigen Ermüdungen. Auch in diesen Augenblicken, im Angesicht von Frau Schweitzer, empfinde ich ein rätselhaftes Zurückweichen, das ich gerne bekämpfen würde, wenn ich wüßte wie. Hier sitzt eine Frau vor dir, rede ich mir zu, die sich auf dich zutrinkt, beantworte ihre Signale, gewinne diese Frau für dich, es ist vermutlich nicht schwer. Du siehst die kaum noch verborgenen Vorleistungen dieser Frau (sie dehnt so stark ihren Oberkörper, daß ihr gleich zwei Blusenknöpfe aufspringen), du hörst ihre flatterigen Reden über Meerschweinchen und jugendliche Mittelohrentzündungen, du siehst das alkoholisch-ölige Umherschweifen ihres Blicks. Immerhin ahne ich die Herkunft meines nur schwer weichenden Vorbehalts: Frau Schweitzer schöpft die eigentlich Frau Grünewald zugedachte Liebesbereitschaft ab. Du bist das Opfer deines kindischen Zögerns. Ich will darüber ein bißchen melancholisch werden, aber es kommt nicht dazu. Ich kann mich nicht länger gegen die bereits eingetretene Atmosphäre wehren. Ich erhebe mich und schenke Frau Schweitzer ein weiteres Mal nach, und im Augenblick, als ich die leere Flasche auf dem Boden abstelle, drehe ich mich zu Frau Schweitzer und küsse sie. Wenig später sinke ich mit dem Oberkörper über sie, wir lachen und verkrallen uns ineinander. Nach zwei Minuten stehen wir auf. Meine Balkontür ist aufgeklappt, ich überlege, ob ich sie schließen soll, weil ich nicht möchte, daß irgend jemand unsere Geräusche hört. In diesen Augenblicken fängt es an zu regnen. Ich lasse die Balkontür offen, weil mich das Geräusch des Regens besänftigt. Eine Weile, nicht lange, liegen Frau Schweitzer und ich halb ausgezogen auf dem Bett. Der Anblick ihrer rosa Knöchel flößt mir ein kleines Ekelgefühl ein, dem ich nicht nachgeben darf. Ich drängle nicht, was Frau Schweitzer vielleicht gefällt. Meine mich immerzu verwandelnde Hemmung bringt Zartheit hervor. Frau Schweitzer steigt aus dem Bett und legt alle Kleider ab bis auf den Büstenhalter, worüber ich mich wundere, aber ich sage nichts. Frau Schweitzer entnimmt ihrer Handtasche ein Kondom und streift es meinem Geschlecht über. Ich schaue dabei zu wie früher, als ich ein Kind war und meine Mutter mir einen Wundverband um einen Finger legte. Noch während des Beischlafs überlege ich, ob Frau Schweitzer eine Hausfrauenprostituierte ist. Das ist kein netter Einfall, ich schäme mich stumm. Weil ich schon lange nicht mehr beigeschlafen habe, kommt mir rasch der Same, worüber ich mich noch einmal schäme. Schon kurz nach dem Beischlaf setzt das Schuldgefühl der Liebe ein. Es ist die rasch wachsende innere Überzeugung, daß ich nie genug lieben und mich nie genug verzehren werde. Ich schaue auf meinen im Herzen verwahrten Vorbehalt und werde dabei schuldig. Langsam fällt die Dämmerung herab. Ich habe den Eindruck, Frau Schweitzer ist ein wenig betrunken und wird gleich einschlafen. Aber sie ist nicht betrunken, sie nimmt mir das Kondom ab, und ich schaue wieder zu wie früher, als ich ein Kind war und meine Mutter mir den Verband vom Finger herunterwickelte. Ich liege und höre den Amseln zu. Der Regen hat fast aufgehört, im Augenblick ist nur ein leises Nachtröpfeln zu hören. Frau Schweitzer spricht davon, was sie diese Woche alles bezahlen muß. Ihre neuen Linsen beim Optiker, eine Fahrradreparatur und außerdem eine hohe Zahnarztrechnung. Ich merke, sie will Geld. Ich habe keine Ahnung, wieviel ich ihr geben soll. Immerhin habe ich jetzt das Gefühl, daß Frau Schweitzer keine Prostituierte ist. Sie gibt mir lediglich zu erkennen, daß sie gerade in kleinen Schwierigkeiten steckt. Ich stehe auf, ziehe Unterhose und Unterhemd an und gebe Frau Schweitzer hundert Euro. Sie bedankt sich überschwenglich mit glänzenden Augen. Sie versichert mir, daß ich das Geld in vierzehn Tagen wieder zurückkriegen werde. Ich habe leider kein großes Talent für die Wirklichkeit, sagt sie und lacht. Der Satz beeindruckt mich, obwohl er mich auch warnt. Ich habe einen gewissen Hang für Frauen, die aufgrund ihrer Wirklichkeitsschwäche immer mal wieder ins Trudeln geraten. Ich umarme Frau Schweitzer und küsse sie und fühle doch nur, daß eine Umarmung eine Bemitleidung ist. Ich ermahne mich: Paß auf, Frau Schweitzer ist das neueste Opfer deines Mitleids.

Auf dem Klingelschild habe ich gelesen, daß Sie mit Vornamen Dieter heißen, stimmt das?

Ja, sage ich.

Sollen wir uns duzen? fragt sie.

Klar, sage ich.

Ich heiße Sonja, sagt sie.

Sie kleidet sich rasch an und kämmt sich oberflächlich. Sie zieht ihre Lippen nach, holt ein Papiertaschentuch aus ihrer Handtasche, wickelt darin das Kondom ein und fragt: Wo soll ich das Ding hinwerfen?

In mein Lachen hinein sagt sie: Ich kann es auch unterwegs verschwinden lassen.

Ich bin ratlos und sehe dabei zu, wie Sonja das Kondom in das Papiertaschentuch verpackt und wenig später mitnimmt.

8

ICH HABE MEIN SCHWARZWÄLDER KONTO aufgelöst, ein
neues Konto bei einer Bank in der Nähe meines Apartments
eröffnet und der Personalabteilung meiner Firma die neue
Kontonummer mitgeteilt. Ende August wird mein Gehalt
zum ersten Mal auf das neue Konto überwiesen werden. Der
Spätsommer endet mit einer langen Verausgabung warmer
Tage und schöner heller Vormittage. Es ist Montagmorgen,
ich bringe, wie viele alleinstehende Männer um diese Zeit,
eine Ladung schmutziger Hemden in die Reinigung. Auch in
den Straßen zeigt sich die Drangsal der Spätsommernächte.
Leere Bierflaschen stehen auf Mauervorsprüngen, Glassplit-
ter liegen in Hauseingängen, Kondome im Gebüsch, Erbro-
chenes zwischen geparkten Autos. Im Vergleich zu diesen
Zeichen erscheint mein Leben diszipliniert und geradlinig,
wofür ich an diesem Morgen eine gewisse Dankbarkeit
empfinde. Sie gilt meinen Arbeitsverhältnissen, die einen zunehmend haltbaren Eindruck auf mich machen, und auch –
Sonja. Es ist sonderbar, wie schnell durch das Auftauchen
einer neuen Frau das Bild der früheren Frau verschwindet.
Ich erzähle Sonja inzwischen sogar Details aus dem Liebes-
leben mit Edith, was ich noch vor wenigen Wochen für ausgeschlossen gehalten hatte. Ich habe mich inzwischen daran
gewöhnt, daß Sonja ihren Büstenhalter nicht ablegt. Und es
hat sich eingespielt, daß ich Sonja ohne Aufforderung Geld
gebe, was Sonja nicht zurückweist. Es fällt auf, daß wir uns
immer in meiner Wohnung treffen. Das alles muß nicht be-

sorgniserregend sein. Vermutlich geniert sich Sonja, weil sie einen kleinen Busen hat, und legt deswegen den Büstenhalter nicht ab. Aus Vorsicht und Angst (vor einer Tabuverletzung) verzichte ich auf Berührungen ihrer Brust. Weil Sonja möglicherweise glaubt, mir etwas Wesentliches vorzuenthalten, ging sie vorige Woche zu einer unerwarteten Art der Kompensation über. Nachdem wir eine Weile herumgeschmust hatten, ging Sonja dazu über, mich zu fellationieren. Ich habe anfangs nicht gewußt, worauf Sonja hinauswollte, aber dann fielen mir die Comics von Robert Crumb ein, die ich vor etwa fünfundzwanzig Jahren als Student vorübergehend gelesen beziehungsweise betrachtet hatte. In diesen Comics tauchen immer mal wieder kleine pummelige Frauen auf, die dürre hilflose Männer fellationieren. Die Frauen geben seltsame Würgegeräusche von sich, während sie die Männer befriedigen. Diese Geräuschbeschreibungen fielen mir wieder ein, als ich Sonja über mein Geschlecht gebeugt sah, weil auch die Geräusche, die von Sonja kamen, Ähnlichkeit mit den Comicgeräuschen hatten: Org, Worg, Zorg, Schnorg – und andere, die ich nicht identifizieren kann. Ich hatte niemals für möglich gehalten, daß mein Geschlechtsleben einmal so drastische Formen annehmen würde. Ich hoffe inzwischen, daß der Erguß rasch eintritt, damit ich vom Anblick des schnaubenden und würgenden Frauengesichts befreit werde. Es ist möglich, daß mich diese Art von Sexualität auf Dauer (wie soll ich sagen) eine Spur überfordert, aber vorerst lasse ich mir nichts anmerken. Auch damals, als ich mit der blutenden Edith schlief, kam ich mir ein wenig strapaziert vor. Und auch damals legte sich das Gefühl der Überforderung bald, beziehungsweise ich gewöhnte mich an die Stimmung unseres Über-die-Ufer-Tretens, die vielleicht das Wichtigste an der ganzen Sexualität ist.

Heute oder spätestens morgen werde ich dem Vorstand sowohl meine Risikosystem-Analysen als auch meine Kosten-Hochrechnungsmodelle vorlegen. Seit Jahren quält sich der Vorstand mit der Frage, ob die Firma auch Bio-Medikamente anbieten soll oder nicht. Es ist wahr, daß der Markt für Bio-Produkte immer noch wächst. Trotzdem habe ich das Gefühl (mehr nicht), daß die Stimmung bald kippt oder, anders gesagt, daß es für einen Neuanfang auf dem Bio-Markt zu spät ist. Die Firma hätte spätestens vor fünfzehn Jahren in den Bio-Markt einsteigen müssen, aber damals fehlte dem Vorstand der Mut, beziehungsweise: Die Angst vor den Kosten war zu groß. Seither wird das Problem von Schreibtisch zu Schreibtisch geschoben, und jetzt ist es bei mir angekommen. Ich bin der Finanzchef, und es wird von mir etwas erwartet, wovor sich meine Vorgänger gedrückt haben: eine verbindliche Handlungsempfehlung. Wir befinden uns in einer schwierigen unternehmerischen Lage. Erst vor zwei Jahren waren wir gezwungen, einen sehr gut eingeführten Blutfettsenker vom Markt zu nehmen, weil sich überraschend Nebenwirkungen gezeigt hatten, die die Firma nicht länger verantworten konnte. Die Arbeit an einem neuen Herzmittel mußte nach etwa zwei Jahren eingestellt werden, weil in der Endphase Komplikationen eingetreten waren. Im ersten Fall mußten wir sicher geglaubte Umsätze in Millionenhöhe abschreiben, im zweiten Fall mußten wir rund 200 Millionen umsonst ausgegebene Entwicklungskosten verschmerzen. Aber mein Hauptargument gegen einen (wie ich glaube) zu spät stattfindenden Einstieg in den Bio-Markt ist nicht einmal ökonomischer, sondern mehr psychologischer Natur. Die Pharmaindustrie hat ein seit Jahrzehnten notorisch schlechtes Image. Sie gilt als unersättlich, raffgierig und tückisch. Unsere Firma hat bisher ausschließlich mit Chemie neue Medikamente hergestellt und ist damit (alles in allem) gut gefahren. Wenn wir *jetzt* plötzlich anfangen, Bio-Produkte anzubieten, wünscht uns das Publikum einen Mißerfolg, weil wir uns in den Augen der Käufer gar zu marktkonform verhalten, und kauft unsere Bio-Produkte nicht beziehungsweise nicht ausreichend. Ich sage immer: In jedem Kaufakt verbirgt sich ein moralischer Affekt, der den meisten Konsumenten nicht bewußt ist, ihr Handeln aber dennoch steuert. Das Kaufpublikum von Arzneimitteln ist ein moralisch hochbewußtes Segment, das uns den Bio-Einstieg nicht verzeihen wird. Das heißt, ich werde dem Vorstand den Verzicht auf den Einstieg empfehlen. Wenn sich meine Entscheidung als falsch erweist, bin ich meinen Job los. Mein (versteckter) Vorteil ist: Der Nachweis, daß ich mich eventuell irre, wird kaum zu führen sein. Der Nachweis könnte nur erbracht werden, wenn ein komplettes Bio-Programm am Markt einbricht beziehungsweise nicht ankommt. Zu diesem Nachweis wird es gar nicht erst kommen können, wenn es mir gelingt, die Landung am Markt zu verhindern.

Das ist ein bißchen bauernschlau gedacht, macht mir aber nichts aus. Ich werde den Vorstand mit unserem angespannten Finanz-Hintergrund einschüchtern. Wir haben ohnehin in vielen Sparten derzeit stagnierende Umsätze, die meiner Zurückhaltung recht geben. Ich befinde mich in einer sonderbaren Zwiespältigkeit. Noch bis vor kurzem habe ich aus Ratlosigkeit (beziehungsweise Langeweile beziehungsweise Lebensleere) bis in die Abendstunden hinein gearbeitet und bin vielleicht nur deswegen aufgestiegen. Jetzt sitze ich in einem chromblitzenden, drehbaren, mit weichen Lederstreifen abgepolsterten Chefsessel und arbeite kaum mehr als ein Angesteller im breiten Mittelfeld. Ich verlasse im allgemeinen relativ frühzeitig meinen Chefsessel, um mit Sonja die Abende zu verbringen, fühle mich aber gerade deswegen in gewisser Weise gefährdet. Die Firma flüstert mir zu: Wir haben dich befördert, jetzt erwarten wir, daß du dich für uns verausgabst, egal, ob es nötig ist oder nicht. Ich erwarte die Entdeckung meiner Körperdefekte und dann die Kündigung. Ich versuche, die Behinderung durch erkennbaren Eifer irgendwie unwirksam zu machen, und fühle doch, daß mein Engagement den Zusammenhang zwischen meiner Angst und meinem Defekt gerade betont. Außerdem ist in den Personalbüros bekannt, daß Angestellte (auch Manager) ab vierzig beginnen, sich innovationsresistent zu verhalten; viele von ihnen verlieren zu diesem Zeitpunkt die Lust, sich an Neuerungen zu gewöhnen, und verschanzen sich in der sogenannten Inneren Kündigung. Das heißt, sie kündigen nicht wirklich, aber in ihrem Inneren sterben die Verbindungen zur Firma immer mehr ab. Der Innovationsresistente macht Dienst nach Vorschrift; gewisse Anteile seiner Arbeit sind nicht mehr echt, sondern gespielt. Derlei Überlegungen verschönern meinen Abend nicht. Deswegen bin ich in gewisser Weise dankbar für Sonjas Drang, obwohl mir auch dieser nicht völlig behagt. Aber die Sexualität hat einen erheblichen Vorteil: Sie blendet das Zwangsdenken an die Firma vorübergehend aus. Mein Mißtrauen in meine Lage ist zur Zeit so heftig, daß ich mir aus Vorsicht keine neue, größere Wohnung suche, obwohl ich mich gerne verändern würde und mir eine größere, elegante Wohnung jetzt leisten könnte. Aber für den Fall, daß ich plötzlich ohne Job dastehe, muß ich die Kosten niedrig halten. Dieser Tage ist mein kleiner blauer Reisewecker endgültig zu Bruch gegangen. Der Wecker gehörte einmal meiner Mutter, ich habe ihn seit ihrem Tod aufbewahrt, zusammen mit zwei oder drei anderen, ebenso lächerlichen Erbstücken. Ich habe schon oft darüber nachgegrübelt, warum ich zu den Menschen gehöre, denen die Eltern nur ein paar peinliche, fast schon idiotische Dinge hinterlassen. Trotz seiner Lächerlichkeit habe ich den Reisewecker all die Jahre aufbewahrt. Ich habe ihn sogar in seiner Funktion als Wecker hin und wieder benutzt, weil mir die modernen Digitaluhren nicht gefallen, beziehungsweise weil ich mit ihrer Technik nicht zurande komme. Mit der Zeit habe ich bemerkt, daß der Wecker eine magische Eigenschaft hatte, die ihn mir besonders liebenswert machte. Die Uhr blieb manchmal etwa eine Stunde lang stehen und fing dann wieder an zu ticken. Das heißt, die Uhr verhielt sich zuweilen wie ein alter Mensch, der etwa eine Stunde lang keine Lust für nichts hat, dann aber wieder weitermacht. Wunderbar! Als er endgültig aufgehört hatte zu ticken, steckte ich ihn in meine Hosentasche und warf ihn beim Spazierengehen in einer kleinen Parkanlage in einen Abfallkorb. Das hätte ich nicht tun sollen. Denn nach ungefähr einer Stunde tat mir der kaputte Wecker so leid, daß ich zu dem Abfallkorb zurückging und darin herumwühlte wie ein nach Nahrung suchender Obdachloser. Zum Glück fand ich den Wecker und nahm ihn wieder an mich, jedenfalls für eine Weile. Kurz darauf sah ich Frau Grünewald (mit Kind) an der Seite von Dr. Kaatsch. Obwohl ich es mir selbst zuzuschreiben habe, daß ich nicht selbst an der Seite von Frau Grünewald umherwandelte, fühlte ich mich im Innersten zurückgesetzt. Ich fragte mich, ob die beiden mich beobachtet hatten, als ich in dem Abfallkorb nach dem Wecker meiner Mutter gesucht hatte. Stumm beschimpfte ich Dr. Kaatsch. Er ist Pressesprecher unseres Unternehmens. Ich mag ihn schon deswegen nicht, weil er sich tatsächlich Head of publicity nennt. Ausgerechnet mit diesem Jetlag-Angeber hat sich Frau Grünewald eingelassen! Vielleicht habe ich mich auch in Frau Grünewald geirrt. Wahrscheinlich ist sie gar nicht so feinsinnig, wie ich sie mir vorstelle. Ich habe schlicht von ihrem zarten Körper auf ihren Geist geschlossen. Der gleiche Fehler ist mir schon mit Edith unterlaufen! Frau Grünewald lauscht lieber den Cash-Flow-

Erzählungen, die ihr Dr. Kaatsch zu bieten hat. Du hast zu lange gezögert, sagte ich zu mir, Frau Grünewald hat sich für einen anderen entschieden, das heißt, sie hat sich gar nicht entschieden, Dr. Kaatsch wurde einfach *vorgelassen*, weil ich auf die Zeichen von Frau Grünewald nicht geantwortet habe. Es war mir peinlich, den Nachfolger der Chance zu sehen, die ich selbst habe verstreichen lassen. Ein kleiner Ekel wehte mich deswegen an. Dabei habe ich nichts gegen Ekel in kleinen Portionen. Ich weiß dann immer schnell, wovon ich auf keinen Fall mehr haben möchte, und schon fühle ich mich wieder als individueller Mensch. Frau Grünewald stopfte ihrem Kind die herausgerutschte Bluse in den Rock und nahm das Kind liebevoll an die Hand. Die Szene machte mir dummerweise deutlich, wie lange ich Sabine nicht mehr gesehen habe. In früheren Jahren, als ich Ediths Busen küßte, hatte ich zuweilen das Gefühl, mit der Brust küsse ich gleichzeitig das kleine Gesicht von Sabine. Die wunderbare Gleichsetzung funktionierte auch in umgekehrter Richtung. Sobald ich Sabines Gesicht küßte, erinnerten sich meine Lippen an den kleinen Busen von Edith. Es war eine ergreifende Überblendung, auf die ich damals sogar stolz war: Wie ein Liebesereignis durch mich hindurch in ein anderes Liebesereignis hineinsprang. Das Verlorene rottete sich in diesen Augenblikken zu einem würgenden Schmerz zusammen. Ich spürte so stark das bloß Vorübergehende des Lebens, daß ich vorübergehende Menschen ihres Vorübergehens wegen beschimpfen wollte. Fröhlich schreiende Kinderstimmen, die aus den offenen Fenstern einer Turnhalle zu mir herübertönten, reizten meinen Schmerz so sehr, daß ich ein bißchen zu weinen begann. Ich setzte mich ein wenig abseits auf eine Bank und schluchzte gegen meinen Willen. Es war ein eigenartig stoßendes Schluchzen, das sich anfühlte wie Atemnot oder wie eine sich anbahnende Erstickung. Es war, als hätte ich meinen Tod hingenommen und wartete jetzt nur noch darauf, daß er endlich eintrat. Zwei Frauen kamen in einiger Entfernung vorbei und hörten mein Schluchzen. Sie schauten zu mir herüber, eine der Frauen hielt sich die Hand vor den Mund. Dann entfernten sich beide schnell, wodurch ich Angst bekam. Ich stellte mir vor, daß die Frauen jemanden benachrichtigen und daß ich von einer bald eintreffenden Amtsperson weggeführt würde. Die Angst drängte das Schluchzen zurück. Ich erhob mich und suchte den Ausgang der Parkanlage. Das Leben ist im Prinzip unannehmbar, wird aber dann doch angenommen. Denn jetzt, kurz vor dem Ausgang des Parks, sah ich zwei Schafe in einem Gatter. Mir fiel ein, daß mein Biologielehrer in der Volksschule die Schafe KLEINE WIEDERKÄUER genannt hat. In diesen Augenblicken kam ich mir selbst wie ein kleiner Wiederkäuer vor, der von seiner Geschichte niemals loskommen wird. In weniger als einer Minute gewöhnte mich der Ausdruck kleiner Wiederkäuer an meinen Schmerz und machte ihn schwächer und schwächer.

An diesem Abend bin ich froh, daß Sonja mich besuchen wird, obwohl ich auch ein wenig verstimmt bin darüber, daß wir uns stets in meiner Wohnung treffen. Ich habe einen Fenchelknollen, einen Apfel, eine Orange und etwas Schinken gekauft und bereite einen Salat vor, für den mich Sonja später belobigt. Eine Weile belustigen wir uns über mein kleines Radio, das nur dann klar sendet, wenn sich jemand in unmittelbarer Nähe des Geräts befindet. Wenn ich mich entferne, entsteht ein zärtliches Rauschen.

Ich gebe zu, sage ich, daß ich mein angeschlagenes Radio nicht missen möchte, obwohl ich auch kein Eigenbrötler werden will.

Wenn du das nicht schon bist, sagt Sonja und lacht.

Mag sein, antworte ich, aber vermutlich bleibt uns nichts übrig, als irgendwann ein bißchen sonderlich zu werden.

Es wird uns im Leben zuviel Schmerz eingeflößt, sagt Sonja.

Ich habe bis jetzt nicht herausgefunden, sage ich, ob der Schmerz mehr von außen oder mehr von innen kommt.

Darauf schweigt Sonja und schaut eine Weile auf den Boden. Bevor wir ins Bett gehen, schauen wir uns alte Fotos an.

Auf diesem Bild bin ich seit ungefähr zwei Jahren verheiratet, sage ich.

Du siehst ein bißchen finster aus, sagt Sonja.

Das ist kein Wunder, antworte ich, es ging mir damals nicht gut.

Weil du geheiratet hattest?

Wenn ich das wüßte! rufe ich aus.

Ich krame noch ältere Fotos hervor und sage: Natürlich habe ich mir vorgestellt, daß das Leben schöner ist, wenn ich verheiratet bin. Mit Edith verstand ich mich wundervoll, allerdings *vor* der Ehe. Als wir dann in *einer* Wohnung zusammenlebten, ging die Aufmerksamkeit für uns selber schnell verloren, was ich bis heute nicht begreife.

Kam die Gewalt der Entzweiung aus den Verhältnissen oder aus den Personen, fragt Sonja.

Auch das weiß ich nicht! Ich habe damals nicht geahnt, daß es eine Gewalt der Entzweiung überhaupt gibt.

Und heute?

Ach, sage ich nur.

Auf diesem Foto schaut ihr zufrieden und sogar glücklich aus, sagt Sonja.

Das ist eine Täuschung, antworte ich, die durch das Fotografiertwerden entsteht. Wenn sich ein Fotoapparat nähert, strahlt doch jedes Paar, oder? In Wahrheit waren wir bereits enttäuscht und lebten voneinander abgewandt. Denn inzwischen hatten wir ein Kind, das unser Glück einerseits bestätigte und sogar vermehrte. Andererseits merkte Edith aber

134

auch, worauf sie sich eingelassen hatte, nämlich auf eine jahrzehntelange Fixierung auf Hausfrau, Ehe, Kindversorgung. Daraufhin wurde sie unzufrieden, obwohl sie gleichzeitig glücklich war.

Wir sehen auf die vielen, auf dem kleinen Tisch herumliegenden Fotos und sagen eine Weile nichts.

Willst du noch etwas trinken?

Lieber nicht, sagt Sonja, ich bin etwas müde geworden.

Müde oder traurig?

Sonja lacht kurz. Wahrscheinlich traurig, sagt sie, wegen der Tücke der Entzweiung, mit der niemand rechnet.

Ja, sage ich.

Ich trinke mein Glas leer.

Hast du ein Kind? frage ich.

Nein, antwortet Sonja, ich war schon vorher entzweit.

Mit dir selber?

Du bist heute so insistierend, sagt Sonja.

Oh, mache ich, es tut mir leid, ich höre sofort auf.

Nach einer Weile ziehen wir uns aus und gehen ins Bett. Sonja legt auch diesmal ihren Büstenhalter nicht ab. Ich möchte gern wissen warum, aber weil ich wegen Insistierens bereits kritisiert worden bin, stelle ich keine weiteren Fragen. Durch ihre Erschöpfung ist Sonja an diesem Abend ganz weich und uneifrig in der Liebe. Sie legt sich nur hin, öffnet die Beine und sagt, ich möge ihr die Trägheit nicht übelnehmen. Ich biete ihr an, die Nacht bei mir zu bleiben, aber sie will nicht. Wieder warte ich, daß sie sagt, wo sie wohnt, aber sie verliert darüber kein Wort. Nach dem Beischlaf ist Sonja so müde, daß sie kurz danach einschläft. Ein paar Minuten lang liegt sie da, als würde sie heute nacht doch hierbleiben wollen. Dann aber schreckt sie auf, schaut auf die Uhr und sagt: Ich muß los. Wohin denn, möchte ich fragen, aber ich beherrsche mich. Schnell wirft sie sich ihr Kleid über und zieht ihre Sandalen an. In ihre offen auf dem Tisch stehende Handtasche schiebe ich einen 100-Euro-Schein. Wir reden nicht über meine Geldspenden. Es sieht nicht so aus, als würde ich sie für irgend etwas belohnen. Sondern es sieht so aus, als hätte sie mir vertraulich gesagt, daß sie zur Zeit knapp bei Kasse ist, daß sie aber bald wieder Geld haben wird und daß ich dann jeden Euro zurückkriegen werde. Im Flur kämmt sie sich das Haar und legt sich ihren Seidenschal um den Hals. Als wir uns verabschieden, ist sie wieder hellwach. Wenig später beginnt das, was ich den Beginn meiner kurzen privaten Ermittlungen über die gar zu geheimniskrämerische Sonja Schweitzer nennen könnte. Zunächst und vor allem will ich wissen, wo sie wohnt. Ich steige rasch in meine Hose, schlüpfe in meine Schuhe und ziehe das Hemd über. Sonja verzichtet auf den Fahrstuhl. Im Geräusch ihrer Schritte öffne ich die Wohnungstür und eile ihr hinterher, sobald sie das Haus verlassen hat. Sonja geht nach rechts die Victoriastraße hinunter. Es fällt mir auf, daß sie jetzt, auf dem Trottoir, nicht mehr nervös erscheint. Sie hat einen ruhigen Schlendergang gewählt, ist an den Bildern und Ereignissen rechts und links von ihr kaum interessiert, sondern schaut unaufgeregt nach vorne. Ihr ruhiges Gehen kommt meinen Absichten entgegen. Sonja rechnet offenkundig nicht damit, daß sie beobachtet wird, schon gar nicht von mir. Ich befinde mich auf der anderen Straßenseite etwa fünfundzwanzig Meter hinter ihr und durch geparkte Autos gut gedeckt. Der Abend ist sommerlich warm, viele Menschen streifen umher, kaufen sich ein Eis oder eine Tüte Popcorn. Einmal öffnet Sonja ihre Handtasche und schaut hinein. Sie kauft sich kein Eis, sie bleibt auch vor keinem Schaufenster stehen. Einmal erschrecke ich, weil sie kurz stehenbleibt und einen Mann begrüßt. Ich kann mich in einer Passage verbergen und die Szene beobachten. Sonja lacht und beugt dabei ihren Oberkörper nach vorne. Offenbar ist sie mit dem Mann gut bekannt. Natürlich will ich wissen, wer er ist und wo er wohnt, am liebsten möchte ich auch ihn verfolgen. Zum Abschied küßt Sonja den Mann flüchtig auf die Wange. Schon geht sie weiter und biegt nach rechts in die weniger belebte Johannesstraße ein. Ich hole auf, ich will Sonja nicht aus dem Blick verlieren. Sie geht die Johannesstraße durch und schaut auch jetzt nicht zurück. Die Dunkelheit der Johannesstraße schützt mich besser als die Victoriastraße, allerdings ist sie auch weniger belebt. Am Ende der Johannesstraße holt Sonja einen kleinen Schlüsselbund aus ihrer Handtasche und geht auf ein Haus zu, das aus der Entfernung wie ein Hotel ausschaut. Links vom Eingang befindet sich eine helle, mit Neonlicht ausgefüllte Pförtnerloge. Darin sitzt eine ältere Frau, die aufschaut, als Sonja die Tür öffnet und im Haus verschwindet. Ich sehe auf das Haus und warte. Es könnte sein, daß Sonja hier nur einen Besuch macht und das Haus nach einiger Zeit wieder verläßt. Dies scheint jedoch nicht der Fall zu sein. Ich vertrödle etwa eine halbe Stunde auf der anderen Straßenseite. In dieser Zeit trifft eine weitere Frau ein und verschwindet in dem Haus. Es ist kurz vor 22.00 Uhr. Die Frau aus der Pförtnerloge verläßt ihren Schreibtisch. Weil die Eingangstür eine Glastür ist, kann ich sehen, daß die Frau die Tür von innen verschließt. Es vergehen noch fünf Minuten, dann gebe ich meine Beobachterposition auf und gehe zu dem Haus hinüber. Dicht unterhalb der jetzt verdunkelten Pförtnerloge lese ich auf einem Schild: DIE ZUFLUCHT. Und darunter: Heim des evangelischen Stadtverbandes. Sonja wohnt in einem Heim. Immerhin kenne ich jetzt den Grund ihrer plötzlichen Eile: Heimbewohnerinnen müssen offenbar bis 22.00 Uhr im Heim eingetroffen sein. Ich bin ein wenig verwirrt, niedergeschlagen, enttäuscht, erschrocken. Klar scheint mir, daß Sonja ein unabhängiges, selbstbestimmtes Leben derzeit nicht führen kann. Sie ist auf fremde Hilfe angewiesen, zum Beispiel auf ein Zimmer in einem Heim. Ich habe das Gefühl, ich könnte hier weitere Einzelheiten über Sonjas Leben herausfinden, und betrete ein Restaurant mit Bar schräg gegenüber und setze mich so an die Theke, daß ich den Eingang der ZU-FLUCHT im Blick habe. Zwei große Fernseher werfen ihre Bilder in den Raum, zwei ältere Blondinen lachen mit den Männern, die um sie herumstehen und trinken. Zwei junge Asiaten stehen hinter der Theke, geben Getränke aus und rufen Bestellungen nach hinten in die Küche. Die Aufregungen der letzten halben Stunde haben mich hungrig gemacht. Bei einer jungen Bedienung bestelle ich Spaghetti Bolognese und ein Mineralwasser. Ich brauche lange, um einen einfachen Befund über Sonjas Existenz zustande zu bringen: Sie schämt sich, mir von ihrem Leben im Heim zu berichten. Auch ich schäme mich dessen, obwohl ich dazu vielleicht keinen Grund habe. Ich höre, wie die junge Bedienung einem der Asiaten hinter der Theke zuruft: Einmal Spaghetti Bolo und ein Mineral. Ein Schwarzer tritt ein und will Feuerzeuge, Halsketten, Haarspangen, Kämme und Seidentücher verkaufen. Ein Kellner versperrt dem Schwarzen den Weg und begleitet ihn zurück zur Tür. Danach begibt sich der Kellner hinter die Theke, zieht weiße Handschuhe an und schneidet dünne Scheiben von einem tiefroten Schinken herunter. Das Bild ekelt mich ein bißchen, ich schaue hinaus auf die Straße. Zum zweiten Mal an diesem Abend sehe ich eine hochschwangere Frau. Ihre körperliche Drallheit ist nur mit einem dünnen Kleid verhüllt und gefällt mir gut. Die Bedienung kommt mit einem dampfenden Teller auf mich zu und sagt: Hier sind Ihre Spaghetti Bolo. Sie stellt den Teller vor mir ab und fragt: Brauchen Sie einen Löffel? Nein, antworte ich, es geht auch ohne. Ich freue mich, die Außenwelt so anzutreffen, wie ich sie einschätze: sparsam und kläglich. Mir fällt eine Kindheitserinnerung ein. Freitagabends wurden meine Schwester und ich im gleichen Badewasser gebadet. Ich tat so, als würde mir das gemeinsame Baden gefallen, in Wahrheit habe ich mich geekelt. Obwohl ich noch nicht wußte, was ein Heim ist, lernte ich durch das zwangsweise Baden zu zweit die Tagesgefühle eines kleinen Heimbewohners kennen. Zwischendurch schaue ich immer mal wieder zur ZUFLUCHT hinüber, aber es regt sich nichts mehr. Alle Zufluchtsuchenden sind jetzt im Heim und liegen in ihren Zufluchtsbetten. Etwa einen Meter neben mir an der Theke liest ein Mann einer Frau aus einer Zeitung kurze lustige Meldungen vor, über die die Frau jedoch nicht lacht. Der Mann stört sich nicht an der Reaktionslosigkeit der Frau und liest weiter. Ich frage mich, ob Sonja recht hat mit ihrer Behauptung, ich sei vielleicht schon ein Eigenbrötler geworden. Mein Interesse an der Peinlichkeit des Lebens deutet darauf hin, daß Sonja recht hat. Wieder komme ich nicht über die Empfindung hinaus, daß Sonjas Dasein vermutlich in Unordnung ist. Gehören wir *noch* zusammen, oder sind wir *schon* ein Mißverständnis? Die Hälfte der Spaghetti lasse ich zurückgehen, ich zahle und verschwinde. Draußen gehe ich an vielen Hochglanzbüros und kleinen Kellerfenstern vorbei. In einer Nebenstraße überholt mich ein streunender Hund. Das Tier streift mein Hosenbein, sehr kurz, sehr elegant, eine unwiderstehliche Geste, deren zarte Unscheinbarkeit ein Mensch nicht zustande bringt. Bedeutet die Berührung etwas? Und wenn sie nichts bedeutet, warum ist sie dann so eindringlich und gleichzeitig diskret? Wahrscheinlich hat der Hund die Berührung nicht einmal bemerkt. Das ist das Beeindruckende an Tieren: Sie streifen empörungsfrei durch die Welt. Der Hund treibt sich eine Weile auf dem Rathenauplatz herum. Ich setze mich auf eine Bank und schaue ihm zu. Ich bin wütend und möchte in eine Telefonzelle gehen und Edith mindestens eine Stunde lang beschimpfen. Innerlich klammere ich mich daran fest, daß ich Finanzdirektor bin. In Wahrheit ist mir wieder einmal nicht klar, was ich auf der Welt anstellen soll. Zum Glück nehme ich keine Drogen und trinke nicht. Vor einiger Zeit habe ich einmal kurz befürchtet, ich werde mich dem Alkohol zuwenden. Einige Abende lang griff ich zu einer Flasche Wein und trank sie im Handumdrehen leer. Diese Phase ist Gott sei Dank vorüber. Mein Ausweg ist offenbar das abendliche Herumrennen. Soweit ich sehe, ist das Umhergehen nicht schädlich, eher im Gegenteil. Die innere Übelkeit entweicht, und ich bin auch noch an der frischen Luft. Ein Chinese tritt aus einer chinesischen Imbiß-Bude hervor. Er trägt einen großen Stapel schmutziger Teller zum Brunnen auf der Mitte des Platzes. Der Chinese legt ein kleines Kissen auf dem Brunnenrand ab. Kurz darauf haut er sich das Kissen mehrmals gegen den rechten Oberschenkel. Jetzt kniet er sich auf das Kissen, beugt sich nach vorne und spült die schmutzigen Teller im Brunnen. Ein paar kleine Federn sind aus dem Kissen entwichen und segeln auf das Pflaster nieder. Als Schulkind habe ich mich davor gefürchtet, mein eigenes Kissen könne sich in der Nacht öffnen und ich könnte an herumfliegenden Federn im Schlaf ersticken. Einzelne Federn lagen morgens um mein Bett herum, aber ich habe nie beobachten können, wie eine einzelne Feder der Kissenhülle entkommt. Die Erinnerung bedeutet nichts, sie ist kraftlos, ohne jeden Schrecken, eine Art Gedächtnisstaub. Endlich stehe ich auf und gehe nach Hause. Demnächst werde ich Sonja sagen, daß ich ihr heimlich gefolgt bin und Aufklärung über ihre Lage erwarte.

9

ICH HABE DEN EINDRUCK, daß der Vorstand über meine Empfehlung erleichtert ist. Endlich haben sie einen (mich), der ihnen verbindlich nahelegt, sich auf einem schwierigen Markt nicht (mehr) die Finger zu verbrennen. Ich weiß, daß die Zufriedenheit über diesen Rat nicht lange anhalten wird. Jeder Betrieb verhält sich wie ein mittelmäßig schwacher Mensch: Nach einiger Zeit empfindet er Überdruß an seiner eigenen Standfestigkeit und kehrt zu seinem anfänglichen Wankelmut zurück. Wir sind (gemessen an den großen Pharmakonzernen) ein eher kleines, mittelständisches, nicht börsennotiertes Familienunternehmen, das seit Jahren (sozusagen) mit nach außen gestülpten Hosentaschen auf dem Markt steht und mit zugehaltenem Mund nach Hilfe schreit. Das heißt, wir müssen viel zu oft (und viel zu schnell) neue Präparate anbieten, weil wir nur durch fortlaufende Novitäten dem gnadenlosen Preiskampf mit den Pharmariesen ausweichen können. Je größer ein Anbieter ist, desto schwerfälliger bewegt er sich. Die Lahmheit der Großen ist die Chance der Kleinen. Wenn wir rasch und erfolgreich produzieren, sind wir der Konkurrenz ein paar Atemzüge voraus. Die schnelle Präsenz am Markt hat außerdem den Vorteil, daß wir für die Hersteller von Nachahmerpräparaten uninteressant werden; bis sie ihre Imitate ausgebrütet haben, hat sich der Markt längst wieder neuen Produkten zugewandt. Dieser fürchterliche Mechanismus zwingt uns zu einer ununterbrochen hochtourigen Produktion. Meine Wahrheitsvermutung ist, daß es wirklich neue Medikamente kaum noch gibt. Die Mehrzahl der neuen Präparate ähnelt ihren Vorgängern. Jetzt, zu Beginn des Spätsommers, präsentieren wir neue Medikamente und sind durch sie hoffnungsvoll und zuversichtlich gestimmt. Ich stehe oft am Fenster meines Direktorenzimmers, schaue die Straßenschluchten hinunter und beobachte die fast ergreifende Müdigkeit des Spätsommerlichts. Man kann jetzt sehen, wie die Sonnenstrahlen aus großer Entfernung heruntertaumeln. Ich sehe die spärlich erleuchteten Dinge und denke häufig: Die Sonne hat es gerade noch einmal geschafft – genau wie unsere Firma. Unter den Angestellten entsteht in diesen Tagen der Zwang, den vergehenden Sommer bis zum letzten Sonnenstrahl auszunützen. Sie verzichten in ihrer Mittagspause auf die üblichen Spaziergänge; viel lieber setzen sie sich auf schwach sonnenbeschienene Bänke und essen stumm hingegeben einen Apfel oder löffeln einen Joghurtbecher leer.

Ich hatte bis jetzt nicht den Mut, Sonja zu gestehen, daß ich ihr vor einiger Zeit abends gefolgt bin und deswegen ein wenig mehr über ihre Verhältnisse weiß, als ihr recht ist. Vermutlich hat Sonja noch weit größere Schulden als ein paar rückständige Monatsmieten für ein mittelprächtiges Apartment. Ich mache mir klar, daß ich, wenn ich Sonja schonen will, jede Erkundigung nach Geld, Wohnung, Arbeit und Zukunft unterlassen muß. Mein Unbehagen weicht trotzdem nicht. Ich war noch nie mit jemandem zusammen, der aus einer Wohnung herausgeklagt werden mußte. Ich versuche mich zu erinnern, ob ich selbst schon einmal in dieser Weise auf die Nachsicht wohlgesinnter Menschen angewiesen war. Aber ich konnte so lange in meiner Biographie herumsuchen, wie ich nur wollte, ich fand kein vergleichbares Ereignis darin. Meine kleinbürgerliche Angst und die Überkontrolliertheit, die aus dieser Angst hervorgeht, hat niemals zugelassen, daß mein Leben in derartige Fahrwasser geriet, wofür ich plötzlich dankbar war. Ich fragte mich sogar, ob mein Leben es verdient, daß ich es immerzu mit dem Wort kleinbürgerlich verunglimpfte. Immerhin hat mich die sogenannte Kleinbürgerlichkeit bis heute vor derartigen Strudeln bewahrt.

Zwei Tage später, abends gegen neun in meinem Apartment, habe ich ein weiteres unangenehmes Telefongespräch zu überstehen. Ich war auf diesen Anruf allerdings vorbereitet und hatte einige mögliche Antworten vorformuliert. Edith wollte wie üblich Geld abheben von unserem (ehemals) gemeinsamen Konto (das von Anfang an mein Gehaltskonto war) und hatte sich dann von einer Bankangestellten sagen lassen müssen, daß ich das Konto inzwischen aufgelöst hatte. Das war ein unfreundlicher Aufprall für sie, den ich, ich gebe es zu, mit einer gewissen Lust an der Rache nicht völlig ausgeschlossen hatte.

Du hättest mich wenigstens informieren können, sagt sie.

Du informierst mich auch nicht, antworte ich.

Worüber denn?

Muß ich das wirklich aufzählen? frage ich zurück.

Ich hätte nicht für möglich gehalten, daß du so gemein bist.

Ich? Gemein?

Wie würdest du dein Verhalten nennen? fragt sie.

Erklär' mir bitte erst mal *dein* Verhalten, rufe ich ins Telefon. Du schickst mich weg, du nimmst dir einen anderen Mann, du kündigst unsere gemeinsame Wohnung, du läßt mich nicht mehr ohne weiteres zu Sabine, aber mein Konto soll bleiben wie in alten Zeiten! Hast du sonst noch Wünsche?

Und wovon soll ich jetzt leben?

An der plötzlich zutage tretenden Schwäche von Ediths Fragen merke ich, daß sie über die Folgen ihrer Handlungen nicht ausreichend nachgedacht hat; sie hatte, wie schon so oft, drauflos agiert und erfuhr erst jetzt, daß es überhaupt

Folgen gab. Es erfaßt mich ein gewisses Mitleid. Aber meine Lust, mich vor mir selber als Frauenretter aufzuspielen, ist zu keinen neuen Taten bereit.

Ich schicke dir monatlich tausend Euro, sage ich.

Das ist zuwenig.

Das ist nicht zuwenig, antworte ich; du kriegst außerdem Kindergeld und mußt keine Miete und keine Nebenkosten mehr zahlen.

Aber ich bin doch extra zu meiner Mutter gezogen, weil ich mir dann die Miete sparen kann, sagt Edith.

Und du meinst, ein Vorteil für dich darf nicht zugleich ein Vorteil für mich sein?

Darauf bleibt Edith stumm.

Du kannst doch nicht davon ausgehen, sage ich, daß ich weiterhin die Miete für eine Wohnung zahle, die es gar nicht mehr gibt?

Du bist selbstherrlich, sagt sie.

Ich bin nicht selbstherrlich, sage ich, im Gegenteil, du kannst froh sein, daß ich dir freiwillig soviel Geld überweise. Ich könnte auch beleidigt sein und dir keinen Cent überweisen, außerdem fühle ich mich von dir mißbraucht.

Du? Mißbraucht?

Wir haben ein Kind, sage ich, das du mir vorzuenthalten beginnst. Du benimmst dich so, als sei das Kind dein Privateigentum, mit dem du schalten und walten kannst, wie es dir gerade einfällt.

Wie lange soll das so weitergehen? fragt sie.

Du redest, antworte ich, als hättest du unsere gegenwärtigen Verhältnisse nicht selbst geschaffen.

Ich meine das Geld, sagt sie.

Ich schicke dir, wie gesagt, monatlich tausend Euro, bis unsere Scheidung stattfindet und das Familiengericht meinen Unterhalt festlegt.

Du willst dich scheiden lassen?

Was soll ich denn sonst tun?

Kannst du nicht eine Weile warten?

Warten, frage ich, worauf!?

Vielleicht wird es mit uns beiden ja wieder was.

Du machst mich sprachlos, sage ich und verstumme tatsächlich für etwa zehn Sekunden.

Dann sage ich: Du meinst, du machst so lange weiter wie bisher, bis dir deine eigenen Irrtümer bedenklich vorkommen, und dann winkst du mich wieder herbei?

Du drückst dich so gemein aus.

Ich kann es auch anders ausdrücken, die Sache bleibt dieselbe: Du denkst, ich stehe auf einem Nebengleis und verschmerze deine Kränkungen, aber eines Tages gibst du grünes Licht, und ich darf mich dir wieder nähern.

Du willst nicht, sagt Edith.

Ganz recht, ich will nicht mehr, du hast den Bogen überspannt.

Danach sagt Edith nichts mehr. Mit einem kleinen Knakken in der Muschel geht das Gespräch zu Ende.

Obwohl ich finde, daß ich das Telefonat gut überstanden habe, bin ich doch beunruhigt. Zum ersten Mal habe ich das Wort Scheidung ausgesprochen, ohne dabei zu erschrecken. Es folgen zwei Minuten, die ich nicht verstehe. Obwohl ich nach wie vor ein (enttäuschter) Liebender bin, komme ich mir auf der obersten Schicht meiner Gefühle zwischendurch wie ein Hassender vor. Ich begreife dieses Durcheinander nicht, ich möchte, daß jemand kommt und mir alles erklärt. Ich denke an Sabine. Früher machte sie mir kleine Geschenke (ein Papierschiffchen, eine Zeichnung, das Flügelpaar einer toten Biene), nahm mir die Geschenke nach einer Weile wieder ab und schenkte sie mir einen Tag später erneut. Im Bad erleide ich einen Einsamkeitsanfall. Ein Seifenrest löst ihn

145

aus. Das Seifenstückchen liegt klein und hellgrün auf dem Rand der Badewanne und stört mein Empfinden. Aus dem Schrank hole ich ein neues Stück Seife. Weiß, oval und frisch liegt die neue Seife auf dem Badewannenrand und strahlt Zuversicht aus. Wie so oft erschrecke ich mit Verspätung. Das Wort Scheidung, von mir selbst ausgesprochen, schiebt mich in diesen Augenblicken in einen selbsterschaffenen Raum des Grauens. Noch während ich mir die Zähne putze, fällt mir ein, daß es vielleicht nicht der Seifenrest war, der mein Einsamkeitsgefühl hervorrief. Das kleine Stück Seife hatte nur die Erinnerung an das etwa gleich große Stück Butter ausgelöst, das bei uns zu Hause stets im Kühlschrank lag. Vater und meine schon erwachsene Schwester kamen damals von der Arbeit zurück nach Hause und fanden die Schränke leer. Mutter lag unansprechbar und schluchzend im Bett und hatte (wie so oft) nichts eingekauft, obwohl sie dazu den ganzen Tag Zeit gehabt hatte. Der müde Vater und die Schwester mußten noch einmal losgehen und das Allernötigste für ein Abendbrot einkaufen. Allerdings waren um diese Zeit die Geschäfte geschlossen. Vater übernahm den Gang zum Lebensmittelhändler, die Schwester machte sich auf den Weg zum Bäcker. Sie stöhnte und schimpfte laut darüber, daß sie jetzt an der Tür der Privatwohnung des Bäckers klingeln mußte, um noch ein Brot zu bekommen. Es dauerte fast eine Stunde, bis Vater und die Schwester zurückkehrten und endlich ein improvisiertes Abendbrot auf dem Tisch stand. Das dann niemand recht schmeckte, weil wir uns immerzu stumm fragten, warum denn die Mutter so gelähmt war. Sogar jetzt, zum Abendbrot, verließ sie nicht das Bett. Ich bin mit dem Zähneputzen fast fertig und mache danach leider einen Fehler. Ich gehe in die Küche hinüber und öffne den Eisschrank. Er ist wie üblich fast leer. Im mittleren Fach steht ein Glastellerchen, auf dem sich ein Butterrest befindet, genauso klein und eingefallen wie der Butterrest, der im Kühlschrank bei uns zu Hause stand und für mich das Zeichen des Versagens und der Melancholie der Mutter geworden war. Das kann doch nur heißen, daß ich mich bereits selbst auf der Trauerspur der Mutter befinde. Der Raum des inneren Grauens, in den mich der Seifenrest hineingestoßen hat, vergrößert sich. Ich schließe den Kühlschrank und gehe in das Zimmer, aber der Raumwechsel bringt keine Entlastung. Wie konnte ich es nur soweit kommen lassen, daß in meinem Kühlschrank ein Butterrest zurückbleibt und mich erschreckt wie damals bei uns zu Hause. Mir fällt nichts ein, womit ich die Niedertracht der Details vertreiben könnte. Von meinen Schuhen ziehe ich die ältesten an. Sogar in meinen Kleidungsstücken suche ich neuerdings Heimat, das heißt Minderung der Fremdheit. Zum Beispiel bildet sich beim Hineinschlüpfen in meine alten schwarzen Halbschuhe ein Tragegefühl, als hätte ich nie fliehen müssen wie jetzt wieder, zuerst vor einem Stück Seife und jetzt vor einem Butterrest, es ist fast unaussprechlich. Ich weiß jetzt, wie es dazu kommt, daß Menschen immer wieder die gleichen Schuhe anziehen, dieselbe Wirtschaft aufsuchen, sich demselben Tisch zuwenden, denselben Stuhl zu sich herziehen und beim Sitzen auf dasselbe Straßenbild hinausschauen. Nur kenne ich keine Wirtschaft, in die ich mich verkriechen könnte, ich schlage einfach die Wohnungstür hinter mir zu und ziehe los. Ich ziehe in Richtung Hauptbahnhof, der liegt in der Nähe und ist geöffnet wie ein Kinderbuch, das mich aufnehmen wird. Der Abend ist immer noch warm, fast stickig und nicht lüftbar wie eine kleine Wohnung. Ich bleibe vor dem Schaufenster einer Apotheke stehen und betrachte ein Aquarium, das darin aufleuchtet. Ich schaue eine Weile den langsam umherziehenden Goldfischen zu, aber plötzlich ekle ich mich vor dem offenen Maul der Tiere. Was ist denn jetzt wie-

147

der los? Von Kindheit an betrachtest du Goldfische und ihre weichen dicken Lippen, aber jetzt, in deinem dreiundvierzigsten Jahr, findest du ihren Anblick widerlich. Liebliche, ein wenig verstörte Musik dringt in mein einziges Ohr. Drei Männer in zu engen dunklen Anzügen haben sich vor einem Straßencafé aufgestellt und spielen verzitterte Weisen. Ich bin der Musik und den Männern zugetan. Es sind wahrscheinlich Wirtschaftsflüchtlinge aus Osteuropa. Ich betrachte ihre schwarzen Haare, ihre schmutzigen Fingernägel, ihre silbrigen Bartstoppeln, ihre Goldzähne. Sie spielen Klarinette, Akkordeon, Geige, einer mit einem Hut vor den Füßen. Obwohl ich sie nie zuvor gesehen habe, kommen sie mir vertraut vor, und ich weiß auch warum. Als ich Kind war, wanderten ähnlich aussehende Männer von Hinterhof zu Hinterhof und fiedelten ihre ratlosen Melodien. In mir steigt eine Erinnerung hoch, zum Glück eine angenehme. Ich sehe meine Mutter als junge Frau. Sie wickelt zwei 10-Pfennig-Stücke in einen Fetzen Zeitungspapier und wirft das kleine Päckchen in unseren Hof hinunter, den Musikern genau vor die Füße. Die drei vermottet aussehenden Musiker rufen ein angenehmes Bild meiner Mutter in mir wach, wofür ich ihnen dankbar bin. Mutter lag nicht von Anfang an nur im Bett und war nicht von Anfang an immer niedergeschlagen. Wann, wie und warum verdüsterte sich ihr Gemüt? Die Musiker merken, sie sind hier nicht gut gelitten. An manchem Café-Tisch nennt man sie Zigeuner und möchte sie loswerden. Ein Kellner erscheint und bewegt verscheuchend die Hand. Tatsächlich klemmen die Musiker ihre Instrumente unter die Arme und ziehen weiter, ich folge ihnen mit etwas Abstand. Sie haben kleine Cognacflaschen in den Hosentaschen und betäuben die ihnen zugefügte Beleidigung. Auf einem kleinen Platz bleiben sie stehen und spielen die gleichen Stücke wie vor dem Café. Das Problem der armen Leute ist, daß sie nicht nur arm, sondern auch vollkommen einfallslos sind. Kaum jemand wirft ein bißchen Geld in den Männerhut. Zum Dank für die Erinnerung an die helleren Tage meiner Mutter spendiere ich zwei Euro. Die Männer danken mit geöffnetem Mund und zeigen ihre Goldzähne wie Trophäen.

In der Ferne richtet sich der Hauptbahnhof mächtig vor mir auf. Sein Getriebe antwortet meiner wackeligen Unruhe, ich werde dort eine Weile umherstreifen und dabei ruhig werden und dann wieder nach Hause gehen. Ich trotte an einem Bettler vorbei, der schweinische Wörter aufsagt, dann an einem Mann, der in einen leeren Hausflur hineinschimpft. Ein anderer Mann verläßt eine Hähnchenbraterei und trägt in einem Warmhaltebeutel ein halbes Huhn über die Straße. Gerade habe ich mal wieder vergessen, daß ich nur noch ein Ohr habe und nur noch einen meiner beiden kleinen Zehen. Das ist die übliche Gewöhnung an den Mangel, die mir seit Kindertagen vertraut ist. Die nie ermüdende Gewöhnung verschmerzt ein Ohr und einen Zeh, ich merke, wie sie an diesem Brocken würgt, aber sie wird auch diesen Brocken schlucken, wie sie bisher alles geschluckt hat. Die Art und Weise, wie ich hier voller versteckter Angst meine Zeit totschlage, ist ein Beweis dafür, daß Edith recht hat mit ihren Vorwürfen, daß ich langweilig und hochmütig bin und mich nicht mit anderen Menschen auseinandersetzen möchte. Immer wieder hat sie mir vorgehalten, daß ich regelmäßige Kontakte mit und Besuche bei geeigneten Ehepaaren im Dorf (einem Ärztepaar, einem schöngeistig gesinnten Juristen mit malender Ehefrau, einem Lehrerpaar, das quälend oft von seinen Outdoor-Reisen erzählte) entweder offen oder heimlich vereitelt habe. Es ist wahr, ich habe diese öden Gespräche über die ungehorsamen Kinder, über die schlechter werdende Post, über das entsetzliche Fernsehprogramm, über die langsam verrottende Bundesbahn gefürchtet, weil mich diese Unterhaltungen zu sehr an die Bürogespräche erinnerten, von denen ich wenigstens am Wochenende verschont sein wollte. Jetzt endlich, als Finanzdirektor, bin ich diesen Zumutungen entronnen. Aber was habe ich davon? Ich treibe mich abends im Hauptbahnhof herum und treffe keine Menschenseele, die zwischendurch zu mir sagt: Würdest du bitte die Weinglasuntersetzer aus der Anrichte nehmen und sie auf dem Tisch verteilen? Ich kann eigentlich nur noch arbeiten (lang arbeiten), fernsehen (kurz fernsehen), schlafen (mittellang und mittelgut) und trinken (bis jetzt: mäßig). Das Deprimierende ist, daß ich nicht angeben kann, was sich ändern müßte, damit ich mich wohl fühle; ich kann immer nur denken, daß alles unzureichend ist und daß ich mich von allem, was es gibt, entfernen möchte, und zwar sofort und ohne Umkehr. Ich müßte jetzt zugeben und gebe es zu (für mich), daß ich ein gespensterartiges Wesen geworden bin, das für seinen Unglücksnebel im Kopf selbst verantwortlich ist. Nein, werfe ich ein, ich bin nicht allein verantwortlich, es gibt außer mir noch viele andere Zuständige, und zwar … Zum Glück muß ich nicht anfangen, sie nacheinander aufzuzählen, weil ich in diesen Augenblicken auf einen Obststand zugehe und einige wunderbar angeleuchtete Pfirsiche sehe. Ich werde mir jetzt ein paar Pfirsiche kaufen und mich auf eine Bank setzen, die Pfirsiche aufessen und dabei einen abgestellten Zug so lange betrachten, bis mich die Stille der angeschauten Dinge langsam ergreift und mich ebenfalls ruhig macht. Genau in diesen Augenblicken, als ich mir drei Pfirsiche kaufen will, hustet der Obsthändler mehrmals auf seine ganze Auslage herunter und löscht damit meinen Wunsch nach Pfirsichen. Ich wende mich ab und sehe einen jungen Mann, der mit Nasenbluten kämpft. Er drückt sich ein kleines Taschentuch, das bereits von Blut durchtränkt ist, gegen die Nase. Ich habe die große weiße Papierserviette vom

Mittagessen fast unbenutzt in der Hosentasche und eile auf den jungen Mann zu. Er wirft sein Taschentuch weg, faßt nach der Serviette und drückt sie sich gegen das Gesicht. Ich fasse den jungen Mann an der Hand und führe ihn zu einer Bank. Hier, sage ich, legen Sie sich hin und strecken Sie das Kinn in die Höhe, damit das Blut in den Körper zurückfließt. Der Junge folgt mir und legt sich hin. Ich sehe, daß ihm (wahrscheinlich vom Blutschlucken) ein bißchen übel wird. Ich drehe die Serviette in der Hand des Jungen um und sage, es wird gleich aufhören. Da läuft ein Sanitäter mit einem kleinen Koffer auf uns zu und legt den Koffer auf dem Boden neben der Bank ab. Der Sanitäter schiebt dem jungen Mann eine Art blutstillender Paste in beide Nasenlöcher.

Ist Ihnen schlecht, fragt der Sanitäter.

Der junge Mann schüttelt den Kopf und bringt mit der Hand eine Geste des Dankes hervor.

Es ist die Schwüle, sagt der Sanitäter, da platzen manchmal kleine Äderchen; bleiben Sie am besten noch eine Weile so liegen und bewegen Sie sich nicht, bis sich die Blutung beruhigt hat.

Der junge Mann nickt.

Soll ich bei Ihnen bleiben, fragt der Sanitäter.

Der junge Mann schüttelt verneinend den Kopf.

Ich gebe Ihnen noch eine Portion Stillwatte für die Nacht, sagt der Sanitäter, falls es noch einmal losgeht.

Der junge Mann nickt und bedankt sich erneut. Ich verlasse die beiden und sehe drei Augenblicke später ein etwa dreizehnjähriges Mädchen mit einem kleinen Hund. Das Mädchen wickelt ein Eis am Stiel aus, bückt sich zu dem Hund nieder und läßt den Hund am Eis lecken. Das Tier ist entzückt und leckt in unglaubhafter Schnelligkeit das Eis weg. Das Mädchen ist begeistert von der Gier des Hundes und lacht. Eigentlich habe ich, um meine Unruhe zu bändi-

151

gen, auf solche Augenblicke gehofft, aber meine Unruhe legt sich diesmal nicht. Es erfaßt mich meine alte Angst vor Verrücktheit und Irrsinn. Ich nehme plötzlich an, daß die drei von mir soeben nacheinander durchlebten Situationen (der auf meine Pfirsiche hustende Obsthändler, das mit meiner Serviette zurückgestaute Blut und der eisleckende Hund) nur eingetreten sind, um mich zu einem Kranken zu machen. Nein, ich glaube es *noch nicht*, aber ich fühle, es fehlen nur noch Millimeter, daß ich es glauben und daß ich dann allerdings verrückt geworden sein werde.

In diesem Millimeterabstand zum Wahnsinn wandere ich umher, durchquere die Bahnhofshalle und bleibe am Eingang eines riesigen Einkaufszentrums mit vielen Imbiß-Läden, Spielautomaten und Fernsehgeräten stehen. Ich sehe viele essende Menschen mit Kleinkindern an den Tischen ringsum. Sie stopfen irgend etwas in sich hinein und reden dabei miteinander. Die Kinder essen auch etwas und schauen in die Gegend. Die Menschen beobachten einander, sonst wollen sie nichts. Nein, sie sind dankbar dafür, daß es noch andere Menschen gibt, die genau das tun, was sie selbst tun. Viele haben einen halbvollen Becher mit einem Trinkröhrchen vor sich stehen. Andere können sich von einem leer gegessenen Pappteller nicht trennen. Sie schauen wehmütig auf ihre fleckigen Pappteller herunter, einige Kinder drücken sich die Pappteller sogar gegen die Brust. Von der Art ihrer Ohnmacht geht eine unbeobachtbare Zärtlichkeit aus. Manchmal trippelt eine Taube in den Raum und sucht unter den Tischen nach Resten. Ein Mann mit verschmutztem Hemd tritt ein, die Leute scheuen vor ihm zurück. Ringsum hängen Spielautomaten, Geldautomaten, Musikautomaten. Ich schwanke, ob ich eintreten soll oder nicht. Ein kleines Wettbüro für Pferderennen und Fußballspiele hat geöffnet. Jemand holt sich Geld aus einem Automaten und stellt sich zu den Billardspie-

lern. Ich betrachte die freizügig gekleideten Frauen und bin
froh, daß ich keine von ihnen bin. Fast alle Frauen präsentieren ihre Brüste in tiefen Ausschnitten, die eine mehr, die
andere weniger. Wenn ich mit etwas angeben müßte, womit
alle anderen ebenfalls angeben, wäre ich allein dadurch
schon unglücklich. Eine kleine Erschütterung genügt: und
du denkst dir die drei Erlebnisse von vorhin als zusammen-
hängend auf dich bezogen: und schon bist du verrückt. Ich
bin versunken in Überlegungen, ob es mir, als ich Kind war,
gefallen hätte, wenn meine Eltern mit mir ein derartiges Ein-
kaufszentrum aufgesucht hätten. Wahrscheinlich wäre ich
so zufrieden gewesen wie die Kinder hier. Ich wäre genauso
dagesessen und hätte gegessen und umhergeschaut, ohne zu
sprechen. Denn die größte Erleichterung wäre gewesen,
wenn ich einmal nicht den hoffnungslos sinnlosen Unterhaltungen meiner Eltern hätte zuhören müssen. Plötzlich entdecke ich Sonja. Sie sitzt allein an einem kleinen Tisch und
hat einen Teller mit Pommes frites vor sich stehen. Mein erster Impuls, zu ihr zu gehen und mich an ihren Tisch zu setzen, verschwindet in der Beobachtung, daß auch Sonja ange-
spannt ist, genau wie ich. Außerdem bin ich neugierig, ich
möchte sehen, was sie allein macht. Ich bin dankbar, daß es
sie gibt und daß sie hier sitzt und daß ich sie sehe. Sie ist der
erste und einzige Mensch, der mir bestätigt, daß ich nach wie
vor gesund bin. Wir sind für übermorgen (Samstag) verabredet, natürlich wieder bei mir. Ich schiebe mich zwischen zwei
drehbare Zeitungsständer, damit ich besser abgeschirmt bin.
Es sieht nicht so aus, als könnte sich Sonja plötzlich um-
drehen und in die Gegend schauen. Sie hat irgend etwas Be-
stimmtes im Auge, was ich nicht herausfinden kann. Ich
schaue in ihre Blickrichtung, aber dort sitzt nur eine ältere
Frau mit Wollmütze. Sie erinnert mich kurz an meine Mutter, die sich oft tagelang die Haare nicht wusch und des-

wegen auch in der Wohnung ihren Hut nicht abnahm. Sonja
wartet auf etwas und ißt zum Schein ein paar Pommes. Sie
kaut abwesend langsam, so daß sich das Scheinhafte des
Essens von selbst abbildet. Ich bin voller Mißtrauen, aber
ich kann an Sonja keinerlei Anzeichen von Unordnung oder
Überschreitung (von irgend etwas) entdecken. Sie trägt ein
sandfarbenes Leinenkleid und leichte, flache Sommerschuhe.
Sie ist sorgfältig frisiert und kaum geschminkt. Ihre Handtasche steht auf dem Tisch. Dort, wo Sonja hinschaut, legt
eine Frau für ihren Pudel ein Handtuch auf den Boden. Aber
der Pudel setzt sich nicht auf das Handtuch, sondern daneben. Die Frau zieht ihren Hund mehrmals am Halsband auf
das Handtuch, aber der Pudel weicht jedesmal zurück und
nimmt Platz auf dem schmutzigen Boden. Ich nehme nicht
an, daß Sonja *diese* Vorgänge beobachtet. Nach einer Vier-
telstunde mache ich mich auf den Heimweg. Ich genieße die
Rückkehr der Gewißheit, daß ich nicht verrückt geworden
bin. Wieder nehme ich mir vor, daß es mit der Geheimnistue-
rei zwischen Sonja und mir ein Ende haben muß.

10

TÄGLICH ZEIGT MIR MEIN stahlgraues Büro seinen erkalteten Glanz. Natürlich fühle ich mich auch hier nicht wohl. Vermutlich gibt es einen Ort des Sichwohlfühlens überhaupt nicht. Eine Tür meines Büros muß immer offenstehen. Ich muß die Anmutung haben, jederzeit fliehen zu können. Ich kann nicht fliehen und ich werde nicht fliehen, aber die Sicherheit einer jederzeit möglichen Flucht ist trotzdem sehr gut. Seit Tagen gehe ich ohne Ohrklappe ins Büro. Jeder kann sehen, daß mir ein Ohr fehlt. Frau Bott erlebte ein paar irritierte Augenblicke, aber dann fand sie zurück in ihre Routine und verkniff sich jede Erkundigung, wofür ich ihr zu gegebener Zeit danken werde. Meine Hauptsorge ist jetzt mein merkwürdiges Aussehen. Es gibt für meine Erkrankung (wenn es eine ist) keine Parallelbilder von Mitleidenden. Ich habe (außer mir) noch nie einen Menschen gesehen, dem ein Ohr und ein kleiner Zeh fehlt. Ich bin gespannt, wie lange die Selbstbeherrschung von Frau Bott anhält. Ich muß die Abschlüsse meiner Mitarbeiter überprüfen, ehe ich sie an den Vorstand weiterreiche. Es ist ein bißchen verrückt, daß ich sogar unter meinen Büroklammern geliebte und weniger geliebte unterscheide. Farbige, hauchdünn mit Plastik eingepackte (überzogene) Büroklammern mag ich am wenigsten. Ich finde es abscheulich, wenn ein Kontrollbericht von einer rosaroten Büroklammer zusammengehalten wird. Wenn farbige Büroklammern auf meinem Schreibtisch auftauchen, sorge ich dafür, daß ich sie zügig weiterverwende, so daß sie

meistens innerhalb eines einzigen Tages wieder aus meinem
Gesichtskreis verschwinden. Sehr gut leiden mag ich schwei-
zerische Büroklammern. Sie sind aus gutem Stahl, sie sind
verchromt und liegen gut in der Hand. Man merkt: In der
Schweiz ist bekannt, daß die Lebensgefühle der Menschen
oft von kleinen Dingen bestimmt werden. Ich erledige die
Nachprüfung der Abschlüsse, so schnell ich kann, damit ich
wieder in das Gefühl einer längeren, unbehelligt vor mir liegenden Zeitstrecke hineingleiten kann. Daß ich ununterbrochen behelligt bin, merke ich auch daran, daß ich seit Tagen
das Bürowort Zeitstrecke in meinen privaten Sprachgebrauch
aufgenommen habe. Ich sitze an meinem Schreibtisch, spiele
mit zwei feinen schweizerischen Büroklammern und überlege, wie ich das Wort Zeitstrecke wieder loswerden kann. Je
länger ich über sein Verschwinden nachgrüble, desto fester
frißt es sich in mich ein. Mir fällt leider ein, daß ich auch die
neuen Bürowörter Zeitfenster und Zeitachse nicht schätze,
die ich aber selbst schon verwende. Obwohl ich wegen der
dringenden Nachrechnung der Abschlüsse keine Zeit habe,
zwingt mich der Vorstand, die Angebote einiger Personal-
beratungsfirmen zu prüfen. Es soll (zu Beginn des nächsten
Jahres) wieder ein Coaching stattfinden. Ich halte Coaching
für rundweg unnötig, aber ich kann mich nicht durchsetzen.
Coaching kostet viel Geld und bringt kaum etwas ein, im
Gegenteil, es hält die Mitarbeiter von der Arbeit ab. Frau
Wecke, die ich jetzt nur noch im Fahrstuhl treffe, wird mir
nie sagen, ob sie bei mir irgendwelche Führungsdefizite bemerkt hat, und wenn ja, welche. Frau Seidl versteckt sich
hinter den großen Blättern eines Gummibaums und ist froh,
wenn niemand sie anspricht. Beim Coaching sollte Frau Bredemeyer lernen, ihre eigene zunehmende Vereinsamung im
Betrieb beim Namen zu nennen und außerdem sagen, wie sie
sich eine effektivere Arbeitsorganisation vorstellt. Aber Frau

Bredemeyer schweigt, eben weil sie einsam ist. Ich weiß, warum sich der Vorstand für das Coaching einsetzt. Es ist nur zur einen Hälfte ein Coaching; zur anderen Hälfte ist es ein verstecktes Assessment, besonders für die übertariflich bezahlten Führungskräfte. Der Vorstand will herausfinden, mit wem es up or out geht, welches die Kick-out-Kandidaten sind. In dieser Hinsicht hat (hätte) Herr Honke Grund, sich Sorgen zu machen. Er müßte aus sich herausgehen und auf irgendeine Weise zeigen, daß er am Wohl der Firma interessiert ist. Aber Herr Honke gehört zu den vielen Kollegen, die unterkomplex denken. Sie können sich nicht vorstellen, daß sie verdeckt beobachtet und sogar herabgestuft werden können. Das heißt, sie stellen sich einen möglichen Abstieg dann und wann vor, aber *nicht wirklich*. Das physische Moment einer Deklassierung dringt de facto nicht in ihr Fühlen ein. Per Büroklatsch ist durchgedrungen, daß sich Herr Honke bei einer anderen Firma beworben hat. Er hatte zunächst Erfolg und stieß in den Kreis der Bewerber vor, die zu einem Gespräch geladen wurden. Das Bewerbungsgespräch selber soll, so hört man, sehr stressig ausgefallen sein, weil es in englischer Sprache geführt wurde und Herr Honke dabei ziemlich ins Trudeln kam. Es heißt, er wird die neue Stelle nicht kriegen können, und das heißt wiederum, daß er, wenn nichts geschieht, uns ewig erhalten bleiben wird.

Wie unglaublich es ist, daß mich nur der Büroschluß mit neuer Hoffnung belebt. In den Augenblicken, wenn ich den Büroturm verlasse, findet eine Art Schmerzentwirklichung statt. Ich vergesse auf der Stelle die Abschlüsse, das Coaching (den ganzen Nachmittag habe ich gebraucht, das beste Angebot mit einer schriftlichen Begründung an den Vorstand weiterzuleiten), ich vergesse Herrn Honke und meine Büroklammern. Gleich treffe ich mich mit Sonja. Wir sind in einem Terrassen-Restaurant verabredet, das Sonja ausgewählt hat.

In diesem Lokal, kündigte Sonja an, fliegen Spatzen auf die Tische und hüpfen dann auf leere Teller, um Krümel und Essensreste aufzupicken, woran Sonja Vergnügen hat. Tatsächlich herrscht über den Tischen des Restaurants ein lebhaftes Piepen und Tschilpen. Einige Gäste werfen, um die Vögel fernzuhalten, freiwillig Krümel auf den Boden. Sonja ist guter Laune und unterhaltsam. Sie trägt eine leichte Seidenbluse und ist dezent geschminkt. Ich empfinde Vergnügen, sie anzuschauen und ihren Geschichten zu folgen. Sie bestellt ein Welsfilet in einem Koriandersud, ich begnüge mich mit gegrilltem Rinderfilet in einer Merlotsauce. Erstmals erzählt Sonja ein Detail aus ihrer Kindheit. Als sie zehn oder elf Jahre alt war, gefiel es ihr, sich auf eine Eisenbahnbrücke zu stellen und zu warten, bis eine Dampflok unter der Brücke durchfuhr.

Als die Lok kam, hüllte mich ihr weißer Dampf vollkommen ein. Für eine Minute war ich unsichtbar, sagt Sonja und kichert.

Möchtest du auch heute noch gerne unsichtbar sein? frage ich.

Ja, antwortet Sonja, das wünsche ich mir oft, ganze Tage möchte ich von niemandem gesehen werden.

Ich wage nicht, nach den Gründen zu fragen. Ringsum dämmern die Häuser. Ich betrachte die schmutziggrauen Kellerfenster eines Altbaus, der dem Haus ähnelt, in dem ich meine Kindheit verbracht habe. In dem Haus gegenüber stellt ein Mann seine Füße auf das Fensterbrett, um sich die Schuhe zu schnüren. Ich bin ein bißchen nervös und weiß nicht warum; ich habe sogar ein wenig Angst, ich werde mein Rotweinglas umstoßen, sobald ich danach greife.

Eigentlich bin ich eine Nomadin, die sich nur mühsam an Räume gewöhnt hat, sagt Sonja.

Wir lachen.

Bist du nicht auch ein Nomade? fragt Sonja.

Ich glaube nicht, antworte ich, ich bin eher ein Überwinder.

Was überwindest du?

Eigentlich alles, sage ich.

Wir lachen wieder ein wenig.

Ich kann hinkommen, wo ich will, sage ich, ich fange bald an, irgend etwas zu überwinden.

Immer?

Fast immer, sage ich; manchmal überwinde ich sogar mich selbst, das dauert lang und gelingt nur selten.

Überwindest du auch deinen Job? fragt Sonja.

Klar, sage ich; der Job ist auch ein schwerer Fall. Ich überwinde ihn täglich, aber am nächsten Tag ist er wieder da.

Sonja kichert.

Oh! sagt sie, wie gut ich das verstehe!

Unangenehm ist, sage ich, daß ich als Überwinder oft scheitere. Wenn ich merke, ich habe beim Überwinden keinen Erfolg, fliehe ich. Ich will dem zu überwindenden Gegner nicht unterliegen. Deswegen breche ich das überwindende Denken oft ab. In Wahrheit müßte ich mich eigentlich Zerstreuer nennen.

Sonja ist amüsiert.

So etwas habe ich noch nie gehört, sagt sie.

Ich auch nicht, antworte ich.

Wir lachen.

Eine kleine Sommerfliege stürzt in Sonjas Rotweinglas. Sonja holt sie mit dem Zeigefinger heraus und legt sie auf den Rand eines kleinen Bestecktellerchens. Die in Wein getränkte Fliege kann sich kaum bewegen. Ein Sperling landet auf unserem Tisch und pickt die betrunkene Fliege weg. Darüber müssen wir schon wieder kichern.

Es sieht so aus, sagt Sonja, als würden auch Vögel den Alkohol schätzen.

Hast du schon einen betrunkenen Vogel fliegen sehen? frage ich.

Ich habe bis zu diesem Augenblick nicht gewußt, daß es betrunkene Spatzen geben könnte, sagt sie.

Allmählich wird es dunkel und grau, das Zwitschern und Tschilpen verschwindet mehr und mehr. Nur die unermüdlichen Schwalben fliegen immer noch Nahrung herbei und liefern sie am Rand ihrer Nester ab. Wir bestellen zwei Espresso. Die Terrasse leert sich, ein älteres Paar am Nebentisch steht ächzend auf und geht. Eine gewisse ängstliche Undeutlichkeit schweift in meinem Kopf umher. Ich fürchte, ich empfinde eine Art Scheu vor der sexuellen Verausgabung, die in Kürze in meinem Apartment stattfinden wird.

Woran denkst du? fragt Sonja.

Ich komme mir heute abend ein bißchen übertrieben vor, sage ich.

Was meinst du mit übertrieben?

Ich überlege tatsächlich, ob ich von meiner Scheu sprechen soll, aber dann sage ich nur: Ich fühle mich übertrieben empfindlich heute abend.

Darüber mußt du froh sein, sagt Sonja, sonst könntest du nicht leben.

Geht es dir auch so?

Meistens kriege ich gerade noch den Alltag hin, antwortet Sonja; für alles, was darüber hinausgeht, habe ich kaum noch Spielraum.

Noch während ich zahle, erscheint ein Kellner und bindet Tische und Stühle mit einem Eisenkabel zusammen. Meine Zunge brennt ein bißchen, ich weiß nicht warum. Wir stehen auf und verlassen das Lokal. In kleinen Rudeln ziehen erlebnisbedürftige Menschen durch die Stadt. Flüchtig schaue ich in die flachen, abgegrasten Gesichter von Jugendlichen. Zwischendurch beobachten Sonja und ich ein paar ältere Fla-

schensammler. Es gibt für sie neuerdings Eisenstangen mit
einer Kneifzange am Ende, mit denen sie auch in Container
hineingreifen können. Sonja erzählt, daß sie, als sie ein Kind
war, mit ihrer Mutter in die Wälder gegangen ist, um Bucheckern zu sammeln. Zu Hause preßte meine Mutter die
Bucheckern selber aus, sagt Sonja; ein kleiner Eimer mit
Bucheckern reichte für ein halbes Fläschchen Öl, für das
meine Mutter damals zwei Mark bekam. Sonja lacht hilflos.
Schon das Vorüberfahren der Autos macht mich melancholisch, weil ich zu lange dabei zuschaue, wie die Autos her-
anfahren und in der Gegenrichtung wieder verschwinden.
Immer gibt es etwas, was stumm neben dem Leben her-
pulsiert. Sonja öffnet und schließt den Klettverschluß ihrer
Handtasche. Wer erfindet diese Geräusche, mit denen ner-
vöse Menschen ununterbrochen ihre Nervosität ausdrücken
können? Mich beunruhigt die Absehbarkeit dessen, was in
der nächsten Dreiviertelstunde ablaufen wird. Hinterher
werde ich Sonja hundert Euro in die Handtasche stecken,
und ich werde ein bißchen Angst kriegen, weil ich gesehen
habe, wie schwach und hilfsbedürftig die Frau ist, mit der ich
gerade durch die Straßen gehe. Im Treppenhaus rieche ich
den Lippenstift, den sich Sonja vor zehn Minuten aufgetragen hat. In der Wohnung kann ich nicht entscheiden, ob die
Stimmen aus den Nachbarwohnungen echt sind oder ob sie
aus Fernsehapparaten heraussprechen. Erst als ich sicher
bin, daß die Stimmen ununterbrochen reden, kann ich das
Apparateartige an ihnen heraushören. Wenig später erschrecke ich über Sonjas kalt-feuchten Rücken. Wir ziehen
uns rasch aus und gehen ins Bett. Ich versuche, die Missio-
narsstellung einzunehmen. Es gelingt mir in dieser Stellung,
meinen Kopf so stark nach unten zu drücken, daß ich Sonjas
in die Luft gestreckte Beine sehen kann. Aber Sonja vereitelt
meine stumm vorgetragenen Wünsche und beugt sich über

meinen Schlot. Zuerst saugt sie eine Weile mütterlich sanft, dann zunehmend aggressiv. Mit der linken Hand streichle ich Sonjas Rücken und betrachte dabei den ersten Altersfleck, der sich auf meinem Handrücken herausbildet. Er ist hellbraun und zur Zeit so groß wie ein Streichholzkopf. Normalerweise denke ich nicht, wenn Sonja und ich miteinander im Bett liegen. Deswegen ist es mir nicht recht, daß ich Sonjas Perfektion im Umgang mit meinem Geschlecht ein bißchen verdächtige. Ich frage mich, ob Sonja ihre sexuelle Perfektion irgendwo erlernt hat. Natürlich gebe ich mir selber die Antwort: Sie hat sie erlernt im Umgang mit vielen anderen Männern. Prompt bin ich ein bißchen eifersüchtig auf Sonjas Vergangenheit, was mir ebenfalls nicht recht ist. Zum Beispiel ist Sonja bekannt, daß für die Auslösung eines Orgasmus die Stimulierung der Penisspitze nicht ausreicht. Es muß eine zusätzliche Stimulierung des unteren Drittels des Schafts hinzukommen, damit sich ein Samenschub lösen kann. Gerade denke ich, daß es zwischen der Kraßheit meiner Verstoßung durch Edith und der Kraßheit meines momentanen Liebeslebens eine Verbindung gibt, die ich nicht begreife. Normalerweise schließe ich die Augen, wenn ich merke, daß ein Erguß wahrscheinlich wird. Heute schließe ich die Augen jedoch nicht, vermutlich wegen der nicht tot zu kriegenden Eifersucht. Ich muß Sekunde für Sekunde Sonjas Hingabe beobachten, und dabei mache ich eine Entdeckung, die mich beunruhigt und fesselt. Ich sehe, daß im linken Körbchen von Sonjas BH, den sie wieder nicht abgelegt hat, keine Brust liegt, sondern eine künstliche Füllung, ein weiches, fleischfarbenes Teil. Drei Sekunden später frage ich mich: Hat Sonja bei einer Krebsoperation eine Brust eingebüßt oder ist ihr, weil sie an der gleichen Krankheit leidet wie ich, eine Brust einfach abgefallen? Schon hoffe ich, daß unsere Intimität bald zu Gesprächen über unseren (wie soll ich sagen) Teilkörperverlust (oder besser) Körperteilverlust führen wird. Es entsteht in diesen Augenblicken die Möglichkeit, daß Sonja für mich der erste (und vielleicht einzige) Mensch werden wird, mit dem ich über mein schon so lange umhergetragenes Entsetzen werde sprechen können. Inzwischen schmerzt mich mein Geschlecht, aber ich traue mich nicht, um einen Abbruch zu bitten. Ich will immer noch nicht denken, aber ich habe zum ersten Mal die Idee, daß der Oralverkehr eine Kompensation ist. In Wahrheit hat Sonja längst bemerkt, daß ich von ihrer fehlenden Brust weiß. Und zum Dank dafür, daß ich schweige, fühlt sie sich zu besonderen Verausgabungen verpflichtet. Unglück macht eifrig. Hinterher sind wir erschöpft wie kaum je zuvor. Sonja sinkt in die Kissen und stöhnt und schluchzt und schluckt. Ich gehe kurz ins Bad und schaue nach, ob mein Geschlecht durch das Beißen und Saugen und Reiben einen Schaden genommen hat, was nicht der Fall ist. Es sind nur die üblichen Rötungen zu sehen, sonst nichts. Ich kehre ins Zimmer zurück, Sonja liegt wie erschossen im Bett. Mit einem kleinen Handtuch trockne ich ihr das Gesicht und die Schultern. Sie öffnet die Augen und lächelt mich an, worüber ich Rührung empfinde. Ich hole ihr ein Glas Wein und eine halbe Tafel Schokolade. Den Wein trinkt sie sofort, die Schokolade zerbeißt sie langsam. Ich erschrecke ein bißchen, weil ich merke, daß Sonja mich vielleicht mag. Ich lege mich neben sie, sie schiebt ihren rechten Arm um mich. Wieder erkundige ich mich nicht, warum sie in einem Heim der evangelischen Kirche wohnt. Sonja dreht sich zu mir hin und fragt, warum ich genauso erschöpft bin wie sie. Samen verlieren ist Arbeit, sage ich. Sonja kichert ein bißchen und fragt nicht weiter. Durch das aufgeklappte Fenster höre ich die Rollkoffer der Manager, die in die umliegenden Hotels einchecken. Ein Obdachloser, den ich von früheren Auftritten schon kenne, läuft durch die

Straße und pöbelt gegen die eingedunkelten Häuser. Wieder frage ich mich, wo die Verwirrten und Verstörten immer wieder herkommen und wohin sie immer wieder verschwinden. Sonja will etwas erzählen, aber sie ist zu müde und schläft während des Sprechens ein.

Am nächsten Morgen, im Fahrstuhl, begegne ich Frau Grünewald. Sie ist freundlich und gesprächig. Nach einer Weile sagt sie, daß ich ein wenig angestrengt aussehe. Zuerst will ich ein bißchen mit meinem Sexualleben angeben, zum Glück halte ich dann doch den Mund. Dann sagt Frau Grünewald: Sie sollten sich wieder eine Frau zulegen, finden Sie nicht? Ich halte die Frage für anzüglich, lasse mir aber nichts anmerken. Ich habe ein seltsames Gefühl: als würde mir eine Fliege über das Kopfhaar laufen. Was ist, sagt Frau Grünewald, Sie sagen ja gar nichts. Ich habe Lust, Frau Grünewald für ihre Anzüglichkeit zu bestrafen, aber ich weiß nicht wie. Da liefert mir meine Straflust einen passenden Einfall. Ich habe ein seltsames Gefühl, sage ich, als würde mir eine Fliege über das Kopfhaar laufen. Frau Grünewald verstummt sofort. Mit Bemerkungen dieser Art kann sie nichts anfangen. Es ist mir endlich einmal gelungen, die Normalität mit ihrer eigenen Normalität zu befremden. Ohne ein weiteres Wort verläßt Frau Grünewald den Fahrstuhl. Gegen Mittag ruft Edith an. Sie war mit Sabine zehn Tage lang in Griechenland, deswegen hat sie sich so lange nicht gemeldet. Ich frage nicht, wer ihr das Geld für den Urlaub gegeben hat, ich frage nicht, ob sie mit oder ohne Liebhaber in Urlaub war. Auch jetzt erwähnt sie ihren Liebhaber mit keinem Wort, und ich frage nicht nach ihm. Zum ersten Mal habe ich das Gefühl, daß die Liebesgeschichte mit dem Architekten vielleicht schon zu Ende ist.

Und? War es schön?

Oh, wundervoll, sagt Edith.

Wir reden eine Weile wie zwei Angestellte, die vor langer Zeit einmal eine Büroliebe miteinander hatten. Wenn ich mich nicht täusche, spricht Edith mir gegenüber viel freundlicher als in den zurückliegenden Monaten.

Dann sagt Edith: Sabine hat gefragt, warum du nicht mit uns in Urlaub gewesen bist.

Und?

Ich wußte nicht, was ich sagen sollte.

Aber irgend etwas wirst du doch geantwortet haben, sage ich.

Ich habe gesagt, du hättest zuviel Arbeit.

Das war feige.

Ja, sagt Edith, zugegeben.

Und jetzt?

Sabine will dich sehen, vielleicht am Wochenende.

Damit es ausschaut, der Besuch bei mir sei der Abschluß des Urlaubs?

Du bist gemein, sagt Edith.

Am Sonntag sitze ich mit Sabine auf dem Boden meines Apartments. Wir bauen mit den Klötzen eines Holzbaukastens ein Haus. Edith trinkt Apfelsaft und schaut uns zu. Eine Weile habe ich den Eindruck, Edith will zu mir zurück, aber sie weiß nicht, wie sie es sagen soll. Sie möchte, daß ich merke, wie sehr *ich* zu ihr zurückwill. Ich bin sogar in Versuchung, das von mir erwartete Geständnis zu machen. Aber ich fühle auch, ein solches Geständnis wäre überwiegend unwahr. Ich will vor allem öfter in die Nähe des Kindes, beziehungsweise: Inzwischen will ich das Kind ohne die Mutter sehen. Edith nehme ich (sozusagen) nur noch billigend in Kauf. Gegen zwölf Uhr sagt Sabine, daß sie Hunger hat. Ich schlage vor, wir suchen uns ein schönes Lokal und essen gemeinsam zu Mittag.

Oh ja, das machen wir!

Unterwegs spricht Edith darüber, in welcher Sprache die gefühlsmäßige Nähe des Menschen zum Meer am besten zum Ausdruck kommt. Besonders deutlich wird diese Nähe bei dem französischen Wort La mer, findet Edith. Sie sagt das Wort mehrmals und zieht es dabei in die Länge, so daß es wie La Määär klingt. Sabine fragt, in welches Lokal wir gehen.

Wir wissen es noch nicht, sage ich, wir suchen uns gerade ein schönes Restaurant.

Auch das spanische El mar vermittelt eine heftige Vorstellung vom Meer, sagt Edith.

Sie hat sich ihre Sonnenbrille in das Haar hochgeschoben. Edith sieht jetzt illustriertenhaft und ein bißchen abgeschmackt aus.

Auch das italienische Il mare ist magisch, sagt Edith, meeresmagisch.

Sie freut sich und lacht über das von ihr gefundene Wort. Sabine wird ungeduldig und will nicht länger nach einem Restaurant suchen. Wir sehen ein griechisches Lokal mit blaugestrichenen Fenstern und weißen Hauswänden. Edith öffnet die Tür des Lokals und schließt sie sogleich wieder.

Es stinkt nach Öl und vollgepupten Sitzkissen, sagt Edith.

Wir gehen weiter.

Sogar das deutsche Wort Meer hat ein authentisches Aroma, sagt Edith.

Zwei Ecken weiter entdecken wir ein thailändisches Restaurant. Edith öffnet die Tür, schaut sich um und winkt ab.

Eine beklemmende asiatische Puppenstube, sagt sie.

Wir suchen weiter. Sabine trottelt neben mir her.

Nur ein Wort versagt völlig, sagt Edith, das englische; the sea ist völlig nichtssagend, findest du nicht? The sea kündigt höchstens ein Badezimmer an, aber doch nicht das Meer! ruft Edith aus.

Sie sieht mich an und erwartet, daß ich zustimme, wie in früheren Zeiten. Ich weiß nicht, was ich sagen soll, ich habe bereits begonnen, unter der gegenwärtigen Situation zu leiden. Sabine wird quengelig, weil sie nicht einsehen mag (ich auch nicht), warum es so lange dauert, bis wir endlich ein passendes Lokal gefunden haben werden.

Ich möchte in ein Restaurant, das mich an das Meer erinnert, sagt Edith; nein, verbessert sie sich, ich möchte in ein Lokal, in dem ich dem Meer nahe bin.

Ein Lokal, in dem du dem Meer nahe bist, sage ich so vorsichtig wie möglich, wirst du nur in der Nähe des Meeres finden.

Sabine ist nicht länger zum Umhergehen bereit. Sie beginnt zu greinen und zieht an meinem Arm. Edith entdeckt auf der anderen Straßenseite ein indisches Restaurant. Sie überquert die Straße und inspiziert auch dieses Lokal. Es wird nicht mehr lange dauern, dann wird Sabine weinen. An der Theke einer Wurstbude kaufe ich ihr eine Bockwurst und eine kleine Tüte mit Pommes frites. Sabines Stimmung schlägt sofort um. Sie umfaßt mit beiden Händen die Tüte mit den Pommes, ich halte ihr das Würstchen und führe es ihr zwischendurch an die Lippen. Aus Dankbarkeit gibt mir Sabine zwei Pommes-Stäbchen aus ihrer Tüte, die ich in meiner rechten Sakkotasche verschwinden lasse. Edith kehrt zurück und macht mir auf der Straße eine Szene.

Ich gebe mir die größte Mühe, diesen Müll von dem Kind fernzuhalten, aber dann kommst du und kaufst ihr das Dreckszeug gleich tütenweise, schreit sie.

Wir haben Hunger! schreie ich zurück; wir können deinen egomanischen Restauranttrip nicht mehr aushalten, der ist noch schlimmer als ein paar Pommes!

Edith wird noch lauter. Unter dem Eindruck unseres Geschreis fängt Sabine an zu weinen. Ich kann mich beherrschen, indem ich innerlich an mich hinrede: Was hier zusammenstößt, ist tote Erlebnismasse, nimm sie nicht ernst. Das Geschrei will uns weismachen, Edith und ich hätten noch irgend etwas miteinander zu tun. Aber es ist vorbei mit uns, es kommt nicht mehr darauf an, daß du auch noch anfängst zu schreien. Du wirst diese Gespenstereien aushalten und dann vergessen, sie ragen nur versehentlich aus einer früheren Zeit in die Gegenwart, halt den Mund und tu nicht so, als sei noch etwas zu retten. Ich bin jetzt froh, daß ich in der Wohnung mein Verlangen nach dem Kind (und ein bißchen auch nach Edith) nicht eingestanden habe. Es schaudert mich, daß Sabine allein von dieser exzentrischen Frau erzogen werden wird. Ich bin darauf gefaßt (ich bin nicht darauf gefaßt), daß Edith dem Kind die Pommes-Tüte gleich aus der Hand reißen und in einen Papierkorb werfen wird. Aber diese Aktion bleibt zum Glück aus. Statt dessen verkündet Edith, daß sie und das Kind sofort zurückfahren werden. Stumm gehen wir zur nächsten U-Bahn-Haltestelle und fahren zum Bahnhof. Unter dem Eindruck der U-Bahn-Fahrt hört Sabine auf zu weinen. Ich erkläre so gut ich kann, was es zu sehen gibt. Edith hat sich von mir abgewandt und spricht kein Wort. Ich schlittere in eine innere Verbitterung hinein. Ich weiß, daß auch ich schuldig bin. Ich habe Angst vor der Wucherung der Wünsche. Vor ein paar Jahren (Sabine war noch ganz klein) schlugen die Wogen unseres Glücks besonders hoch. Wir fühlten eine große Lebensfreude, auch in der Liebe. Wir vögelten jeden Tag, manchmal sogar zweimal täglich, ich war endlich einmal klaglos. Vorübergehend verlor ich das elende Gefühl von der Portionierung des Lebens (wir haben heute schon einmal, deswegen müssen wir wieder eine Weile warten). Aber nach etwa drei Wochen kam mir ein Verdacht. Ich fühlte plötzlich, daß Edith wieder schwanger werden wollte. Ich fürchtete mich vor einer großen Familie, in der ich unterzugehen drohte. Zuerst will eine Frau *ein* Kind. Wenn das Kind da ist, will sie ein *zweites*, danach ein *drittes*. Nach den Kindern will sie einen Hund oder einen Zweitwagen. Nach dem Zweitwagen/Hund will sie einen Garten und zweimal im Jahr in Urlaub, wegen der Kinder und wegen ihrer Erschöpfung durch die Kinder. Danach will sie ein großes Haus mit Garten und eine Haushaltsgehilfin. Die Selbstmehrung einer Frau, die ihr Glück ausschließlich in der Familie sucht. Ich fragte Edith, ob sie noch einmal schwanger werden wollte. Sie empfand schon die Frage als Zumutung, das heißt als unangemessene Einmischung. Sie schimpfte mit mir, ich schimpfte zurück. Ob ich denn nicht einmal mehr fragen dürfe, ob ich nur noch da bin, um ihre Wünsche zu erfüllen. Edith wurde nicht mehr schwanger. Sabine hat die Pommes aufgegessen, ich putze ihr mit Spucke die Finger. Sabine möchte, daß ihr die Finger mit ihrer eigenen Spucke gereinigt werden, und spuckt sich in die Handflächen. Am Bahnhof hilft uns der Fahrplan. In Kürze fährt ein Intercity in Richtung Basel, in den Edith und Sabine zusteigen werden. Ich gehe mit den beiden zum Bahnsteig. Edith hält ihr Gesicht immer noch abgewandt und spricht nichts. Kurz vor dem Einsteigen sagt Sabine: Ich möchte neben dir sitzen, Papi. Erst durch diesen Satz wird klar, daß Sabine glaubt, ich fahre mit. Als ich sage, daß ich hierbleibe, bricht Sabine in ein Weinen aus. Kurz darauf weine auch ich. Ist das jetzt ein familiärer Zusammenbruch, oder wie nennt man so etwas? Sonderbarerweise ist es mir gleichgültig, daß andere Leute meine Tränen bemerken und mich schamlos anglotzen. Sollen sie doch sehen, daß ich über das Ufer trete. In meiner rechten Sakkotasche finde ich die beiden Pommes frites, die Sabine mir geschenkt hat. Ich hole sie heraus und halte sie dem Kind hin. Sabine freut sich und hört auf zu weinen. Auch mir gelingt es, die Tränen zu stoppen. Sabine nimmt die beiden Pommes und ißt sie langsam. Während sie kaut, sucht sie mit der rechten Hand die Hand von Edith. Bald besuchst du mich wieder, dann gehen wir in den Zoo und fahren wieder U-Bahn, sage ich zu Sabine. Offenbar hat sie den Abschied schon überwunden. Ich bemerke zwei Personen in unserer Nähe, die beobachten wollen, ob Sabine und ich noch einmal zu weinen anfangen. Mir hilft der Geruch von kalten Spaghetti, die ein Mann neben mir verschlingt. Indem ich ihm beim Essen zuschaue, verfliegt die Stimmung des Weinenwollens. Edith macht keine Anstalten, sich von mir zu verabschieden. Sie nimmt das Kind an sich und steigt in den Zug. Sabine und ich winken uns kurz, dann drehe ich mich um und gehe weg.

Beim Verlassen des Bahnhofs habe ich das Gefühl, mein Leben schreite in unangemessener Schnelligkeit voran. Ich möchte es verlangsamen, aber ich weiß nicht wie. Meine stärkste Empfindung ist, daß mich die Geschwindigkeit mißbraucht. Ich laufe hilflos neben einem fremden Tempo her, das ist merkwürdig und doch ganz wirklich. Meine größte Angst war immer, verlassen zu werden; ich schien mir dafür zu schwach zu sein. Jetzt bin ich tatsächlich verlassen worden, und ich stelle fest, daß meine Kräfte dafür ausreichen. Ich habe wieder das Bedürfnis, mit einem Stecken in der Hand durch die Welt zu laufen, wie damals, als ich elf oder zwölf Jahre alt war und fast jeden Tag einen krummen Ast bei mir trug. Ich habe Hunger und betrete aus Trotz gegen Ediths schicken Wahn ein nicht sehr gepflegtes Lokal. Es ist ein auf Landgasthof zurechtgemachtes Schlichtrestaurant mit rot-braun karierten Stoffdecken auf den Tischen und einem Klavier in der Ecke. Auf dem Klavier spielt niemand mehr, es dient als Ablagefläche für Teller und Bestecke, Essig und Öl und Aschenbecher. Ich setze mich an einen Vierertisch und bestelle ein Gericht, das Edith empört zurückweisen würde: Hühnerschlegel mit Bratkartoffeln und Gemüse. Allmählich lassen die Erschütterungen des Tages nach. Zwei Tische weiter rechts sitzt ein älteres Paar. Die Frau ißt nicht alles auf und reicht ihren Teller an ihren Mann weiter, der mit seiner Mahlzeit schon fertig ist. Der Mann übernimmt ohne Kommentar den halbvollen Teller der Frau, die Frau stellt den leeren Teller ihres Mannes vor sich hin. Die Frau schaut ein wenig gepeinigt zur Seite, als der Mann die Reste auf ihrem Teller aufzuessen beginnt. Die Scham der Frau entgeht dem essenden Mann. Links von mir sitzt eine Mutter mit Kind und Oma, die sich vergnügt unterhalten. Das Kind fängt an, mit seinen kleinen Fingern am Kehlsack der Oma zu spielen. Der Kehlsack ist ein Hautbeutel, der ein wenig an die Beutel erinnert, die Pelikane unter dem Schnabel tragen. Der Kehlsack der Oma reicht vom Kehlkopf bis zur Kinnspitze. Ein Ober bringt mir einen Hühnerschlegel mit Bratkartoffeln und Gemüse. Ich wende den Blick wieder hinüber zu dem älteren Paar. Der Mann schaut beim Essen jetzt abwechselnd auf beide Teller. Ich habe geahnt, daß mir die Szenen in diesem Lokal helfen werden. Die Atmosphäre des Ungenügens bestätigt mich als Überlebenden meiner Verlassenheit. Immer wieder wundere ich mich, wenn ich ältere Paare sehe, wie es ihnen gelingen konnte, so lange zusammenzubleiben. Dabei weiß ich längst, wie ihr Zusammenbleiben funktioniert: Man muß stillhalten. Die alten Paare erleiden alles, was alle erleiden, aber sie schreien nicht wie die Jungen, sie verhalten sich still. Der Hühnerschlegel auf meinem Teller ist schon weg, jetzt kommt das Gemüse dran. Das Kind sagt etwas zu seiner Oma, was ich leider nicht verstehe. Die Oma ist gütig und läßt das Kind mit ihrem Kehlsack spielen. Auch meine Mutter hatte, als sie älter geworden war, einen solchen Hautsack, der mich als Kind ebenfalls gereizt hatte. Doch ich habe mich damals nicht getraut, diesen Körperteil meiner Mutter anzufassen. Deswegen schaue ich das Kind ein wenig bewundernd an. Das Gemüse ist leider ein wenig verkocht. Die Bratkartoffeln werden, wenn ich mich nicht irre, zum zweiten Mal serviert. Ich lasse das Gemüse und die Bratkartoffeln zurückgehen. Der Ober schweigt, als wüßte er warum. Meine Stimmung gegenüber Edith wird milder. Nach einer Weile zahle ich und gehe.

Zu Hause bei mir im Apartment sehe ich eine Amsel, die sich auf meinem Balkon niedergelassen hat. Der Vogel sieht krank aus. Er sitzt auf dem Boden und blickt starr vor sich hin. Seine Beine sehe ich nicht, der schwarze kompakte Körper hockt direkt auf dem Boden. Vermutlich ist der Vogel verletzt. Soll ich die Balkontür öffnen und schauen, was mit ihm los ist? Ich wundere mich, daß ich zu derart kindlichen Erwägungen immer noch fähig bin. Hat die Amsel die Beine verloren? Kann ein Vogel die Beine verlieren wie ein Mensch ein Ohr? Ich gehe ins Bad und mache mich ein wenig frisch. Ich putze mir die Zähne und wechsle die Unterwäsche. Jetzt, denke ich, hast du das Verlassenwerden nicht nur überlebt, sondern auch abgeschlossen. Du kannst jetzt in der Firma ohne weiteres sagen: Als ich verlassen worden bin / Als mir die Frau weggelaufen ist / Als mich meine Frau weggeschickt hat / Als meine Frau genug von mir hatte – habe ich eine Weile nicht gewußt, wie ich in die nächste Woche hineinfinden soll. Nach einer halben Stunde schaue ich wieder auf meinen Balkon und sehe, daß die Amsel tot ist. Der Vogel liegt auf der Seite, die Krallen nah am Körper. Eigenartig, die Amsel hat sich meinen Balkon als Sterbestätte ausgesucht. Ich sehe darin ein Zeichen für das endgültige Ende mit Edith. Dann fällt mir ein, wie töricht die Idee ist, den Tod der Amsel mit meiner Ehe in Verbindung zu bringen. Meine Güte, was für ein altes Gedankengerümpel trägst du in deinem Kopf herum. Genauso idiotisch ist die Vorstellung, die Amsel hätte sich meinen Balkon als Sterbestätte *ausgesucht*. Sie hätte ebensogut auf jedem anderen Balkon landen können. Ich beschimpfe mich wegen meines trivialen Unfugs, obwohl der Unfug dadurch nicht verschwindet. Schon überlege ich, wo ich den toten Vogel hinschaffen soll. Zum ersten Mal fällt mir auf, daß Sonja seit Tagen nicht mehr angerufen hat.

11

IN EINER HALBVERLASSENEN LADEN-PASSAGE verbringe
ich fast meine ganze Mittagspause. Ich habe das Gefühl, ich
könnte Wahrheiten sagen, die von allgemeinem Nutzen sind
(wären), wenn mich jemand fragen würde. Zum Beispiel
könnte ich mich aufgrund meiner Mittagspausenbeobach-
tungen darüber verbreiten, daß die Geschäfte in Laden-Pas-
sagen einen schlechten Stand haben und früher oder später
Insolvenz anmelden müssen. Ein Geschäft sieht aus wie das
andere, davon geht keine Lockung aus. Katastrophal wirkt
sich aus, wenn erst einmal zwei oder drei Läden Konkurs gemacht haben und sich in der ganzen Passage ein allgemeines
Pleitegefühl verbreitet. Dann werden die Passagen noch öder,
das Kaufpublikum macht sich noch rarer. Ich könnte Ge-
schäftsinhaber davor warnen, neue Läden in bald umkip-
penden Passagen zu eröffnen. Eine solche Beratung wäre
(ist) nötig, denn nach wie vor werden neue Passagen gebaut
und neue Läden eröffnet, und nach wie vor schrumpft das
Interesse an diesen Passagen nach kurzer Zeit. Wieso wissen
das nicht alle? Endlich muß ich lachen über mein inneres Ich-
weiß-Bescheid-Gehabe. Die meisten Angestellten, die hier
durchschlendern, sehen sich auch heute nur um, kaufen aber
nichts. Manche schauen zum ersten Mal auf das, was sie aus
ihrer Hand heraus essen, und manchem ist die Scham anzu-
sehen, die dabei frei wird. Ich habe immer noch fünfzehn
Minuten Zeit und setze mich auf einen der Alu-Stühle vor
einem Café. Tagelang vergesse ich, daß ich nur noch ein Ohr

und nur noch einen kleinen Zeh habe. Ich vergesse sogar, daß ich mich nicht in lärmigen Umgebungen aufhalten sollte. Ich betrachte ein Mineralwasserglas auf dem Tisch nebenan. Das heißt, ich schaue einem Zitronenkern dabei zu, der im Mineralwasser leicht auf- und abschwebt. Dann denke ich an Sonja. Wenn sie sich bis zum Spätnachmittag nicht meldet, werde ich im Heim anrufen und nach ihr fragen, obwohl ich solche Zudringlichkeiten normalerweise abscheulich finde. Es erscheint keine Bedienung. Offenbar ist auch das Café schon halbtot. Ich warte noch weitere vier Minuten, dann stehe ich auf und gehe zurück ins Büro. Im Fahrstuhl treffe ich Frau Wecke, die ich schon länger nicht gesehen habe. Obwohl Frau Wecke zu den Frauen gehört, die Tag für Tag in tadellosem Outfit erscheinen, nennt sie sich die dienstälteste Armani-Maus des Hauses. Das Wort Armani-Maus entlockt uns ein gemeinsames Lachen. Es ist das erste Mal, daß Frau Wecke mir gegenüber einen gewissen Spott über sich selbst zu erkennen gibt. Ich bewundere sie dafür und würde die Bewunderung gerne ausdrücken, aber da hält der Fahrstuhl im zwölften Stock, die Armani-Maus muß aussteigen. Sonja meldet sich auch an diesem Nachmittag nicht. Ich warte, bis es 18.00 Uhr geworden ist und Frau Bott, meine Sekretärin, das Haus verlassen hat. Dann rufe ich das Heim an.

Hier ist Rotmund, sage ich, ich würde gerne Frau Schweitzer sprechen.

Frau Schweitzer … äh … ja, sagt die Frau am anderen Ende, das ist zur Zeit nicht möglich.

Zur Zeit nicht möglich? wiederhole ich.

Ja also, sagt die Frau, worum handelt es sich?

Frau Schweitzer ist die Vormieterin meines Apartments, sage ich, sie hat in meinem Keller noch ein paar Kartons eingelagert, die ich ihr gerne vorbeibringen würde.

Ach so, sagt die Frau, das ist etwas anderes.

Etwas anderes? wiederhole ich.

Es ist so, sagt die Heimleiterin, Frau Schweitzer sitzt seit einer Woche in Untersuchungshaft.

Oh, mache ich.

Gehören Sie zum Kreis der Geschädigten? fragt die Heimleiterin.

Ich habe keine Ahnung, sage ich, meines Wissens gehöre ich ... nein, ich glaube nicht.

Frau Schweitzer sitzt wegen Kreditkartenschwindels und Scheckbetrugs.

Ach, sage ich, etwas Besseres fällt mir nicht ein.

Das ist eine dumme Geschichte, sagt die Heimleiterin.

Kann ich die Kartons von Frau Schweitzer dennoch bei Ihnen abgeben?

Wieviel sind es denn?

Sieben oder acht mittelgroße Kartons, sage ich.

Die können Sie vorbeibringen, sagt die Frau; wir müssen das Zimmer von Frau Schweitzer zwar weitervermieten, aber wir bewahren ihre Sachen während der Haft auf.

Gut, sage ich, ich komme morgen oder übermorgen zu Ihnen und bringe die Kartons.

Ich sitze jeden Tag bis acht Uhr abends in der Pförtnerloge, sagt die Frau.

Bis dann, sage ich.

Ich habe in der Zeitung immer mal wieder kleine Meldungen über sogenannte Beischlafdiebstähle gelesen, aber ich habe mir darunter nie etwas Genaues vorstellen können. Bestiehlt die Frau ihren zeitweisen Liebhaber während oder nach dem Beischlaf und verschwindet dann auf Nimmerwiedersehen? Obwohl ich nicht annehme, daß Sonja mich bestohlen hat, schaue ich doch gleich nach dem Telefongespräch nach der Bank- und der Kreditkarte. Es fehlt nichts. Nach Büroschluß gehe ich zur Bank und lasse mir die letzten

176

Auszüge ausdrucken. Unberechtigte oder undurchsichtige Abhebungen hat es nicht gegeben. Mir ist nicht klar, ob ich Sonja immer noch Sonja oder jetzt wieder Frau Schweitzer nennen soll. Ich habe noch nie jemanden gekannt, der wegen irgend etwas im Gefängnis einsaß. Ich gehe davon aus, daß ich Sonja / Frau Schweitzer in nächster Zeit im Gefängnis besuchen werde, obwohl ich gleichzeitig sicher bin, daß ich mit einer Betrügerin nichts zu tun haben möchte. Aber du hast dich doch schon mit ihr eingelassen, rede ich mir dazwischen. Ich habe nie so modern und zwiespältig leben wollen wie zur Zeit. Bei einem Einkaufskiosk nehme ich am Abend eine Plastikschale mit Obstsalat und ein belegtes Brötchen mit. Die Kassiererin schaut zuerst auf den Obstsalat und dann auf mich und sagt: Oh! Sie kriegen heute abend Besuch! Es ist das erste Mal, daß ich wegen meines Alleinseins diskriminiert werde. Ein paar Augenblicke später fühlt die Kassiererin, daß sie mit ihrer Bemerkung zu weit gegangen ist. Sie hat nicht den Mut, sich zu entschuldigen, aber ihr Gesicht bittet deutlich um Vergebung. Ich tue so, als würde ich ihren Gesichtsausdruck nicht verstehen. Die Kassiererin packt den Obstsalat und das Brötchen mit übertriebener Sorgfalt zuerst in eine Plastikfolie und das Ganze dann in eine Plastiktüte. Die zu spät kommende Demut reizt mich, aber ich kann mich zurückhalten. Ich zahle stumm und beschließe beim Hinausgehen, diesen Laden nie wieder zu betreten. Ich fühle mich erschöpft von den Nachrichten des Tages und gehe mit meiner Plastiktüte eine Weile in der Gegend umher. Dabei fällt mir ein, daß ich dieser Tage ebenfalls einen Menschen herabgesetzt habe, und zwar Frau Seidl im Büro. Sie hatte nach längerer Zeit wieder starke rote Flecken im Gesicht. Monatelang hatte sie Ruhe vor ihrem Ekzem. Dann aber haben sich ihre Pusteln plötzlich wieder geöffnet, und ihr Gesicht sah aus wie … nein, ich sage es nicht. Frau

Seidl weiß dann nicht, ob sie die offenen Pusteln überschminken soll oder nicht. Ich riet ihr vom Schminken ab und sagte: An die Flecken in Ihrem Gesicht haben wir uns doch schon lange gewöhnt – oder so ähnlich. Eine Stunde später sah ich, daß sich Frau Seidl eine dicke Schicht rosa Creme aufgetragen hatte. Ich bat ähnlich stumm um Verzeihung wie die Kassiererin und genau wie diese ohne Erfolg. Frau Seidl schneidet mich seither, ich hoffe, die Sache legt sich wieder. Wie oft bin ich schon in diesen Straßen umhergelaufen, ich mag ihre Details nicht mehr anschauen, diese Glanzlosigkeit, die immer gerade endgültig wird. Vor drei Nächten habe ich zum ersten Mal von Sonja geträumt. Ich war ein Gefangener und saß in einer Zelle hinter dicken Eisenstäben. Sonja besuchte mich, aber sie durfte meine Zelle nicht betreten. Sie kniete sich außerhalb der Zelle nieder, so daß sich ihr Gesicht in Höhe meines Geschlechts befand. Trotz der Eisenstäbe gelang es uns, miteinander zu verkehren. Als sie meinen Samen schluckte, stöhnte Sonja so laut, daß ich Angst hatte, durch das Stöhnen würden die anderen Gefangenen auf uns aufmerksam. Aber es blieb alles still im Gefängnis. Danach schob Sonja ein kleines Paket durch die Gitterstäbe hindurch und sagte: In dem Paket ist deine Mutter. Tatsächlich hörte ich im Karton das Weinen meiner Mutter, vor dem ich als Kind fast immer geflohen bin. Dann sagte meine Mutter im Karton: Ich weine, weil alle enttäuscht sind. Ich nahm das Paket und packte meine Mutter nicht aus. Ich legte das Paket auf den Tisch in meiner Zelle und hörte von Zeit zu Zeit dem Weinen meiner Mutter zu. Ich beschwerte mich beim Gefängnisdirektor, daß ich eingesperrt war und vor dem Weinen nicht fliehen konnte. Wie unaussprechlich merkwürdig es ist, daß ich mich als Gefangenen träume und daß Sonja jetzt im Gefängnis sitzt! Es erfaßt mich eine Bitterkeit über Sonjas Geschick. Der Schmerz treibt sich eine Weile im Körper herum, zieht dann die Luftröhre hoch und bleibt in der Kehle sitzen. Dieser Verlauf ist mir gut vertraut. Nach meiner Erfahrung ist die Kehle das Zentrum der Bitternis, nicht das Herz. Der sich jetzt in der Kehle festkrallende Schmerz bringt eine Art Erstickungsangst hervor. Du wirst nicht ersticken, sage ich zu mir, es fühlt sich nur so an! Dummerweise berühre ich die Stelle, wo früher mein linkes Ohr war. Ich muß verlernen, mich anfassen zu wollen. Allerdings hat mich die Fremdheit des Körpers auch schon früher ergriffen, als ich noch beide Ohren hatte. Wie sonderbar ist ein Ohr! Man muß erst eines verloren haben, um zu merken, wie eigenartig das Leben mit zwei Ohren war. Im Grunde erwarte ich immer noch, daß sich das Dasein innerhalb der Lebensspanne eines Menschen zu einem Sinn hin entwickelt. Ich werde die Aufmerksamkeit für mein Leben zurückziehen, falls sich kein Sinn zeigen sollte. Meine Melancholie über den fehlenden Sinn ist mir vertrauter als das sinnlose Warten auf die Verbesserung von … ach, ich habe keine Lust, über diese törichten Dinge weiter nachzugrübeln. Wenig später setze ich mich an das Küchenfenster meines Apartments und packe den Obstsalat aus. Er schmeckt ausgezeichnet und beruhigt mich. Während des Essens beobachte ich eine jüngere Mutter in einer Wohnung gegenüber, die mir schon öfter gefallen hat. Sie räumt das Kinderzimmer auf und hält sich die herumliegende Unterwäsche ihrer Kinder kurz unter die Nase und entscheidet dann, ob ein Schlüpfer zu stark riecht und deswegen gewaschen werden muß oder ob er noch erträglich riecht und deswegen noch einen Tag länger getragen werden kann. Diese zärtliche Überprüfung ergreift mich so heftig, daß ich zuerst ein bißchen heulen und dann längere Zeit lachen möchte. Es ist diese Wahrnehmung, die meine Melancholie über den vielleicht ausbleibenden Sinn vertreibt und mich wieder ins Leben zurückholt. Im Grunde möchte ich zu der Frau hinübergehen und sie fragen, ob ich ihrer wundervollen Tätigkeit eine Weile aus der Nähe zusehen darf. Nein, eigentlich will ich, daß die Frau auch an mir riecht und feststellt, daß ich noch benutzbar bin, obwohl ich bereits *angeschmutzt* bin wie ein gewöhnliches Kinderunterhemd. Nein, eigentlich möchte ich ein Präsident sein und der Frau einen Orden für die öffentliche Vertreibung von Schwermut und Überdruß verleihen. Nein, in Wahrheit bin ich nur erschöpft. Ich schiebe die jetzt leere Plastikschale zur Seite und lege mich in Kleidern auf das Bett. Es fängt wieder an zu regnen. Rings um mein Bett liegen nichtgelesene Zeitungen der letzten vierzehn Tage. Es werden weitere nichtgelesene Zeitungen hinzukommen, dann werde ich das gesamte Altpapier auflesen und es komplett in die Mülltonne werfen. Es stört mich das leise Reibegeräusch meiner Bartstoppeln am Hemdkragen. Jedesmal, wenn es kratzt, muß ich denken: Ein eingesperrtes Tier schabt am Boden seines Käfigs. Ich denke darüber nach, ob sich Sonja jetzt vorstellt, daß ich keine Ruhe geben werde, um Kontakt zu ihr aufzunehmen. Oder ob sie sich vorstellt, daß ich geschockt bin und nichts mehr von ihr wissen will. In meinem kleinen Radio ertönt die Bach-Kantate ›Herzlich tut es mich verlangen‹. Die Musik klingt, als wäre sie von einem Hilfsschüler erfunden, vermutlich ist sie deswegen so ergreifend. Als ich zehn oder elf Jahre alt war und abends im Bett lag, ängstigte ich mich um die Vögel draußen. Unablässig bis zum Einschlafen fragte ich mich: Dringt nicht zuviel Nässe in die Nester der Vögel ein? Werden sie sich verkühlen? Haben sie genug zu essen? Werden ihre Jungen sterben? Haben sie Angst vor einer Katze? Inmitten des sorgenden Fragens schlafe ich ein wenig ein und träume einen kurzen Traum. Eine Krankenschwester tritt an mein Bett, um mich zu füttern. In ihren Händen erkenne ich einen Blechlöffel und einen Napf, eine Art Soldatengeschirr.

Als ich die grauweiße Flüssigkeit sehe, die mir die Krankenschwester einflößen will, wache ich mit einem kleinen Schreck wieder auf. Es ist jetzt still im Haus. Nein, ganz still ist es nicht. Von irgendwoher höre ich das leise Schluchzen einer Frau. Es handelt sich wahrscheinlich um dieselbe Frau, deren Stöhnen beim Beischlaf ich vor einigen Wochen gehört habe. Vor kurzem hatte ich mal die Eingebung, die Frau zu besuchen und zu besänftigen. Jetzt erweckt das Schluchzen in mir den Wunsch, mich soweit wie möglich von der Frau und ihrem Geräusch zu entfernen. Ich spüre die unauflösbare Verkettung des Weggehenwollens und des Bleibenmüssens, die wahrscheinlich von der allzu dichten Nähe jedes Menschen ausgeht. Ich erfreue mich an diesem Gedanken, den ich an diesem Tag nicht mehr erwartet hätte. Das Reiben meiner Bartstoppeln am Kragen stört mich jetzt so sehr, daß ich ins Bad gehe und mich rasiere.

Ich rasiere mich sorgfältig und ohne Eile, obwohl ich für diesen Abend keine Pläne habe. Sonja wird heute nicht kommen, morgen und übermorgen auch nicht. Ich habe immer noch keine innere Einstellung zu Sonjas neuen Lebenstatsachen gefunden. Mir fällt ein, daß ich, seit ich in dieser Stadt wohne, außer Sonja niemand kennengelernt habe, mit dem ich mich nach Büroschluß hätte verabreden wollen. Ich weiß nicht, ob ich mich darüber wundern soll oder nicht. Flüchtig überlege ich, ob ich Sonja im Gefängnis besuchen soll oder nicht. Ich müßte mich wahrscheinlich bei der Heimleiterin erkundigen, in welchem Gefängnis sie ist, wahrscheinlich gibt es mehrere Gefängnisse in der Stadt. Andererseits verbinden mich mit Sonja keine Zukunftspläne. Ich erschrecke ein bißchen über die Gleichgültigkeit dieses Eingeständnisses. Aber in dem Gefühl der Zerfetztheit, in dem ich seit der Auflösung meiner Ehe lebe, erscheint diese Gleichgültigkeit erlaubt. Deutlich merke ich, daß mein Gefühlsleben stehengeblieben ist und sich nicht bewegen will, obwohl ich es manchmal anzuschieben versuche. In diesem Stillstand fällt mir auf, daß ich Sehnsucht nicht mehr von Heimweh unterscheiden kann. Früher war klar, daß die Sehnsucht dem Heimweh vorausgeht. Du liebst eine Frau, dadurch entsteht Sehnsucht. Indem sich die Sehnsucht zeigt, bildet sich nebenbei auch Heimweh nach der Landschaft oder der Stadt, in der die geliebte Frau zu Hause ist. Indem du die Frau liebst, wird die Sehnsucht gestillt, und das Heimweh verschwindet. So einfach war das einmal. Zuerst wurde die Sehnsucht mittelmäßig, jetzt auch das Heimweh. Heute empfinde ich weder Sehnsucht noch Heimweh, sondern erwache morgens mit einer Erektion, aber ohne Erregung. Ich weiß nicht, ob das besorgniserregend ist oder nicht. Früher waren die beiden Momente zusammengekoppelt: Keine Erektion ohne Erregung – und umgekehrt. Kein Wunder, daß ich jetzt auch noch pinkeln muß. Durch die merkwürdige Lage seines Geschlechtsteils ist der Mann gezwungen, fast sein ganzes Leben lang von oben auf dieses herabzuschauen. Ich beneide die Frauen, die von dieser öden Ewigkeit befreit sind. Schon bald gibt es nichts Neues mehr zu sehen, aber der Mann kann nicht damit aufhören, noch jahrzehntelang auf sein Ding herabzublicken. Ist es gerötet oder normal bleich? Wird es größer oder kleiner? Dünner oder dicker? Ich empfinde starken Überdruß an diesen Fragen, verpacke das Ding schnell in die Hose und gehe zurück ins Zimmer. Die Bach-Kantate im Radio ist leider vorüber. Ich frage mich, ob auch Bach auf sein Geschlecht herabgeschaut und warum er über diese Zumutung keine Kantate geschrieben hat. Eine Weile überlege ich den Titel der Kantate, die Bach über die unfreiwillige Betrachtung seines Dings hätte schreiben können. Plötzlich habe ich das Gefühl, daß das Badezimmer durch seine Enge und die Vielzahl der Spiegel vielleicht ein Ort der

Trübsal ist, den ich künftig nicht mehr so oft aufsuchen sollte. Durch diesen Einfall ist der Kantaten-Titel überraschend da: Die Angeödeten sollen versöhnt werden. Der Titel entzückt mich. Neue warme Blutströme ziehen durch meine armen verschlissenen Adern. Sofort korrigiere ich mich: Deine Adern sind nicht arm und verschlissen, sondern jung und kraftvoll. Im Radio erwische ich den Wetterbericht. Ein Sprecher sagt, es sei am Abend vielerorts klar. Die Formulierung amüsiert mich. Ich murmle vor mich hin: An anderen Orten ist vieles unklar, zum Beispiel hier. Wie ein zurückgebliebener Zwölfjähriger stehe ich herum und denke: Hier bin ich, will denn niemand etwas mit mir machen? Ich bin doch total sauber, wach und frisch, aber es ist erst acht Uhr.

Zwei Abende später lade ich Sonjas acht Kartons in ein Taxi und fahre zum Heim. Im Vorraum der Pförtnerloge treffe ich die Heimleiterin und zwei Frauen, ich stelle mich vor und sage meinen Spruch auf: Frau Schweitzer war die Vormieterin meines Apartments ... Es stellt sich heraus, daß die beiden Frauen mit Sonjas Schicksal befaßt sind. Die eine heißt Frau Endriss und ist Pflichtverteidigerin, die andere heißt Frau Krammig und ist Schuldenberaterin. Sie sehen mir dabei zu, wie ich die Kartons hereintrage und in einem Wandschrank in der Pförtnerloge verstaue. Die Heimleiterin findet mich nett und bedankt sich. Sie sichert mir zu, daß sie Sonjas Sachen vorerst treuhänderisch in Gewahrsam nimmt. Ich fühle, die Pflichtverteidigerin glaubt mir nicht ganz, daß Sonja lediglich meine Vormieterin war (ist). Wahrscheinlich nimmt sie mir auch nicht ab, daß ich gegen Sonja keine Ansprüche habe. Außerdem ist sie neugierig, aber das bin ich auch. Mir ist unklar, was es bedeutet, wenn ich Auskünfte über Sonja gebe. Aus Vorsicht halte ich mich zurück. Die Pflichtverteidigerin bemerkt meinen Vorbehalt und findet ihn verdächtig. Es fällt vermutlich auf, daß ich mich nicht nach den Besuchsmodalitäten des Gefängnisses erkundige. Ich frage nicht einmal danach, in welchem Gefängnis Sonja einsitzt. Die Anwältin ist etwa fünfunddreißig Jahre alt und trägt einen eleganten schwarzen Samthosenanzug und eine Krawatte auf dem nackten Hals. Ihr Gehabe ist insistierend und stößt mich ab. Ich kann nicht einmal sagen, daß auch ich Auskünfte über Sonja erwarte. Ich halte den Mund und verabschiede mich, nachdem ich alle Kartons verstaut habe. Es ist immer noch spätsommerlich warm, ich beschließe, in einer nahen Grünanlage ein wenig spazierenzugehen. Leider mündet der Grüngürtel nach kurzer Zeit in ein überfülltes Vergnügungsgelände mit Schießbuden, Bodenschach, Mini-Golf und Auto-Scootern. Warum wirken die Menschen in extra für sie eingerichteten Freizeitanlagen so besonders erbarmungswürdig? Ich biege ab und lande in einem ruhigeren Parkstreifen. In der Nähe eines Kinderspielplatzes finde ich eine freie Bank. Eigentlich will ich über Sonja und mich nachdenken, aber ich denke nichts und schaue den Kindern beim Spielen zu. Kaum sitze ich, fängt in der Nähe ein Bagger an, einen Graben auszuheben. Ich höre eine Weile zu und versuche abzuschätzen, ob der Bagger für mich zu laut ist oder nicht. Wahrscheinlich sollte ich besser gehen, aber ich bin entschlußlos und verharre auf der Bank. Der sich herabsenkende Frühabend besänftigt mich. Die Dinge verlieren ihre Farbe und nähern sich einem einheitlichen, erschöpften Grau. Auf der Bank nebenan sagt jemand den Satz: Es wird eben doch so heiß gegessen, wie gekocht wird. Ich betrachte die herunterhängende Unterlippe eines Radfahrers. Hinter einem Gebüsch kommt ein Mann mit stark zerknitterter Jacke hervor. Vermutlich hat er in dieser Jacke auch geschlafen. Sein Gesicht ist ebenfalls zerknittert. Verblüffend ist, wie Gesicht und Jacke in ihrer Zerknitterung zusammenpassen, eine unaussprechliche Einheit.

Von links kommt ein Flaschensammler mit einer großen Plastiktüte. Eilig und voller Scham greift er in die Abfallkörbe. Im Sandkasten hat ein Kind plötzlich einen Daumen verloren. Die Mutter ist entsetzt und schreit. Sie sieht den im Sandkasten liegenden Kinderdaumen, aber sie kann ihn nicht anfassen. Sie schaut mit flackerndem Blick in alle Richtungen und schreit nach Hilfe. Das Kind sitzt im Sand und empfindet offenbar keinen Schmerz. Ich schaue zu und bleibe gefaßt. Ja, denke ich, schon in Kinderjahren kann man einen Daumen verlieren. Wahrscheinlich war der Lärm des Baggers für das Kind zuviel. Nach einiger Zeit kommen zwei Sanitäter den Weg entlang und fragen sich zu der schreienden Mutter durch. Einer der Sanitäter steckt den abgefallenen Kinderdaumen zuerst in eine durchsichtige Plastiktüte und diese in einen Erste-Hilfe-Koffer. Der andere Sanitäter nimmt das Kind auf den Arm und trägt es in den offenen Unfallwagen. Die schreiende Mutter rennt hinterher, dann ist es wieder still. Ich überlege, ob das weiße Haar einer alten Frau einem Büschel Wollgras oder einer Portion Zuckerwatte ähnelt. Eine von stundenlangem Umherflattern zerzauste Amsel hüpft vorüber. Frau Krammig, die Schuldenberaterin, kommt den Weg entlang und entdeckt mich. Ich fürchte ein bißchen, daß sie mich jetzt doch noch über Sonja ausfragt, aber dann kommt doch alles ganz anders. Frau Krammig nimmt unaufgefordert neben mir Platz und stöhnt über den zu langen Tag. Sie spielt mit ihren Fingern und dreht sich ein wenig zur Seite, so daß ich durch ihre Bluse hindurch die Träger ihres BHs sehen kann. Ich bin ein bißchen einsilbig, was der Schuldenberaterin vielleicht sympathisch ist. Wahrscheinlich hat sie berufsmäßig zu oft mit zuviel redenden Leuten zu tun. Ich betrachte die sich über ihre Schultern hinziehenden Träger ihres BHs, die mich sonderbarerweise ein wenig rühren.

Ich bin kaputt, sagt Frau Krammig, aber ich kann jetzt nicht nach Hause gehen und mich vor den Fernsehapparat setzen.

Warum können Sie das nicht? frage ich.

Ich hätte dann das Gefühl, daß mein Leben ... ach, ich habe keine Lust auf solche Sätze, sagt Frau Krammig.

Wir lachen.

Ich habe hier eine Einladung zu einer Vernissage, sagt Frau Krammig und zeigt mir eine Postkarte. Wollen Sie nicht mitkommen?

Jetzt? frage ich.

Ja, sagt die Schuldenberaterin, es ist nicht weit von hier, vielleicht zehn Minuten.

Schon stehe ich auf, wir sind unterwegs zu einer Galerie mit moderner Kunst. Ich gehe neben Frau Krammig her und gerate dabei in den Sog ihrer Körperlichkeit. Frau Krammig spricht über ihren Beruf, und ich merke, daß mir ihre Zähne gefallen, ihre sich aufspannenden Lippen, der flinke Wechsel ihrer Blicke, der sich neu bildende Schweiß auf ihrer Stirn. Schon überlege ich ängstlich, daß ich mir vor dem Ausbruch einer neuen Liebesbeziehung ein paar Wochen Zeit lassen wollte. Außerdem will ich kein Liebesnomade werden, dafür bin ich zu alt. Die Leute, die im Büro von einer Beziehung in die andere gleiten, sind gewöhnlich unter dreißig. Als bloßer Wandererotiker bin ich inzwischen zu ungeduldig und auch zu unlustig. Ich bin in den letzten Monaten ein wenig erlebensmüde geworden. Gleichzeitig weiß ich, daß ich absterben werde, wenn ich mich nicht in eine neue Frau einwurzeln kann. Es ist entsetzlich und großartig. Ich laufe noch nicht drei Minuten neben Frau Krammig her, und schon befinde ich mich in einem abstoßend gewöhnlichen Liebesgehedder. Aber vielleicht täusche ich mich und Frau Krammig braucht mich nur als Feierabenddessert. Trotzdem rede ich stumm

auf mich ein, als hätte die Liebesgeschichte schon begonnen.
Ganz wichtig ist mir, Frau Krammig, ich möchte eine dauer-
hafte Liebe, verstehen Sie? Ich verstehe sehr gut, sagt Frau
Krammig in meinem Kopf, aber trotzdem müssen Sie zunächst eine Frau lieben, die es *wirklich* gibt, das heißt, Sie
müssen das mögliche Scheitern lieben. Ich bewundere die
Aufrichtigkeit und die Intelligenz von Frau Krammig. Schon
macht es mir Mühe, meine Bewunderung nicht auszudrük-
ken. Zum Glück treffen wir kurz danach in der Galerie ein.
Es handelt sich um drei große, überhell erleuchtete Räume
mit breiten Schaufenstern zur Straße hin. Ungefähr vierzig
Leute drängeln sich mit Sektgläsern in der Hand um eine
kraß geschminkte Frau, vermutlich die Galeristin, die kurz
darauf eine Rede hält. Sie gilt den Bildern, die hier an den
Wänden hängen. Es sind großformatige Farbfotografien, die
vertraute Alltagsanblicke zeigen, einen Supermarkt, einen
Büroflur, einen Autobahnzubringer, eine Tiefgarage. Alle
Bilder sind in ein milchiggrünes Licht getaucht, das offenbar
als Distanzierung gemeint ist. Mir geht die Distanzierung
nicht weit genug. Ich verstehe nicht recht, warum ich eine
milchiggrüne Tiefgarage interessanter finden soll als eine
normal betongraue Tiefgarage. Ich langweile mich und bin
gleichzeitig beunruhigt, eine unerfreuliche Mischung. Es beschäftigt mich die Frage, ob Frau Krammig einen über diesen
Abend hinausgehenden Kontakt zu mir wünscht oder nicht
und was ich machen soll, wenn sich die Frage mit Ja beantworten läßt. Die Rede der Galeristin mag ich nicht hören. Ich
möchte nicht, daß sich die Wirklichkeit vor mir aufspielt. Tut
sie es trotzdem, setze ich sie innerlich herab und erfreue mich
an ihrer Kläglichkeit. In diesem Fall sieht meine Abwendung
so aus, daß ich mich an eines der großen Schaufenster heran-
schiebe und auf die Straße hinausschaue. Im Rinnstein pik-
ken mehrere Tauben im Straßenmüll herum und fressen ihn

teilweise sogar auf. Können sich Tauben auch übergeben, wenn sie zuviel Unrat gefressen haben? Eine kotzende Katze habe ich schon einmal gesehen, aber Katzen haben Feinsinn und behalten nicht bei sich, was ihnen nicht bekommt. Betrachtungen dieser Art helfen mir, die Rede der Galeristin zu überwinden. Frau Krammig ist im Augenblick nicht in meiner Nähe. Kurzer Beifall, die Rede der Galeristin ist zu Ende. Ich stelle mich zu einer Gruppe mir unbekannter Männer, die sich darüber unterhalten, ob der Kunstunderground in New York innovativer ist als der Kunstunderground in Paris oder London. New York ist am lebendigsten, sagt einer der Männer, weil das interpenetrierende Geschehen zwischen Theorie und Ästhetik dort am stärksten ist. Das interpenetrierende Geschehen ist in New York allerdings auch am oberflächlichsten, weil der europäische Hintergrund fehlt, sagt ein anderer Mann. Da entdecke ich Frau Krammig.

Ich habe Sie gesucht! ruft sie aus.

Ich Sie auch! sage ich.

Ich habe Sekt für Sie! sagt Frau Krammig und reicht mir ein Glas.

Oh, das ist aber freundlich, sage ich, vielen Dank.

Ich hatte gehofft, daß mich der Sekt ein bißchen aufmuntert, das ist aber nicht der Fall, sagt Frau Krammig; ich drehe noch eine Runde, dann geh' ich nach Hause, ich bin jetzt endlich ein wenig müde.

Frau Krammig lacht und trinkt und schaut sich flüchtig die Bilder an. Die Männer, die zuvor über den Underground geredet haben, drücken jetzt ihren Überdruß aus. Wittgenstein-Aufsätze kann ich nicht länger lesen, sagt der eine. Mir geht es so mit Nietzsche, sagt ein anderer. Ein Mann klemmt mit den Fingernägeln die Glut seiner Zigarette ab, ehe er in der Toilette verschwindet. Eine Frau mit tiefem Ausschnitt und schönem Busen geht vorüber. Wenig später höre ich, welchen Unfug die Frau redet. Ihr Busen verliert dadurch an Attraktivität, worüber ich Erleichterung empfinde. Wieviel gäbe ich jetzt für ein halbleeres Café, sagt eine andere Frau und seufzt. Frau Krammig öffnet ihre Handtasche und gibt mir ihre Visitenkarte.

Entschuldigung, sagt sie, daß ich so schnell verschwinde, aber ich bin kaputt, tschüs!

Schon ist sie weg. Ich stelle mich kurz an das Buffet, verschlinge ein paar Happen und trinke ein Glas Orangensaft. Auf der Visitenkarte lese ich, daß Frau Krammig mit Vornamen Katja heißt. Kurz überlege ich, ob jetzt die Katja-Phase meines Lebens beginnt, und muß ein bißchen kichern. Am nächsten Morgen, im Büro, lese ich in der Zeitung eine kleine Meldung über das Kind, dem gestern ein Daumen abgefallen ist. Die Meldung ist verharmlosend formuliert. Schon in der Überschrift steckt die Beschönigung. Sie lautet: Kind verliert Daumen. Das klingt, als hätte das Kind einen Finger durch eine Quetschung bei einem Unfall eingebüßt. Aber immerhin, die Spur der Katastrophe ist in der Zeitung angekommen. Bis sie wirklich erkannt werden wird, werden noch Monate vergehen. Ich bin beschädigt, ich habe Zeit.

Wilhelm Genazino
im Carl Hanser Verlag

Die Obdachlosigkeit der Fische
Roman
Neuausgabe 2007. 112 Seiten

Die Belebung der toten Winkel
Frankfurter Poetikvorlesungen
2006. 112 Seiten

Lieber Gott mach mich blind /
Der Hausschrat
Zwei Theaterstücke
2006. 168 Seiten

Die Ausschweifung
Roman
Neuausgabe 2005. 304 Seiten

Die Liebesblödigkeit
Roman
2005. 208 Seiten

Abschaffel
Roman-Trilogie
Neuausgabe 2004. 576 Seiten

Der gedehnte Blick
Essays
2004. 192 Seiten

Eine Frau, eine Wohnung, ein Roman
Roman
2003. 160 Seiten

Ein Regenschirm für diesen Tag
Roman
2001. 176 Seiten